KEITAI
SHOUSETSU
BUNKO
野いちご SINCE 2009

勝手に決められた許婚なのに、

なぜか溺愛されています。

碧井こなつ

JN031789

◎ STARTS
スターツ出版株式会社

イラスト／遠山えま

とびきりに端正な顔立ちの九条千里さんは、
22歳の大学院生。

すらっと背が高くて、さわやかで透明感にあふれていて、
高校生の私とは住む世界の違う、
キラキラ輝く大人の男の人。

「それならキスでもしてみるか？」
「特訓するんだろ？」
「他の男にしっぽ振るとかダメだよな」

さわやかな見た目とは裏腹に、ちょっと意地悪で。
『許婚』の私のことを、
愛犬『コタロウ』程度にしか思っていない九条さん。
でも、ふわりと笑う九条さんは、
すごく甘くて、優しくて……。

西園寺彩梅、17歳の高校3年生。
手の届かない『許婚』の九条さんに、
見込みのない片想い、はじめました。

勝手に決められた許婚なのに、
なぜか溺愛されています。

人物紹介

西園寺 彩梅
（さいおんじ あやめ）

お嬢様学校の高3で17歳。素直でまっすぐな性格で天然。姉の身代わりで千里とお見合いをすることに。男子には不慣れだけど、大人で優しい千里に少しずつ惹かれて…？

九条 千里
（くじょう せんり）

有名大学の大学院生で御曹司の22歳。イケメンでモテるが、近づきがたい雰囲気があり普段はクール。ウブすぎる彩梅を心配して『恋愛の特訓』をすることになるけど…？

🌸 小泉 花江
こ いずみ はな え

彩梅のクラスメイトで、三つ編みが似
合う笑顔が可愛い女の子。千里との恋
で悩んでいる彩梅を心配してくれる。

🌸 大河内 萌花
おお こう うち もえ か

彩梅のクラスメイトで、成績はトップ
クラス＆スポーツ万能な女の子。みん
なの頼れる存在で行動力がある。

🌸 桜井 真紀
さくらい まき

彩梅のクラスメイトで、元気で明るい
女の子。勘が鋭く、好きな人ができた
彩梅の変化にいち早く気づく。

🌸 小鳥遊 琉人
たかなし りゅう と

千里の友人。バンドを組んでいる。千
里とは初等科からの付き合いで、よき
理解者であり悪友。

contents

プロローグ

　夏の強い日差しに目を細めながら正門を走り抜けたところで、学ラン姿の見知らぬ男の子に声をかけられた。

「あの、西園寺さん、ですよね」

「？」

「もしよかったら、今度、俺と……」

　次の瞬間、ぐいっと手首をつかまれて大きな背中に隠された。

「こいつに声、かけないで」

　見上げて、ドキリと心臓が飛び跳ねる。

　このキレイな横顔は……。

「く、九条さん!?」

　どうしてこんなところに!?

「ほら、行くぞ、彩梅」

「わわっ！」

　ぐいぐいと引っ張られて学校からかなり離れたところに連れていかれると、ピンッとおでこを指で弾かれた。

「ったく、ぼーっと歩いてるから、あんな奴に声かけられるんだよ」

　呆れている九条さんをちらりと見上げると。

「顔、真っ赤だぞ」

　そ、それは、九条さんが私の手首をつかんでいるから！

「いつになったら慣れるんだよ。いっそのこと、ここでキスでもしてみるか？　特訓するんだろ？」

　……ふえっ!?　キ、キス!?

びっくりして目を見開くと、さわやかに笑う九条さん。

「嘘だよ。なんでも信じるなよ」

　すると、周囲を歩く人たちがすれ違いざまに私たちをちらり。

　中には、足を止めて九条さんに見惚れている女の人もいて。

　く、九条さん、ものすごく注目されている!!

「あ、あの、今日はどうしてここに？」

「たまたま」

　そう言って、ふわりと笑う九条さん。

　その国宝級の甘い笑顔に、ぎゅぎゅっと心臓が痛くなる。

　端正すぎる顔立ちに、紳士的な仕草でまわりを惹きつけている九条千里さんは、22歳の大学院生。

　いろいろあって、私、西園寺彩梅は、九条千里さんの『許婚』なのですが……。

「彩梅、おいで」

「は、はいっ！」

　ぴょんと飛び上がると。

「コタロウか！」

　九条さんに笑われた。

　コタロウは、九条さんが溺愛している自慢のラブラドールレトリバー。

「でも他の男にしっぽ振るとか、ダメだよな？」

「しっぽ振ってないです！　だって、しっぽなんて、ついてない！」

　全力で抗議すると、笑って頭を撫でられた。

「冗談に決まってるだろ。ほら、手かして」

　言われるままに、九条さんの大きな手のひらに指先を乗せてみると。

「『お手』じゃなくて、手をつなぐんだよ」

　呆れる九条さんに、ぎゅっと手を握られた！

「ふえっ!?」

「手つないでおかないと、また、他の男にまとわりつかれるかもしれないだろ」

「で、でもっ！」

「彩梅のリード代わりだよ」

　九条さんは平然としているけど、ドキドキしすぎて心臓破れそうです……。

「どうした、彩梅？」

「な、なんでもないですっ」

「迷子になるなよ」

　ふわりと笑う九条さんは、いつもキラキラと眩しくて、手の届かない『許婚』。

　そんな『許婚』の九条さんに、残念すぎる片想い、しています。

　はじまりは３か月前……。

第1章

穏やかな春の日

　駅の改札から自宅へと続く坂道を、全速力で駆け抜ける。

【私、家を出るから】

　そのメッセージが届いたのはお昼休みのこと。

　玄関のドアノブへ手をかけたところで、扉が内側から勢いよく開かれた。

「彩梅？」

「お姉ちゃん！」

　よかった、間に合った！

　はあ、はあ。

「家、出るって、どういうこと？」

「ごめんね、彩梅。私、アメリカの研究所に行く」

「……え？」

「女が研究者になってどうするんだって、ずっとあのバカ親父に反対されてきたけど、もう限界。このままだと私の魂まで、家柄と一緒にあの親父に売られちゃう。私は、家のために自分の人生を差し出すなんてできない」

「で、でも」

「彩梅、あなたもあんな親父の言いなりになんてならないで、自分で自分の人生を選びなさい。じゃ、向こうについたら連絡するから」

「お姉ちゃん、ちょっと待って！」

　スーツケースに手をかけて、お姉ちゃんを引き留める。

でも……。

「落ちついたら、彩梅も遊びにおいで」

　私の手をほどくと、にっこりと笑ってお姉ちゃんは家を出ていってしまった。

　お父さんの、家を揺るがすほどの怒鳴り声が響いたのは、それから数時間後のこと。

「真桜はもう日本にいないんだから、仕方ないでしょう?」

　音を立てずに階段を下りていくと、お父さんの苛立った声が聞こえてくる。

「会長の決めた許婚で、相手は九条家だぞ?」

「真桜は最初から納得してませんでした。お見合い用の写真だって、結局、撮らせてくれなかったでしょう?」

　……お見合いってなんのことだろう?

　お姉ちゃんのことが気になって廊下の隅で息をひそめていると。

「明日にでもアメリカに部下を送って、真桜を日本に連れ戻す。真桜が戻り次第、改めて見合いの席を設ける」

　もしかしてお姉ちゃん、お見合いするのが嫌でアメリカに……!?

　何より、お姉ちゃんに許婚がいたなんて!

「とにかくこの縁談は絶対に中止にはしないからな!!」

　うめくように吐き捨てると、お父さんはバンッと扉を閉めてダイニングルームから出ていってしまった。

　お父さんが書斎にこもったのを確認して、静まり返った

ダイニングに顔を出す。

「お父さん、大丈夫？」

「困ったわね、本当に」

　そう言って微笑むお母さんは、全然困っているようには見えなくて。

「お母さん、お姉ちゃんがアメリカに行くこと、知ってたの？」

「さあ、どうかしら」

　肩をすくめて笑っているお母さんは、確信犯だ。

「でも、どうして急にお見合いなんて？　お姉ちゃんに許婚がいたなんて、初めて聞いたよ？」

「今回のことは、おじいちゃん同士が勝手に決めたことなの。だからお父さんもかわいそうなんだけどね。ほら、お父さん、ムコ養子だし。それに、怒ってるっていうよりはショックなのよ、真桜が勝手にアメリカに行っちゃって」

　くすくすと笑うお母さんに、少しだけ肩の力が抜けた。

お見合い!?

　翌日、まだうす暗い時間に起こされた。

　眠い目をこすりながら、リビングルームに下りていくと、ものすごく無愛想な顔をしたお父さんに呼ばれた。

「今日だけ、ほんの小一時間だけ、真桜だ」

　んん？

　お父さん、何を言っているんだろう？

　呪文のような、暗号のようなカタコトを口にするお父さんと、何やら忙しそうなお母さん。

　何かあったのかな？

　首をかしげていると。

「お父さんね、昨日の夜に何度もお断りとお詫びの連絡を入れたらしいんだけど、おじいちゃんとも相手の九条さんとも、連絡が取れなかったんですって」

「うん？」

「それで、ちょっと急だけど、あなたが真桜としてお見合いに行くことになって」

　……お見合い？

　キョトンとしていると、にっこりと笑ったお母さんに和室に連れていかれてパジャマを剥ぎ取られた。

　気がついたときには、お姉ちゃんが着るはずだったという薄紅色の振袖に、帯をぐるっと締められていて。

　ええっ!?

　唖然としていると、ぱぱっと髪を結い上げられ、仕上げにうっすらとメイクが施されたところで車に乗せられた。

「あら、素敵！　これなら彩梅もすぐおヨメに行けるんじゃない？　それに着物だと落ちついて見えるから、とても高校生には見えないわ！」
「で、でも、お母さん、いきなりお見合いなんて、さすがに無理があるよっ」
「座ってるだけでいいんだから、大丈夫よ」
　お母さんはにこにこと笑っているけれど、お父さんは朝からとんでもなく機嫌が悪い。
「彩梅はまだ高校生だぞ……!?」
「あなたが縁談で真桜を縛りつけようとするから、こういうことになるのよ」
　お父さんはまだブツブツ言っているけど、とにかく、黙って座ってればいいんだよね!?
　余計なことを言わなければいいんだよね!?
　料亭の前で車が止まったところで、大きく深呼吸。
　勢いでここまで来ちゃったけど、さすがに緊張してきた！
　家族で何度か食事に来たことのあるこの料亭には、たしか立派な日本庭園があったはず。
　料亭に入り時計を見ると、約束の時間までまだ余裕がある。
「お母さん、ちょっと庭園を見てきてもいい？」

「あまり遠くには行かないでね？　すぐに戻ってね」

　頷いて返事をすると、長い廊下を抜けて庭園の入り口へと向かう。

　窓ガラスに映るのは、淡いピンク色の振袖を着た自分の姿。

　こんなに素敵な振袖が着られるのなら、お見合いも悪くないかも！

　着物を着てしずしずと歩いていると、おしとやかな気分になるし！

　でも、朝ごはん食べないで来ちゃったから、なんだかお腹がすいてきた……。

　そんなことを考えながら帯に片手を添えて、重い扉を開ける。

　眩しい光とともに視界に飛び込んできたのは、美しい日本庭園。

　白くうねる砂利道に沿って水仙が咲き乱れて、濃い影を作り出す樹木の奥には趣のある東屋が姿を覗かせている。

　うわあ、気持ちがいい！

　穏やかな春の庭園をぐるりと見まわして、ピタリと動きを止める。

　小さな池にかかる太鼓橋。そこに佇むその人を見つけた瞬間、音が消えて風がやみ、時間の流れが止まった気がした。

　美しい景色に溶け込むような、すらりとした立ち姿。

　どこか懐かしさを感じさせる端正な顔立ちに、ぎゅっと心がつかまれる。

　じっとその人を見つめていると、パッと目が合った。

「彩梅、そろそろ時間だから、中に入って」

　お母さんの声に、ふわりと袖を翻して母屋に戻った。

　──カーン。

　流れる水の重みで頭を下げた竹筒が、勢いよく岩に打ちつけられて高い音を響かせる。

　鹿おどし、っていうんだっけ。

　離れになっている料亭の一室で、お父さんとお母さんに挟まれて座り、正面に座っているその人をちらり。

　まさか、さっきの人がお姉ちゃんの許婚だったなんて！

　柔らかなまなざしにすっとした鼻筋、薄い唇。

　さわやかで端正な顔立ちの、ものすごくキレイな人。

「九条千里です」

　その低い声に顔を上げて、背筋を正す。

「はじめまして。西園寺……真桜です」

　ごめんなさい、ホントは彩梅です、と心の中で謝りながら。

「それにしても、西園寺さんにこんなにお美しいお嬢さんがいらっしゃったなんて！」

「いやいや、九条さんこそ、立派なご子息で羨ましいかぎりです。それよりこの間の件ですが、国会でも……」

　お父さんたちが仕事の話をはじめたのを聞きながら、も

う一度、向かいに座っている九条さんをちらり。

　相手の九条さんは、お父さんたちの話に興味深そうにあいづちを打っていて、時折、会話にも加わっている。

　お母さんによると、九条さんは22歳の大学院生。

　話し方も物腰もすごく大人っぽくて、なんだか別の世界の人みたい。

　九条さんのまわりだけ、キラキラと輝いている。

　さっきからお父さんたちの話題に上っているのは、株価の話だったり、新しく設立する財団法人の話だったり。

　黙って座っている私は、もはや置物。

　これじゃ、部屋の片隅に置かれている花瓶と何も変わらない。

「それでは、今日は顔合わせということなので。そろそろ参りますか」

　挨拶をして10分もたたないうちに、お父さんがそう口にして立ち上がった。

　え、もう終わり？

　目をぱちくりさせていると、九条さんにさわやかな笑顔を向けられてドキリ。

「せっかくお会いできたのですから、もう少し真桜さんとのお時間を頂戴してもよろしいでしょうか」

　……へ？

「ま、まあ、あと5分くらいなら。な、あや……め。いや、真桜」

　中途半端に腰を浮かせたまま、お父さんが視線を泳が

せる。

「真桜さんは大学院生だと伺っておりますが」

「は、はい」

　と、答えたものの……。

　ど、どうしようっ！

　お姉ちゃんの研究のことなんて聞かれたら、一発アウト。

　薬学のこともお姉ちゃんが研究していることも、何ひとつ答えられない！

「真桜は、薬学を専攻しておりますが、大学では経営についても学ばせました。ゆくゆくは、この西園寺家の後継者として、しっかりとあとを継いでもらうつもりでおります」

　どしりと座りなおしたお父さんが、淡々と語り出す。

　そう、これがお父さんの本音。

　何をしても人並みの私は、お姉ちゃんの代わりになることなんて、できない。

　私にできることと言ったら、こうしてお見合いの席に座ることぐらい。

　私もお姉ちゃんみたいに優秀だったら、西園寺家やお父さんの役に立てたのかな。

　そんなことを思いながら、下を向いてきゅっと口を結ぶと。

「せっかくの機会ですので、ぜひ、真桜さんとふたりの時間をいただきたいのですが」

「……え？」

　びっくりして顔を上げると、九条さんと視線がぶつかる。

「い、いや、でも、"彩梅"はまだ」

「お、お父さんっ！」

　アヤメって自分で言っちゃってる！

「あ、やめ？」

「真桜はその、『あやめ』の姉でして……」

　お母さんが慌てて取りつくろうと、九条さんがさわやかに笑って、恐ろしいことを口にする。

「もし、このあとご予定がないようでしたら、お昼を"真桜さん"とご一緒してもよろしいでしょうか？」

「いや、でも残念ながら、私はこのあと仕事が入っておりまして」

「それなら、ぜひ、お昼は"真桜さん"とふたりで。責任を持って、遅くならないうちにご自宅までお送りします」

　柔らかく笑う九条さんに凍りつく。

　ど、どうしようっ！

　ふたりきりなんて、絶対に無理っ！

「いいじゃないですか、せっかくの機会ですし」

　ご機嫌な九条さんのお父さんと、激しく動揺しているうちのお父さんを交互に見つめて、心の中は大パニック！

　お、お母さん、座っているだけでいいって言ってたよね!?

　ふたりきりなんて、聞いてないよっ!?

　すると、九条さんにっこりと笑いかけられて、びくりと飛び跳ねる。

「ぜひ、真桜さんとふたりのお時間をいただきたいのですが」

　ううっ、ごめんなさい。

　私は真桜ではありません！　……なんて、今さら言えなくて。

「なんと、うちの息子は真桜さんを気に入ったようだ！許婚がいると言っても、聞く耳を持たなかった息子が！さすが西園寺家のご令嬢！　それでは、向こうで私たちは仕事の話でも」

　ご機嫌な九条さんのお父さんに押しきられるようにして、顔面蒼白のお父さんは別の部屋へと消えていった。

　すがるようにお母さんに視線を送ると。

「楽しんで」

　余裕の笑みを残して、お母さんまで席を立ってしまった。

　嘘〜〜〜……。

　静かな部屋に九条さんとふたりで残されて、鹿おどしの音だけが鳴り響く。

　これはもう、黙っていることなんてできない。

「あの！」

　声をかけたところで、九条さんが立ち上がった。

「外、歩こうか」

「え？」

「ここじゃ、話しづらいでしょう？」

「……は、はい」

　立ち上がり、背の高い九条さんの後ろをついていく。

　目の前を歩く九条さんは、背筋が伸びていて歩く姿もす

ごくキレイ。

　ちらりと九条さんを見上げて、その破壊力抜群の横顔に、心臓が飛び跳ねる。

　柔らかな物腰とか何気ない仕草とか、目を伏せたときのちょっとした表情とか！

　洗練された大人の男の人って、きっと九条さんのような人のことを言うんだろうな。

　高校生の私とは、住む世界の違うキラキラ輝く大人の男の人。

　だって、ふたりで庭園を歩いていると、痛いほどにまわりの視線が突き刺さる。

　すると、小さな池に渡された太鼓橋にさしかかったところで、九条さんが手のひらを差し出した。

「ここ、滑りやすくて危ないからつかまって」

「だ、大丈夫です！」

「本当に？」

「うっ……」

　ゆるりとせり上がる太鼓橋はものすごく滑りやすそうで、着物で歩きやすいようには、とても見えない。

「はい、どうぞ」

　楽しそうに手のひらを差し出す九条さんと、目の前の太鼓橋を交互に見つめる。

　うう、困った。

「転んだら、大変だよ」

　じっと見つめられて、九条さんの手のひらにそっと指先

を添えたものの。

　ドキドキしすぎて心臓が破れちゃうよ……！

「さっき、ここからキミのことが見えたんだ」

　九条さんは穏やかに微笑んでいるけど、正直それどころではありません！

　とにかく今は、転ばないよう足を進めることで精一杯。

　指先が九条さんの手のひらに触れていて、ドキドキしすぎて胸は苦しいし、顔は熱いし！

　何より着物って歩きにくい！

　なんとか無事に太鼓橋を渡り終えてホッとしたところで、九条さんと目が合った。

「西園寺……彩梅、さん？」

「はい」

　こくんと頷くと、いたずらな顔で笑っている九条さん。

　……あれ？　どうして笑っているんだろう？

　首をかしげて、考えて。

　あっ……！　いけないっ！

　パッと両手で口を覆った。

「ごめんな。君のお母さんが、君のことを『あやめ』って呼ぶのを聞いちゃったんだ」

　ま、まさか、お姉ちゃんじゃないことに気づいていたなんて！

　さーっと血の気が引いていく。

　……でも、今さら後悔しても遅すぎる。

　まっすぐに九条さんを見つめると、大きく息を吸って頭を下げた。

「大切な席なのに、嘘をついて、騙すようなことをしてしまってごめんなさいっ。西園寺真桜の妹の、彩梅……です」

　なんとか声を絞り出す。

「姉が来れなくなってしまって、それで私が……。その、本当に、申し訳ありませんでした」

「君が悪いわけじゃないだろ」

「でも……」

「家同士が決めたことで俺たちのこと振りまわすとか、ホント勘弁してほしいよな」

　おそるおそる顔を上げると、九条さんの柔らかなまなざしに包まれる。

　九条さん、怒ってないのかな……？

「それで、お姉さんの真桜さんは？」

「……アメリカの研究所に、行きました」

「なるほど、逃げちゃったんだ」

　なんて優しい話し方をするんだろう。

　そんな九条さんに、ちょっとだけ安心して本音をぽつり。

「お父さん、お姉ちゃんのこと連れ戻してでもお見合いさせるって、意地になってたから……」

「それで代わりに君が来てくれたんだ」

「本当に、ごめんなさいっ」

　もう一度、深く頭を下げた。

「謝らなくていい。君が悪いわけじゃないだろ。それに見

合いの間、ずっとびくびくしてて、小動物みたいでなんだか可愛かったし」

　……か、可愛いかった？

　出会ったばかりで、さらりとこんなことが言えてしまうなんて、大人の男の人って恐ろしい！

「ホントはさ、俺も今日、断るつもりでここに来たんだ」

　そういえば、九条さんもお見合いに乗り気じゃないって、お母さんが言っていた。

「俺もまだ学生だし、勝手に許婚なんて決められてムカついてたから、会うだけ会って、断るつもりだった。だから君が責任を感じる必要はない」

　強く吹いた風に、桜の花びらで視界が桃色に染まる。

　その隙間から見える九条さんの優しい笑顔に、ドキッと心臓が飛び跳ねた。

「君のお姉さんは賢いよ。このしがらみから逃げ出すには、日本から離れるのが一番だから」

　九条さんは、お姉ちゃんの選んだ道を、認めてくれるんだ……。

　そんな九条さんに、心がぐっと近くなる。

「お姉ちゃん、昔からすごく優秀だったんです。でも、そのせいで、お父さんからの重圧がすごくて、やりたいことをたくさん我慢させられてきて」

　気の強いお姉ちゃんが、部屋で泣いているのを何度も見てきた。

「よほどお姉さんに期待してるんだな」

「私がお姉ちゃんの代わりになれるくらい、優秀だったら
よかったんですけど」

　そしたらお姉ちゃんの負担も、減らしてあげることがで
きたのに。

「君のお父さんは、君のことが可愛くてたまらないんだろ
うな。さすがに顔を合わせて10分で終了するとは思って
なかったよ」

「そ、それは、私が……ひゃっ！」

『高校生だから』と言おうとした瞬間、苔に覆われた石段
でつるりと滑った。

　前のめりに転びそうになったところを、九条さんに抱え
られて……。

　び、び、び、びっくりした！

　こ、転ばなくてよかった……！

　ドロドロの振袖で戻ったら絶対に怒られる！

　九条さんに支えられて顔を上げると、すぐ目の前には九
条さんのキレイな瞳があって。

　ち、近い！　ものすごく近いです！

　九条さんの両手に支えてもらって体を起こしたけれど、
もう心臓は爆発寸前！

　ドキドキしすぎて、心臓痛い！

「ケガしなかった？」

　私のことを心配そうに覗き込む九条さんは、ぎゅっと唇
を強く横に引いて……必死に笑うのをこらえている。

「九条さん。……笑ってますね？」

「いや、まだ笑ってない」

「……これから笑うんですね?」

「……っ、笑ってもいい?」

「ダメです!って、もう笑ってますけど!」

「い、いや。可愛いなと思って」

　ああ、もう……!　情けないし恥ずかしいし!

　九条さん、笑ってるし!

　すると……。

「ここ、つかまって」

「え?」

「このあたり、滑りやすいから」

　煌めく笑顔で自分の腕を差し出した九条さんに、ふるふると全力で首を横に振る。

「だ、大丈夫ですっ」

　こうして一緒にいるだけで心臓がただならぬことになっているし、恥ずかしいし、緊張するし!

　気持ちが忙しすぎて、これ以上はもう無理……!

「西園寺家の大切な "真桜" さんを、ケガさせるわけにはいかないだろ」

「で、でも」

「転んだらキレイな着物が汚れるよ?」

　ううっ。

　それを言われると……。

「はい、どうぞ」

　どうしていいかわからなくて九条さんを見上げると、極

上に甘い笑顔を返されて。

　くっ……！

　九条さんのこの笑顔、ずるい……！

　緊張しながらそっと九条さんの腕につかまった。

　大人の男の人って、みんなこんな感じなのかな？

　心臓がバクバクと飛び跳ねて、必死で呼吸を整える。

　心臓、爆発しちゃうかも……。

「大丈夫？」

　九条さんに顔を覗き込まれて、コクコクと全力で頷いた。

　本当は全然、大丈夫じゃないけど！

　満開な桜の木の下に置かれたベンチに九条さんと並んで座ると、九条さんがぽつり。

「俺さ、今回の見合い、結構ムカついてて」

「私も怒ってます！　お姉ちゃんにやりたいことがあるのを知ってて、こんなやり方でお姉ちゃんを拘束しようとするなんて、いくらなんでもひどいなって」

「まさにそれ。家同士の結婚なんて政略結婚でしかないからな。でも俺は今、彩梅さんと一緒に過ごせてすごく楽しい。ここに来てよかった」

　九条さんの言葉に心からホッとする。

　私が代理で来たことで、不愉快な思いをさせてしまわなくてよかった！

「ということで、君のお父さんの承諾も得てることだし、昼メシ一緒にどうですか？　どうせなら別の場所で」

　……はい？

　いたずらな顔をして笑う九条さんに、ぱちくりと瞬き。

「えっと、で、でも」

「どこか行きたいところ、ある？」

「あ、あのっ」

　高校生だってこともまだ伝えてないし、お父さんとお母さんにここから移動していいのか聞かなきゃいけないし、考えなきゃいけないことはたくさんあるけれど。

　帯に手を当てて、ぎゅっと目をつむる。

　……もう、限界。

「どうした？」

「お腹が……すきました」

「……は？」

「朝から何も食べていなくて。料亭って聞いてたので、おいしいお昼ごはんが食べられるのかなーって楽しみにしてたら、お茶しか並べられてなくて。さっきからずっと、お腹がグーグー鳴ってて……」

　本当のことを言うと、立っているだけでフラフラする。

「だから、茶たくをじっと見つめてたんだ」

「はい……。朝ごはん、ちゃんと食べてくればよかった」

　しょんぼり呟くと、こらえきれないように九条さんが吹き出した。

「私、何か面白いこと言いましたか？」

「うん、めちゃくちゃ面白い。真面目な顔で答えるところがものすごく。じゃ、とりあえず昼メシ食えるところでデートしようか」

「で、デート？」

「そんなに驚かなくても。俺たち『許婚』なんだし」

「で、でも、私はお姉ちゃんの代理で来ただけなので！」

「代理で来たなら、ちゃんと最後まで責任とってもらうよ？」

「せ、責任っ!?」

「さ、行こう」

　ええっ！

　何か言わなきゃと思うのに、九条さんのいたずらな笑顔に包まれると、何も考えられなくなる。

　甘い笑顔ひとつですべての思考を奪ってしまうなんて、大人って恐ろしい！

「この近くで着物で行けるところは、浅草ってところか。浅草、行ったことある？」

「ずいぶん前に一度。で、でも」

「じゃ、決まりな」

「あっ、あの、お父さんとお母さんに」

「小学生じゃないんだから、タクシーの中から連絡すれば大丈夫だろ」

　楽しそうに笑う九条さんに強引に連れられて、浅草に向かった。

　ど、どうしよう〜〜っ！

　タクシーの中から、お母さんにメッセージを送ると、お父さんが絶句していると返事があった。

浅草デート

　料亭からタクシーで移動すると、すぐに浅草の 雷門の
前に到着。

　振袖姿で浅草なんて、まわりから浮いてしまわないか心
配だったけど、思っていたよりも着物を着ている人が多く
てびっくり！

「レンタルしてるから着物とか浴衣を着てる人、多いだろ」

　あたりを見まわして、こくんと頷く。

「でも、彩梅さんの着物が一番キレイだよ」

「こ、これは、祖母の着物で……」

「色白の彩梅さんに、すごくよく似合ってる」

「あり、がとう、ございます」

　言い終わらないうちに、恥ずかしくなって下を向く。

　着物を褒めてもらえるのは、もちろんすごくうれしい。

　でも九条さんの褒め殺しみたいなセリフは、ちょっとだ
け、ううん、かなり心臓に悪い。

　大人の男の人ってみんなこんな感じ……？

　それともお見合いしたときには、褒め合うのが礼儀なの
かな？

「着物、好きなの？」

「はい、それに、こういう場所もすごく好きです」

　雷門からまっすぐに続く中見世通りと、その奥に佇む浅
草寺。

　背の高い九条さんを見上げて、九条さんの着物姿を想像してみる。

　うん、九条さん、着物も似合いそう！

　その瞬間、眩しい光を浴びて、ぎゅっと固く目を閉じる。

　そっと目を開けてみると、まわりをカメラやスマホを手にした外国人観光客らしき人たちに囲まれていて。

　こ、怖いっ！

　思わず一歩、後ずさる。

　すると、ぐいっと腕を引っ張られて、九条さんの背中に隠された。

「あ、あの……？」

　九条さんは、その人たちと何やら英語で話している。

「振袖姿の彩梅さんがすごくキレイで、思わずカメラを向けたんだって。けど、俺の大切な人だから、勝手に写真撮らないでって言っておいた」

　……大切な、人？

「見合いした相手なんだから、間違ってないだろ？」

「間違っては、ないです……けど」

「どうした？」

　九条さんは優しく笑っているけれど。

　ううっ、こ、このままだと心臓が破裂しちゃう！

「あ、あの、九条さん、いつもそういうこと、女の人に言ってるんですか？」

「そういうことって？」

「そ、その、か、可愛い、とか、大切な人……とか」

「……は？」

　九条さんは怪訝な顔をしているけど、こんなことをさらりと口にできるなんて、もしかすると……遊んでいる人なのかも！

　すると、九条さんが少ししゃがんで私と目線を合わせる。

「あのさ、俺、さっきから彩梅さんのことを本気で可愛いなって思ってて、本気で口説いてるんだけど？」

「お、お、お」

　大人って怖い！と、思わず言いそうになったところで。

「お腹すいた？」

「……はい」

　恥ずかしながら、それも本当です。

「ぷ、ぷぷっ」

　肩を揺らして笑う九条さんをちらりと睨む。

「九条さん、笑いすぎです！」

「わ、笑ってないって。機嫌直して」

「ものすごく笑ってるように見えますが！」

「いや、これは彩梅さんが可愛いから」

　これは、ずるい。

　『可愛い』の大安売りだ。

　可愛いって言えば、なんでも許されると思っているような！

　ぷくっと頬っぺたを膨らませると、九条さんは余裕の笑顔。

　もう！

　それもこれも、九条さんがカッコよすぎるのがいけないんだ！

　さっきから、すれ違う女の人たちがちらちらと九条さんのことを見ていて落ちつかないし、心臓はドキドキ忙しいし！

　すると九条さんが楽しそうに、首をかしげる。

「人形焼とか、せんべいとか、何か少し食べてみる？」

「う、うわあ！」

　って、ダメダメ！

「……歩きながら食べるのは、着物を汚しちゃうかもしれないので」

「たしかにそうだな。じゃ、それはまた今度ってことで」

　うん、本当に残念だけれど。

　そこに漂う手焼きせんべいの香りに、しょんぼりと肩を落とす。

「そんなに落ち込まなくても」

　九条さんは笑っているけれど、大好きなものばかり視界に飛び込んできて、これはなかなか辛いです……。

「見かけによらず、お子様味覚？」

　九条さんのその一言に、ピタリと足を止める。

　そういえば高校生だってこと、まだ伝えてなかった！

「あの、九条さん、私……」

「ん？」

　振り返った九条さんの甘い笑顔に、思考が完全停止。

　九条さんの優しいまなざしに、胸の奥がぎゅっと苦しくなる。

　九条さんは、どこか懐かしさを感じさせる不思議な人。

「草履、疲れない？」

「は、はいっ、だ、大丈夫ですっ」

　突然顔を覗き込まれて、ぴょんと後ろに飛び跳ねる。

　び、びっくりした！

　なんだかもう、ドキドキしてたまらない。

　でも、うちのお父さんなんて、お母さんが着物を着てても、スタスタと先に歩いていっちゃうのに。

　九条さんは優しいな。

「お姉さんの代わりに来るからって、わざわざ着物で来なくてもよかったのに。朝から大変だっただろ？」

「振袖を着せてもらえることなんて、めったにないので」

「着物、好きなの？」

「本家に古い着物がたくさんあるんです。どれも美しいものばかりで……」

「だから着慣れてるんだ？」

　……って、言いながら笑ってますね？

　笑いをかみ殺している九条さんを、じろりと睨む。

「……九条さん、もう少し笑うの我慢してくださいっ」

　あんなに派手に転びかけたら、着慣れている、なんてとても言えないけど！

「くくっ、ごめんな。彩梅さんの反応が可愛いすぎて、意地悪したくなる」

　可愛すぎて……意地悪したい？

　もう！

　どこまで本気で言っているのか、全然わからない！

　ぶくっと頬っぺたを膨らませると、九条さんの両手に頬っぺたを挟まれた。

　……え？

　目を丸くして九条さんを見つめると。

「彩梅、怒ってる？」

「お、お、お」

「お腹、すいた？」

「お、怒ってます！」

　い、いきなり名前を呼び捨てにするとか！

　頬っぺた、触るとか！

　ドキドキしすぎて、本当に心臓止まっちゃうよ！

「すげえ、顔、真っ赤！」

「九条さんのせいです！」

　九条さんは楽しそうに笑っているけど、もう恥ずかしくてたまらない。

　すると、前を歩くふたりが手をつないでいるのを見て、九条さんが悪い顔をして振り返る。

「俺たちも、手、つなぐ？」

「だ、だ、大丈夫です！」

　全力でお断りすると、九条さんが吹き出した。

「ヤバい、彩梅、ホント面白い」

　……九条さんは、ちょっとひどいです。

「九条さん、私のことをからかって遊んでますよね……」

「うん」

「せめて、否定してくださいっ！」

「ごめん、ごめん。彩梅が可愛くて、つい」

「可愛いの使い方、間違ってます！」

　九条さんをじっと睨んでみるものの、その甘い笑顔に勝てるはずもなく。

「どうした？」

「なんでもないです……」

　九条さんにドキドキしすぎて、心臓に悪い。

　やっぱり、私にはお見合いなんて早すぎた。

「……でも、ここは本当に楽しいです。振袖を着て浅草を歩けるなんて思わなかったから、すごくうれしい」

「それなら、連れてきてよかった」

　柔らかく笑う九条さんにドキリ。

　お父さんはいつも怖い顔しているし、おじいちゃんは威厳の塊みたいな人だから、よく笑う九条さんがすごく新鮮で。

　九条さんの極上に甘い笑顔を、ドキドキしながら見つめていた。

ごめんなさい、高校生です

　九条さんが連れていってくれたのは、こぢんまりとした
趣のある天ぷら専門店。
「九条さん、英語はどこで勉強したんですか？」
「俺は、高校時代に１年留学しただけだから、そんなに話
せないよ」
　向かい合わせに座った九条さんは、ジャケットを脱いで、
片手でネクタイを緩めている。そんな大人の男性の仕草に
ドキリ。

「九条さん、すごくモテそう……」
　思わず呟くと、すぐ目の前に九条さんの顔が近づいて。
「俺は、彩梅がいいんだけど」
　……え？
「俺じゃダメ？」
「で、でも、私は姉の、その、代理なので！」
「彼氏とか、いるの？」
「ま、まさか！」
　彼氏どころか、たったひとりの男友達すらいない中で、
この状況は、とっても心臓に悪い。
「でも、キレイだからよく声かけられるだろ？」
　破裂しそうな心臓を押さえて、ぶんぶんと首を横に振る。
　最後に声をかけられたのは、落とした定期入れを拾って

くれた近所のおじいちゃんだ。

「興味ないの？」

「な、ないわけでは、ないんですけど」

　こ、こんなこと聞かれたこともないし、それ以前に、男の人とまともに話したこともないし。

　不慣れすぎるこの状況に、頭の中はもう真っ白！

「彼氏、欲しいとか思わないの？」

「思わない、です」

「どうして？」

　あまり深く考えたことは、なかったけど。

「いつか、西園寺家が決めた方と結婚することになると、思うので」

「見合いで結婚するって、もう決めてんの？」

「はい」

　迷わずに頷くと、九条さんは目を丸くして驚いている。

「彩梅なら見合いで結婚しなくったって、いくらでも出会いがあるだろ？」

「母も祖母もお見合いで結婚してるし、西園寺の家が選んだ方なら間違いないので！」

　笑って答えると、九条さんは黙ってしまった。

「んん！　この天ぷら、おいしい！」

　サクサクの天ぷらがとってもおいしくて、幸せだな〜と思っていると、九条さんと視線がぶつかり、慌てて目をそらす。

　ううっ。

　じっと見つめられて、顔が熱くてたまらない。

「つうか、ホントに可愛いな」

　もう、心臓が潰れちゃうよ。

　そこで、おずおずと九条さんに伝えてみる。

「あ、あの、社交辞令だってわかってるんですけど。さ、さすがに、ちょっと恥ずかしいというか、ドキドキしすぎて息が苦しくなっちゃうので、あんまり、可愛いとか……言わないで、もらえると……」

「こんなこと、普段はコタロウにしか言わないよ」

　そう言って九条さんは柔らかく笑っているけど。

「コタロウ？」

　……って、誰だろう？

「うちで飼ってるラブラドールレトリバーのコタロウ」

「ラブラドール……レトリバー？」

　んん？

　つまり、ラブラドールレトリバーのコタロウ＝可愛い＝私。

　と、いうことは。

　さっきから連呼されている『可愛い』って、ラブラドールレトリバーのコタロウくんと同レベルでの『可愛い』ってことだったんだ！

　う、うわぁ。

　動揺したり、赤くなったりしている自分がものすっごく恥ずかしいっ！

　そっか、そっか、そういうことか！

　ちょっと残念だけど、納得っ。

　愛犬レベルの『可愛い』って意味だったんだ！

「ほら、これがコタロウ。可愛いだろ？」

　うれしそうに笑う九条さんの手元のスマホには、ボールをくわえているコタロウくんの画像が！

　つやつやとした黒色の瞳に、黒色の毛。なんて愛くるしいんだろう……！

「か、可愛いっ！」

「だろ？　子犬のころの写真もあるよ」

　子犬のころのコタロウくんは、コロコロとした体つきで黒くてつややかな目がくりっとまあるくて。

「こ、これは、尊い……」

「な、可愛いよな？」

　親バカ全開の九条さんに、激しく同意！

「写真を見てるだけで、癒やされますっ」

「これは、フリスビーで遊んでるところ」

　コタロウくんのあまりの可愛さに、コタロウくんと同じように可愛いなんて言ってもらえて、むしろ光栄に思えてくるっ！

「ちょっと待って。たしか、他にも子犬のころの写真があったはず」

　そう言って、隣に移動してきた九条さん。

「ほら、これ、生まれたばっかのころのコタロウ」

　九条さんの顔がすごく近くて、肩は触れそうなほどの距離にあって、正直、ドキドキしちゃってスマホを見るどこ

ろではないのだけど……！

「あ、これこれ！」

　その瞬間、スマホから顔を上げた九条さんの肩と、私の肩がトンッとぶつかった。

　わわっ！

　びっくりしてのけ反ると、勢いあまってそのままゆっくりと仰向けにひっくり返った。

　背中で結ばれた帯の上で、ぽよんと体が弾んで息をのむ。

　……えっと、これはいったい？

　なぜか、すぐ目の前に九条さんの顔が迫っていて。

　ひ、ひやあああっ!!

　振袖を着ている私に、スーツ姿の九条さんが馬乗りになっている、この体勢……！

　ど、どうして、こんなことにっ!?

　よく見れば、九条さんのもう片方の手が、私の頭を抱えていて。

「あ、あ、あ、あ、あ、あの……？」

「悪い、支えきれなかった」

　そ、そっか。九条さんがとっさに支えてくれたから頭、打たなかったんだ……。

　で、で、でも！

「彩梅、顔が赤いけど大丈夫か？」

　ち、近い！　とっても近いです！

　九条さんの息が触れるほどに顔が近くに迫って。

　心臓、本当に止まっちゃうよっ……!!

　九条さんの下で慌てふためいていると、九条さんが盛大に吹き出した。

「ぶはっ！　ま、まさか、天ぷら屋で振袖を着た女の子を押し倒す日が来るとは思わなかった」

「う、うう……あ、あの」

　こ、これは、辛い。辛すぎる。

　さすがに恥ずかしすぎる。

「く、くくくっ。ほ、ホント、彩梅、ヤバい……」

「……私も、そう思います」

　ううっ。

　まさか、こんなお店で振袖を着てひっくり返るとは思わなかった。

　九条さんに引っ張って起こしてもらい、うなだれる。

　ああ、もう恥ずかしすぎる。

　いっそ、消えてしまいたい……。

　隣を見てみれば、案の定、九条さんはお腹を抱えて大爆笑中。

「わ、笑ってごめんな？」

「……いえ」

　こ、これは、さすがに情けない。

　で、でも、それにしてもちょっと、笑いすぎな気もするけれど！

「いや、いいと思うよ。自然体っていうか、天然っていうか」

「フォローされると、かえって辛いので、思いきり笑っててください！」

むうっ。

ぷくっとふくれて、九条さんをちらりと睨む。

「いや、ものすごく、可愛いと思う。……く、くくっ！」

可愛いの意味！

「笑いながら言わないでください！」

もう！　恥ずかしいし、情けないし！

ドキドキしすぎて、心臓は破れちゃいそうだし！

「それより、さっきの話だけどさ、彩梅の将来の夢って、つまり『おヨメさん』ってこと？」

向かいに座り直した九条さんに聞かれて、考える。

「あれ？　そう……なりますか？」

なんだか幼稚園児の夢みたいで、恥ずかしくなってきた。

「めずらしいよな。見合いで結婚するって決めてるなんて」

きっと、また笑われる……！と覚悟していると、じっと九条さんに見つめられた。

「あのさ、家や親が選んだ相手と結婚するなんて、嫌じゃないの？」

「それが西園寺家のためになるのなら」

迷わずに答えると、九条さんが黙ったまま立ち上がる。

「ちょっと歩こうか」

スカイツリーを眺めながら九条さんの隣を着物で歩いていると、なんだか夢の中の出来事みたい。

「よく浅草来るんですか？」

「いや、あんまり来ない」

　九条さんのキレイな横顔が夕陽に映えて、ぴょんと心臓が飛び跳ねる。

「九条さん、デートとか慣れてるのかと思いました」

　ちょっとした気づかいに九条さんの優しさとか、経験値の差をものすごく感じてしまうから。

「俺、あんまり女と出かけるの好きじゃないし」

　……え？

　女の人が好きじゃないってことは、も、もしかすると九条さんは男の人が？

「ごめんなさい！　お見合いなんて辛かったですよね」

「は？」

「大丈夫です。このお見合いはお断りするつもりで来ているので。それは安心してください」

　まわりの人には言いにくいだろうし、ましてや九条ホールディングスを背負っているなら、なおさらのこと。

「なんの話をしてるんだよ？」

　怪訝な顔をしている九条さんの耳元に、こそっと呟く。

「あの、だから、その。……九条さんは、男の人が好き、なんですよね？」

「──は？」

「だ、大丈夫ですよ。誰にも言いませんから！　お父さんにもお母さんにも内緒にします！　あの、私は、応援してますから！」

　九条さんは眉を寄せて固まっている。

「……そんなこと、微塵も言ってないよな？」

「で、でも、女の人を好きじゃないってことは、その、そういうことなのかと……」

　おそるおそる九条さんを見上げると、九条さんが険しい顔で私を見下ろしている。

　あっ！　言葉にしちゃいけないことだったのかも……！

「彩梅、そろそろ本気で怒っていいか？」

　視線を尖(とが)らせた九条さんに両手で捕獲(ほかく)されて、九条さんが、とっても近い！

　……ちょ、ちょっとこれは、近すぎるような!!

　す、少し、不適切な距離感というか!!

「こっち向いて、彩梅」

　こ、これは本気で怒らせてしまったのかも！

　その低い声に、怒られることを覚悟してぎゅっと目をつむると。

「俺たち、また会える？」

　耳元に響く九条さんの甘い声。

「え？」

「会ったばかりでこんなこと言っても、信じてもらえないかもしれない。けど、庭園で彩梅を見かけたときに、時間の流れが止まったような特別なものを感じた。俺は、彩梅ともっと一緒に過ごしたいって思ってる」

「あ、あ、あ……」

　ど、どうしようっ！

　まだ、高校生だってことを伝えてない！

「代理で来た彩梅に、結婚するつもりがないことはよくわ

かってる、まだお互い学生だし。けど、俺とのことを真剣に考えてほしい」

　強いまなざしで見つめられて、下を向く。

　九条さんは、すごく素敵な人だと思う。

　抜群にカッコよくて、優しくて。一緒にいるとすごく楽しくて。

　でも、そんな人がなんの取り柄もない、高校生の私を相手にしてくれるはずがない。

　すれ違う女の人はみんな九条さんのことを見ていたし、どこにいても九条さんはものすごく目立っていて。

　私は九条さんに釣り合わない。

「彩梅？」

　お父さんには黙っているように言われたけど。

「ごめんなさい！　私、あの、まだ高校生で、とても九条さんと……」

「──は？」

　眉を寄せる九条さんに、改めて自己紹介。

「あ、あの、西園寺彩梅、女学院高等科の３年です」

「ごめん、ちょっと意味がわかんないんだけど。つまり、彩梅は高校生？」

「は、はい」

「……マジで？」

「マジです」

「あのさ」

「はい」

　じっと九条さんと見つめ合う。

「忘れて、今の、全部」

「へ？」

「いや、高校生がどうっていうより……。つうか、何も知らないわけだよな。そっか、高校生か……」

「ご、ごめんなさい！」

　深く頭を下げると、くしゃりと頭を撫でられた。

「彩梅が悪いわけじゃないだろ。けど、まあ……」

　そう言いながらも、九条さんはすごく戸惑っていて。

「つうかさ、高校生で見合いなんてしちゃダメだろ？　もし相手が彩梅に本気になって、今すぐ結婚しようとか言われたらどうすんだよ？」

「さ、さすがに、それはないと」

　すると、九条さんが深ーいため息をつく。

「お前、全然わかってないんだな」

「何をですか？」

　キョトンと首をかしげる私に、九条さんが呆れている。

「あのさ、もう姉貴の代わりに見合いなんて行っちゃダメだぞ？」

「は、はい。あの、いつかは、お見合いをすることになると思うんですけど……」

「本気でそんなこと考えてんの？　彩梅、まだ17なんだろ？」

「はい」

「今から見合いで結婚するなんて決める必要はないだろ。

これから楽しいことだってたくさんあるだろうし、もっと
いろんな経験をしてから決めても遅くないよ」

　真剣に語る九条さんに笑顔で伝える。

「私は姉のように優秀じゃないから、家を継いだり経営を
担ったりすることはできないけど、せめて西園寺家を守っ
ていくために、自分にできることをと思っています」

「それが、西園寺家の決めた相手と結婚すること？」

「はい」

　そこまで伝えると、ぴんっと背筋を伸ばして九条さんに
向き合った。

「あの、お姉ちゃんの代理だったけど、今日は夢みたいに
すごく楽しい１日でした。本当にありがとうございました」

　すると、九条さんが困ったように目を伏せた。

「高校生だって知らなかったとはいえ、口説いたりしてご
めんな。そりゃ……面食らうよな」

　ゆっくりと首を横に振ると、ふたりの間を残りの桜がち
らちらと舞い降りる。

「いつか偶然どこかで会えたら、メシでも食いに行こうな」

　ちょっとだけ胸が痛いけど、笑って頷いた。

　でも、そんな偶然あるのかな。

　もし偶然どこかで会えたとしても、本当に九条さんは私
のことを誘ってくれるのかな。

　そのときには、素敵な人と一緒にいるんじゃないかな。

　それから、帰りのタクシーに乗ったけれど、九条さんは
あまり話さなくなってしまった。

「それじゃ、あの、失礼……します」

　家に到着すると、精一杯の笑顔を作って別れた。

「彩梅、九条さんは？」

　玄関を開けると、お母さんが飛び出してきた。

「今、帰ったところ、なんだけど……」

「楽しかった？」

「うん、すごく。でも、お姉ちゃんじゃないことは、最初からわかってたみたい」

「あら！　どうしてかしら？」

「えっと」

　それは、お母さんが私の名前を呼んだからだよ……。

「お父さん、あのあと仕事に行ったんだけどね、何度も電話をかけてきて。かなり心配してたわよ。でも、素敵な人だったわね、九条さん」

「カッコよすぎて、どうしたらいいかわからなかった」

　九条さんと一緒にいる間、ずっと足元がふわふわしていた。

　九条さんのちょっとした仕草がすごく大人っぽくて、笑顔がキラキラとカッコよくて、ドキドキしすぎて心臓が痛かった。

「九条さんに高校生だってことは、お伝えしたの？」

「……うん、びっくりしてた」

「そう。おじいちゃんには私から伝えておくわ。九条家にもお詫びしないとね。さすがに彩梅も疲れたでしょう。明

日は学校もあるし早めにお風呂に入って、今日はもう休み
なさい」

　お母さんに返事をすると、お風呂を終えて部屋にこもっ
た。
　いつの日か、また九条さんに会えるといいな。
　『いつか偶然どっかで会えたら』と九条さんは言ってた
けど、それはいつのことなんだろう。
　私が大人になれば、もう少し九条さんにふさわしくなれ
るのかな。
　でも、そのころには、九条さんは結婚しちゃっているか
もしれないな。
　目を伏せると、九条さんの甘い笑顔がまぶたに浮かぶ。
　優しい人だったな。
　仕草も言葉づかいもすごく大人っぽくて、よく笑う人
だった。
　その夜は、九条さんのことを考えながら眠りについた。

許婚とか結婚とか！

　２時間目の古典の授業中、ぼんやりと窓の外に視線を向ける。

　昨日の九条さんを思い出しては、心が浮いたり沈んだり。

「彩梅、どうしたの？」

「なんだか、今日の彩梅、おかしいよね？」

「なんでもないよっ」

　クラスで仲の良い萌花ちゃんと真希ちゃんにそう答えながらも、頭の中は九条さんのことばかり。

　すごく、優しい人だったな。

　笑われてばかりだったけど、楽しかった。

　ドキドキしすぎて苦しかったけど、いつかまた九条さんに会えるといいな。

　九条さんのことを考えていたら、あっという間に１日が終わってしまった。

　家に帰ると、お母さんがパタパタとやってくる。

「おかえりなさい。あのね、彩梅」

「ごめんね、ちょっと部屋で休んでくる」

　お母さんに沈んだ顔を見られたくなくて、すぐに部屋に向かう。

　もともと九条さんは、お姉ちゃんの許婚だったんだし。

　私が相手にしてもらえるような人じゃないのは、誰より

もよくわかっている。

　九条さんには、もっとキレイで大人の女の人がよく似合う。

　ベッドに転がって、ぼんやりと昨日のことを思い出す。

　夢みたいな1日だったな。

　いつか私がお見合いするときに、九条さんみたいな素敵な人に出会えるといいな……。

　そんなことを考えているうちに、うとうとと眠ってしまって。

　コンコンと部屋がノックされて、慌てて起き上がった。

「あら、まだ制服着てるの？」

　部屋に入ってきたお母さんが目を丸くする。

「あ、うん。今、着替える」

　……あれ？

「お母さん、どうしたの？」

　どこか、そわそわと落ちつきのないお母さん。

「えーっと、そのままでいいから、ちょっと下に来てもらえる？　おじいちゃんが来ててね」

　おじいちゃんがうちに？

　お母さんはそれだけ伝えると、先に下に下りてしまった。

　おじいちゃんがうちに遊びに来ることなんて、めったにないのに。急にどうしたんだろう？

　……あ！

　もしかすると、昨日のお見合いのことを怒っているのかも!?

　そういえば今回のお見合いは、おじいちゃんが決めたことだって言ってた。

　私がお見合いに行ったことで、お父さんやお母さんが怒られたら大変！

　ちゃんと説明しないと！

　がばりと起き上がり、制服のまま髪の毛をぱっと整えて、客間へ向かった。

　軽くノックをして客間の扉を開けて、その光景に立ち尽くす。

「……え？」

　そこにいるのは、おじいちゃんと、おじいちゃんの知り合いらしき和服の男の人と、もうひとり。

　──九条さんが座っていた。

　予想外の展開にぽかんとしていると、おじいちゃんのしわがれた声が響く。

「こちらは私が親しくしている九条さんと、その孫の千里くんだ。千里くんとはもう会ってるな」

　……ど、どうして、ここに九条さんが？

「彩梅、聞いてるか？」

「は、はい！」

　ということは、この和服の人は、九条さんのおじいさん？

　九条さんは表情を強張らせたままじっと固まっている。

「彩梅も座りなさい」

　おじいちゃんにうながされてソファの片隅にちょこんと

座ったけれど。

突然現れた九条さんにドキドキしすぎて、心臓が今にも口から飛び出しちゃいそうだよっ。

すると、おじいちゃんにくわっと見据えられて、びくり。

「昨日の見合いに、真桜の代わりに彩梅が行ったというのは間違いないか？」

威厳たっぷりの凄みのある声でおじいちゃんに尋ねられて、こくんと頷く。

どうしようっ。

こんな大ごとになるとは、正直思ってなかった。

まさか、相手のおじいさんまで、怒って我が家にやってくるなんて！

青ざめる私の前で、おじいちゃんはしわの刻まれた目じりを震わせて、険しい顔をしている。

こ、これは、かなり怒っている……！

怒鳴られることを覚悟して、ぎゅっと目をつむると。

「では、この縁談、千里くんと彩梅で正式に進めることにする」

客間に奇妙な沈黙が流れて、ハッとする。

……おじいちゃん、今、なんと？

さらりと、とんでもないことが告げられたような？

「お、おじいちゃん……正式にって、どういうこと？」

「ふたりの結婚に向けて正式に縁談を進める、ということだよ。まあ、彩梅さんと千里の結婚の準備に入るってことだね」

　優しく諭すように、九条さんのおじいさんが説明してくれたものの。

　……正式に？　縁談を進める？

　……結婚の準備？

　言っていることの意味がまったくわかりませんが？

「つまり、お前たちふたりは、夫婦になる」

　……は？

「じ、じーさん、勝手に決めんなよっ！」

「おじいちゃん、な、何を言ってるの!?」

　九条さんと同時にガタンと立ち上がると。

「「お前らが口を出すことじゃない！」」

　おじいちゃんふたりが、ビシリと言い放った。

　……え？

　結婚って、自分たちで決めることじゃないの？

「この縁談は、九条家と西園寺家が代々果たせずにきた悲願なのだ」

「私たちの代で実を結ぶなんて、これで先代にも顔向けできる」

　うっすらと涙を浮かべているおじいちゃんたちに呆然。

「どういうことだよ」

「そ、そうだよ、そんな一方的に！」

「「黙りなさい」」

　怖っ！

　おじいちゃんたちの凄みの利いた声に、体を縮める。

「その昔、西園寺家の次女と九条家の長男の縁談があった

のだが、残念ながらうまくはいかなくてな」

「それ以来、いつかは九条家と西園寺家でご縁を結ぼうと願ってきたものの、なかなか年齢の近い者がいなかったり、子どもが男ばっかりだったり女ばっかりだったりと、どうにも整わず……」

「だからって、どうして俺たちが……！」

「そ、そうだよ！　それに九条さんの許婚はお姉ちゃんでしょう？」

　すると、おじいちゃんに鬼の形相で睨まれた。

「真桜の許婚というよりは、西園寺家と九条家が決めた許婚だ。千里くんの相手が真桜だろうが彩梅だろうが、何も問題はない」

　……そんな、めちゃくちゃな!!

　唖然としていると、今度は九条さんのおじいさんがにこやかに語り出す。

「千里が生まれてしばらくして、西園寺さんのところに女の子が生まれたと聞いてね。あのときは、うれしくて西園寺さんと朝まで盛り上がってねえ。そのときにお互いの孫を結婚させようと、許婚として約束したんだよ」

　穏やかに語ってはいるけれど……つまりは酔っぱらった勢いってこと!?

　お姉ちゃん、お見合いが嫌でアメリカまで行っちゃったっていうのに、そんなことがきっかけだったの!?

　し、信じられない……！

「で、でも、あのお見合いは、私がお姉ちゃんの代わりに行っ

ただけで、その、私は結婚なんて、まったく考えてなくて」

　必死でおじいちゃんたちに言葉を絞り出す。

　すると、九条さんがおじいちゃんたちに強い瞳を向ける。

「彩梅さんは、まだ高校生ですよね？」

　そうです！　まだ高校生です！

「だからどうした？」

「それがどうしたんだ？」

　けろりと答えたおじいちゃんに唖然。

　こ、この人たち、常識が通じない!!

「小梅さんも本来ならそのくらい、いや、もっと若い年齢
で嫁ぐはずだったようだしな」

　小梅さん……？

　どこかで聞いたことのある、その名前。

　西園寺家では代々女性に花の名前がつけられているか
ら、『梅』という名を持つ人は、私の他にも数名いたはず。

「えっと、小梅さんって、おばあちゃまのおばあちゃまの？」

「うちの会社の事業を、女性ながら手広く拡大した方よ」

　お茶をさしながらお母さんが頷いた。

　昔、写真で見たことがある。

　すごく凛としたキレイな人だった。

　でも、今とそのころとじゃ、時代が違いすぎるっ！

「とにかく、そういうことだから、千里くんの許婚は彩梅
ということで、この縁談を前向きに進める」

「おじいちゃん、いくらなんでも結婚なんて無理だよ！
私、まだ高校、卒業してないんだよ？」

「結婚は 1 年待ったっていい。とりあえず婚約だと言って
るんだ」

「むしろ、入籍だけ先に済ませても問題はない」

「「は？」」

　……入籍？

　問題、大あり……だよ！

「ん？　何が不満だ？」

　不満だらけに決まってるっ。

「私、これから期末テストだって中間テストだってあるん
だよ？　秋には内部進学の審査もあるし。婚約とか入籍な
んて、いくらなんでも現実的じゃないよ！」

「期末テストって……」

　隣では九条さんが絶句している。

「いつかはお前も西園寺家のために見合いをすることにな
るんだから、遅かれ早かれ同じことだろう？」

「で、でも、それはもっと大人になってからの話でしょう？」

「西園寺が創設にかかわっている女学院には、許婚や婚
約者のいる女子生徒もたくさんいるだろう」

「そうだとしても、入籍してるなんて話は聞いたことない
よ！」

「そうか？」

　わざとらしく驚いた顔をしているけど、人の人生をなん
だと思っているんだろう！

「とにかく、今日から千里くんの許婚はお前だ。わかった
な？」

「そ、そんな！」

　じっとおじいちゃんを見つめると、般若のような形相で睨み返された。

　ひょえええ……。

　とっても怖いです……。

　で、でも、このままだと大変なことになっちゃう！

　ぐぐっと唇をかみしめて、考えを巡らせていると。

「申し訳ありませんが、自分も学生の身分で結婚自体を考えられる立場ではありません」

　さ、さすが九条さん！

　九条さんが毅然とした態度で言いきったそのとき、家の前で車が止まる音が聞こえた。

「あら、お父さん、もう帰ってきたのかしら」

　パタパタと音を立てて、お母さんが玄関へと向かう。

　……そういえば、お父さんはどう思っているんだろう？

　高校生の娘が婚約からの入籍なんて、お父さんが納得しているとは到底思えない。

　そっか！

　お父さん、おじいちゃんたちを説得するために帰ってきてくれたんだ！

　ホッと胸を撫で下ろしていると、駆け足で客間に入ってきたお父さんが、その光景に凍りついている。

　……あれ？

「お義父さん、これはいったい？」

　おじいちゃんに問いかけるお父さんの姿に、ものすごく

嫌な予感がする。

　……もしかして、お父さん、何も知らされてないの？

　娘の縁談話を、父親が知らないなんてこと、ある？

　信じられない思いで、おじいちゃんふたりに視線を向けると。

　おじいちゃんたちは目を合わせて立ち上がり、その場に立ち尽くすお父さんの肩に手を置いた。

「あとは、博之くんに任せたよ」

「西園寺社長、頼んだよ」

　……ええっ!?

　おじいちゃんたちはお父さんを高圧的な笑顔で威嚇すると、客間を出ていってしまった。

　お母さんから一部始終を聞いたお父さんは、頭を抱えてソファに体を沈めている。

「九条ホールディングスの会長がうちに来ているというから慌てて帰ってみれば……。彩梅は、まだ高校生だぞ？ 真桜の許婚の話も勝手に決めて、今度は彩梅まで……！」

「でも、同じことをあなたは、真桜にしようとしてたのよ？」

　げっそりとうなだれるお父さんに、お母さんがとどめを刺している。

「そうだとしても、彩梅はまだ……」

　ブツブツと呟きながら、しばらく考え込んでいたお父さんが、ゆっくりと顔を上げた。

　きっと、お父さんならうまくおじいちゃんたちを説得し

てくれるはず！

　期待してお父さんを見つめると。

「とりあえず、婚約ということでいこう」

　お父さんがきっぱりと言いきった。

　……嘘だよね？

「いくら反対したところで、あのふたりが簡単に折れるとは思えない。形だけでも婚約ということにして、あのふたりを納得させないと、勝手に入籍でもされたらそれこそ取り返しのつかないことになる」

　勝手に入籍!?

　そ、そんなことできるの!?

　本人の承諾もなく？

「とりあえずは会長たちの熱が冷めるまで、婚約ということで、この話をつなごう。もちろん形だけで、あくまで形だけだ」

「ちょっと待って、お父さんっ！」

　こんなところでムコ養子の本領を発揮しないでほしい！

　すると、お父さんが私を無視して九条さんに体を向ける。

「意気投合している会長たちに何を伝えたところで、納得してもらえるとは思えない。しばらく様子を見て、会長たちの熱が冷めたところで婚約破棄ということで波風立てずにいきたいと思う」

「うちの祖父も言い出したら聞かないところがあるので、下手に逆らったら、面倒なことになるのは目に見えています」

　九条さんの言葉に、お父さんが大きく頷いているけれど！

　ちょっと待って！　私の意思とか！

「とにかく会長たちがすぐにでも結納だ、結婚だ、と暴走しないように、彩梅が高校に通っている間は『婚約を前提としたお付き合いをする』ということで、会長たちに納得してもらう。その旨、今から話してくる」

　お父さんがそそくさと、おじいちゃんたちのもとへ向かうと、お母さんがお茶を片づけながら、くすくすと笑っている。

「そうしていると、ふたりともすごくお似合いなんだけどね？」

「お母さんまでそんなこと言わないで……」

　娘が結婚させられちゃいそうだっていうのに！　お母さん、のんきすぎるよっ。

「それより、彩梅、九条さんを玄関までお送りしたら？　今日はふたりとも、これ以上ここにいないほうがいいかも。おじいちゃんたち、これからお酒が入って、やっぱり今すぐにでも婚約だ、結納だって言い出したら大変じゃない？」

　そ、それは大変！

　九条さんと同時にさっと立ち上がり、早歩きで玄関に向かった。

　玄関から庭にまわり、おそるおそる九条さんを見上げる。

「あ、あの……九条さん」

「参ったな」

「……はい」

　すっかりと暗くなった庭は霧でかすんで、夜の湿った匂いがする。

「彩梅は家のために生きていきたいって言ってたよな？」

「で、でも、これは！」

「そう、これは間違ってる。わかっただろ、つまり、こういうことなんだよ。彩梅の意思なんて、関係ない。いつだって家同士の利害関係が最優先されるんだよ」

　九条さんの言葉に、がっくりと肩を落とす。

　さすがに、こんなに一方的に話が進むとは思ってなかった。

「けど、彩梅のお父さんが言うとおり、あのじーさんたちが決めたことを覆すのは、そんなに簡単なことじゃない。あのふたりを敵にまわしたら、ろくなことにならないからな」

　九条さんの言葉に、おじいちゃんたちの横暴なふるまいを思い出して、ぞっとする。

「最終的には、婚約破棄してすべて白紙に戻すから、彩梅は何も心配しなくて大丈夫だよ」

「……はい」

　月の光を浴びた九条さんのキレイな横顔を、じっと見つめる。

「それから、形式上付き合うことになるけど、婚約破棄が前提だし、子ども相手に手出したりしないから、彩梅は何

も心配しなくていい」

　婚約破棄が前提で、子ども相手……。

　ちくりと胸が痛んで視線を落とす。

　九条さんと私が釣り合わないのはわかっているけど、さすがに傷つく……。

　すると、くしゃりと頭を撫でられた。

「そんな顔しなくても大丈夫だって。そのうちじーさんたちも飽きて、何も言わなくなるだろ」

　こくんと頷いたところで、強い視線を感じてきょろきょろと見まわす。

　すると私たちを見下ろしながら、日本酒を片手にニヤニヤと笑っているおじいちゃんたちをベランダに発見！

　もうっ！

　私たちの人生を、老後の楽しみにしないでほしいっ！

「あいつら……！」

「九条さん、こっちです！」

　その場から逃げ出すように移動して、おじいちゃんたちから見えない場所まで九条さんを引っ張っていく。

　なんだか先行きが不安でしかない。

「とりあえず今日は帰るな。何か困ったことがあったらこの連絡先に、メッセージ入れて」

「は、はいっ。あの、おやすみなさい」

　連絡先を受け取って、ぺこりと頭を下げる。

「おやすみ、彩梅」

　夜の闇に消えていく九条さんの背中を、見えなくなるまで見送った。

　また九条さんに会いたいとは思っていたけど、こんな形で再会するなんて思ってもみなかった。

　それにしても婚約とか結婚とか、おじいちゃんたち、暴走しすぎだよ……！

　庭の梅の木を見上げると、暗い夜空にため息がにじんだ。

第2章

指令　その1

「どうしたの、彩梅？」

「ううん、なんでもない！　ごめんね、話の途中だったね」

　お昼休みにみんなでお弁当を食べていたら、九条さんが通っているK大学の話になって、思考停止してしまった。

「それで萌花がね、外部進学を決めてオープンキャンパス行くんだって」

「彩梅は内部進学だよね？」

「うん！」

　真希ちゃんと花江ちゃんに返事をしつつ、サンドイッチをぱくり。

　あれから3日がたったものの、いつもどおりの平和な毎日。

『婚約破棄を前提に九条さんと形だけ付き合う』というよくわからない状況に動揺したけれど、さすがに、おじいちゃんたちも早すぎるって気がついたのかも！

「そういえば、昨日、隣のクラスの白鳥さんの婚約者を見ちゃった！　車でお迎えに来てたよ」

　真希ちゃんの一言に、みんながわっと盛り上がる。

「どんな人だった!?」

「んー、優しそうな感じ？　スーツ着てた」

「うわー！　スーツ着て、車でお迎えか〜。めちゃくちゃ憧れるっ」

「背が高くて、カッコよくて、優しい年上の婚約者に『可愛いね』とか言われてみたいっ！」

「ホント、それ」

　すると、萌花ちゃんに顔を覗き込まれた。

「彩梅、顔が赤いけど、どうしたの？」

「ふえっ!?　そ、そうかなっ!?」

　みんなの話を聞いていたら、九条さんを思い出してしまった。

「もしや、彩梅にも許婚がいたりするの？」

「……え!?」

「あの西園寺家だもんね。ものすごいハイスペックでイケメンの婚約者がいたりして」

　じーっとみんなに見つめられて、目を泳がせる。

「あ、あの、お姉ちゃんには、す、すっごく素敵な、その、許婚がいたんだけど」

「彩梅にはいないの？」

　前のめり気味な萌花ちゃんに、うぐぐぐ。

「わ、私は、まだその、よくわからない状況で。た、例えば、もう入籍してる子もいたりするのかな？」

「さすがに入籍してる子はいないんじゃない？」

「入籍って、つまりは結婚でしょ？　そんな話は聞いたことないよ」

「そ、そうだよねっ」

　おじいちゃんたち、本当に何を考えてるんだろう！

「でもさ、やっぱり普通に恋愛して結婚したいよね」

「大学に入ってからに期待！」

　盛り上がるみんなの話を聞きながら小さくため息。

　九条さんはどう思っているんだろう……？

　帰りのHR（ホームルーム）を終えると、いつものようにみんなと一緒に駅に向かう。

　みんなと別れて家の最寄り駅で降りて改札を抜けると、名前を呼ばれた。

　んん？

　きょろきょろとあたりを見まわして、目をぱちくりさせる。

　……あれ？

　少し離れた場所で車に寄りかかり、キラキラと柔らかな笑顔を浮かべているのは、九条さん……!?

　ど、どうしてこんな場所に九条さんが!?

　じっと九条さんを見つめて立ち尽くす。

　すらっと背が高くて、抜群にキレイな顔立ちをしている九条さんは、ものすごくさわやかで、眩しいほどに煌めいていて。いくらなんでも、目立ちすぎです！

「彩梅、こっち」

　もう一度、名前を呼ばれてドキリ。

　視線を落としたまま、おずおずと近づいていく。

　突然現れた九条さんに、脈拍は急上昇するし、心臓は飛び跳ねているし、頭の中はパニック状態！

「あ、あの……どうして、こんなところに？」

「彩梅のこと迎えに行けって、じじいたちからの命令」

「……おじいちゃんたちからの命令？」

「ふたりで食事してこい、だと。勝手に店に予約を入れたらしい」

　ええっ！

「車の中で話そう」

　そう言って、急かすように私の肩に手を置いた九条さんが、パッとその手を離す。

「悪い、触ってごめんな」

　ばつが悪そうな九条さんに、笑って頭を横に振る。

　優しくされて戸惑ったり、謝られて切ない気持ちになったり。

　九条さんと一緒にいると、初めての気持ちに動揺してばかり。

　助手席のドアを開く九条さんにドキドキしながら車に乗って、スマホを確認すると。

【千里くんと夕飯を食べてくるように！】

　ものすごく一方的なメッセージが、おじいちゃんから届いている。

「彩梅のところにも、連絡来てる？」

「九条さんとごはん食べてくるようにって、指令みたいなメッセージが……」

　すると、ハンドルを握る九条さんが、ぷはっと吹き出した。

「ホント、指令って感じだよな」

　そう言って楽しそうに笑う九条さんはキラキラと眩しくて、ドキドキしすぎてとっても心臓に悪い……！

　車で移動して、おじいちゃんに指定されたお店の前で、九条さんとふたりで立ち尽くす。
「ここ……ですか？」
「いや、ここ？」
　おじいちゃんたちが予約を入れるなら、料亭とかお寿司屋さんとかそんなお店を想像していたけれど。
「間違い、ないよな？」
「た、ぶん？」
　私たちの視線の先には、はちみつ色の外壁に、ピンク色のふわふわとした文字で【LOVELY HONEYパンケーキ】と飾られた可愛らしいお店が。
　ハートの風船がいくつも浮いている入り口の前で立ち尽くしたまま、数分が経過。
「か、可愛い、お店、ですね？」
「……じじいたち、ふざけすぎだろ。別の店を探そう」
　眉を寄せて車に戻ろうとした九条さんの腕を、ぐいっとつかんだ。
「で、でも！　もう予約、しちゃってるし」
「え？」
「わ、私、ここ、入ってみたい……！」
　嫌がる九条さんを無理やり連れて入ったものの、女の子であふれ返るハワイアンテイストのお店で九条さんは、メ

ニューを見て絶句している。

「これが晩メシ？　こんなに生クリームがてんこ盛りになってる食い物が、晩メシ？　じじいたち、本気でここ予約したのか？」

「私、パンケーキが夜ごはんで、全然、大丈夫です！」

「いや、俺は無理……っつうか……」

「え？」

「ま、いいや。彩梅が楽しいならいいよ」

　九条さんが小さく笑って、メニューに視線を落とす。

　サルの人形がぶら下がってたり、キリンの置物があったり、遊び心満載のお店の雰囲気が楽しくてきょろきょろしていると、九条さんが吹き出した。

「友達とこういうところ来ないの？」

「寄り道は禁止されてるし、パンケーキに2000円なんて、高すぎてとても無理です」

「彩梅は真面目ないい子だね」

　その一言に、どーんと心が重くなる。

『真面目ないい子』は、学校の中では褒め言葉かもしれないけど、『付き合ってる女の子』に使う言葉じゃないことくらいは、私にもわかる。

「彩梅、これは褒め言葉だよ」

　ふわりと笑う九条さんに、胸がきゅっと苦しくなる。

　九条さんと一緒にいると、ドキドキしたり、切なくなったり、とにかく気持ちが忙しい。

　すると、店内を見まわした九条さんがぽつり。

「じーさんたち、どうやってこの店のこと調べたんだろうな？」

「うちのおじいちゃんなんて、こんなお店、絶対に知らないと思うんだけど……」

「じじいたちがふたりでネットで検索？」

「"流行りのデートスポット"とか、"お出かけランキング"とか？」

　ぷぷっ！

　その姿を想像して盛大に吹き出したところで、巨大なお皿に乗せられたパンケーキが運ばれてきた。

　う、う、うわあっ！

　これが夜ごはんだってお母さんが知ったら、怒られそうだけど！

　ふわふわのパンケーキの上に散りばめられた、果物に生クリーム。

　なんておいしそうなんだろうっ！

「彩梅って和テイストのものが好きそうに見えたけど、こういうのも食うんだな」

「甘いものなら、どんなものでも大好きですっ」

　そう言って、パンケーキをぱくり！

　ううっ、なんておいしいんだろうっ！

「彩梅は団子とか、まんじゅうがよく似合うよ」

　んん？　団子とかまんじゅうがよく似合う？

　いったい、どんなイメージなんだろう？

「それより九条さん！　このパンケーキ、ものすごくおい

しいですっ！　ふわっふわっです！　これは、おじいちゃ
んたちに感謝しないと！」

　おいしくてうれしくて、幸せな夜ごはんだなーと思って
いると九条さんと目が合った。

「すごいね、彩梅は」

「すごい……？」

　食欲が？

「姉貴の身代わりで無理やり結婚させられそうになってる
んだぞ。挙句、学校帰りにこんなところに連れてこられて」

　パンケーキはおいしいし、九条さんと過ごすのはすごく
楽しいから、私にとっては幸せな時間なんだけどな。

　でも、5歳も年下の私を相手にしなきゃいけないなんて、
九条さんにとっては負担でしかないのかも。

　だから、ちらりと九条さんを見上げて言葉を選ぶ。

「……パンケーキ、すごくおいしいし、おじいちゃんたち
が予約入れてくれなかったら、きっと来ることもなかった
から」

「ついてるよ」

　ひゃあっ！

　九条さんの指先が、私の口元についた生クリームをす
くって、びくりと跳び上がる。

　か、顔、熱い！

　恥ずかしくて、九条さんの顔が見られないよっ。

　きゅっと唇をかんで下を向くと。

「……あのさ、彩梅って、男と付き合ったことある？」

　ふるふると頭を横に振る。

「ずっと女子校？」

「はい」

「いつから？」

「幼稚園からです」

　九条さんが絶句したまま黙り込んでしまったのでパンケーキに集中していると、まわりから感じる熱い視線。

　ん？

　きょろきょろと店内を見まわして、ハッと気がつく。

　視線を集めているのは……九条さんだ！

　お見合いの日はスーツを着て、髪もきちんと整えていたけど、今日の九条さんはバサッと髪を下ろしていて、その自然な姿がモデルさんみたいで、ものすごくカッコいい。

　九条さんは注目を浴びることに慣れているのか、まわりからの視線を気にせずハンバーガーを頬張っているけど。

「どうした、彩梅？」

「な、なんでもないです！」

　恥ずかしくなって、九条さんから視線をそらして店内を見まわすと、キレイな女の人ばかり。

　高校の制服を着ている子たちもいるけれど、みんな上手にメイクをしていて華やかで、ちょっとだけ羨ましい。

　すると、ポテトをつまみながら九条さんが首をかしげる。

「彩梅は同級生の男と出かけないの？」

「女子校なので、あんまり……」

　出かけるどころか、まともに話したことすらない。

「あの料亭の庭園で九条さんと歩いたのが、初めてです」

「え?」

「男の人とふたりで出かけたのは、あの日が初めてです。あとは、お父さんとか叔父さんとか」

　すると、ものすごーく深いため息をついて、ガシガシと九条さんが自分の頭をかきむしる。

「……あのさ、そんな状態で親の決めた相手と、見合いで結婚するつもり?」

「はい」

「お前、バカだろ?」

　……バカ?

　ぽかんと九条さんを見つめる。

「誰とも付き合ったことがないまま、親の決めた相手と見合いで結婚するつもりなんだろ?　しょせんは政略結婚なんだぞ?」

　九条さんの強い瞳に、こくんと頷く。

「今時、そんなことを真剣に考えてる奴がいるんだな……」

　考え込んでしまった九条さんに戸惑いながらも、パンケーキをぱくり。

　うう、なんておいしいんだろっ。

「本当にそれでいいの?」

「大変な時代を何度も乗り越えてきた西園寺家を、私は誇りに思ってます。私は姉のように優秀ではないから、会社を継いだりすることはできないけど、せめて西園寺の家が望む人と結婚できればと、思っています」

「そんなこと、今から決める必要はないだろ？」

「西園寺家のためにできることを、と思ってきたので。んんっ！　このピスタチオのアイス、すごくおいしいっ！」

　すると九条さんが、深ーいため息をつく。

「あのさ、幸せそうにアイスクリーム食いながら答えることじゃないよな。好きでもない奴と結婚して、幸せになれるはずがないだろ？」

「結婚してから、相手の人を好きになればいいかなって！」

　ふにゃっと笑ったところで、九条さんと目が合った。

「彩梅、真面目な話、もっとちゃんと恋愛して、いろいろな経験をしたほうがいい。まだ17なんだから、これからどんな自分にだってなれるんだよ。世の中のことをきちんと知ってから、自分がどうしたいのかを考えろ」

「でも、今、こうして九条さんと食事ができて、パンケーキもおいしくてすごく楽しいから、それだけで十分です！」

　本心で言ったことだけど、それきり九条さんは口を閉ざしてしまった。

　うーん……。

　私も九条さんにちょっとだけ聞いてみたいな。

　お水を一口飲んで、勇気を出して九条さんに尋ねてみる。

「九条さんは、その、彼女は、いるんですか？」

　その答えを知りたいような、知りたくないような。

　もし彼女がいるって言われたらどうしよう。

　すると、あっさり答えた九条さん。

「今はいないよ。つうか、彼女がいたら見合いなんて行か

ないだろ」

　イマハイナイ。

　なんて大人な発言!

「たとえ形だけだとしても、『許婚』の彩梅と婚約を前提で
付き合ってる以上は、彩梅だけに決まってんだろ」

　まったく相手にされてないのに、そ、そんなこと言われ
ても困る……!

「……彩梅、また顔、赤くなってる」

「そ、そういうことは、冗談でも言っちゃダメです!　本
気じゃないってわかっててもうれしくなっちゃうし。顔、
赤くなっちゃうし!」

「本気で言ってるんだけどな。それより、そんなに簡単に
顔を赤くすんなよ。もうちょっと男に慣れておかないと、
本当に変な奴に騙されるぞ。いつか見合いで結婚するにし
たって、ちゃんと自分を幸せにしてくれる男か見極められ
るようになっておかないとダメだろ」

「そうは言っても女子校なので……」

　それにすぐに顔が赤くなっちゃうのは、相手が九条さん
だから。

　他の人にこんなこと言われても、こんなに赤くはならな
いはず!

「もし彩梅が変な奴と結婚して、西園寺家を乗っ取られた
らどうすんの?」

「……乗っ取ら、れる?」

　さーっと血の気が引いていく。

「西園寺家との縁を欲しがる奴なんて、この世の中には山ほどいるだろうし」

「そんなこと、考えたこともなかった……」

「大事なことだよ、相手の本質に気づけるかどうかって」

　九条さんの真剣なまなざしに、頷くものの。

「……どうして笑ってるんですか？」

「いや、赤くなったり青くなったり、面白いなと思って」

　……本当にひどい。

「あのさ、彩梅って、もしかして男が苦手だったりする？」

　ぎくり。

「……苦手、というわけではないんですけど、緊張して、上手く話せないことが……多いです」

「そっか。ずっと女子校育ちなら仕方ないのかもな。けど、しばらくは俺といる時間も増えるだろうし、少しは慣れるといいな」

　じっと九条さんを見つめて、強く頷く。

「特訓します」

「特訓？」

「顔が赤くならないように、男の人と普通に話せるように、頑張（がんば）ります」

「そうだな、悪い男に騙されないように特訓するのもいいかもな。今の彩梅を騙すのなんて、ものすごく簡単そうだから」

　うっ。

「……西園寺家のためにも、頑張ります」

　私のせいで西園寺家の未来を潰してしまうことだけは、どうにか避けないと！
「頑張って」
　くすくすと、おかしそうに笑っている九条さんをじっと見つめる。
「九条さんも、私を騙そうと思いますか？」
「なんのために？」
「……うーん、なんのためだろう？」
「つうか、それ、本人に聞いてる時点でアウトだしな」
「あ、そっか！」
　すると、こらえきれないように九条さんが吹き出した。
「彩梅、バカすぎる」
　……ひどい。
「だって、九条さんが騙すとか騙されるとか、恐ろしいことを言うから！」
　すると、テーブル越しに手を伸ばした九条さんにくしゃりと頭を撫でられた。
　わわっ。
　心臓、止まるっ！
「ちゃんと彼氏とか好きな奴を作って、いろんな経験をしてから、見合いで結婚するかどうか考えたほうがいいよ」
「私は、九条さん以外の人と出かけたいとか、彼氏が欲しいとか、思いません」
　九条さんの手のひらにドキドキしながら、ぽつりと本音。
「彩梅は俺のことしか知らないから、そう思うだけだよ。

俺よりいい男なんて山ほどいるんだから」

　……本当かな？

　九条さんよりカッコいい人なんて、いない気がする。

　だって、こんなにさわやかでキラキラしていて、優しくて。

　じいっと九条さんを見つめていると。

「あ、これ、食ってみる？」

「へ？」

「俺のポテト、じっと見てるから」

「あ、は、はいっ」

　ホントはポテトじゃなくて、九条さんを見ていたんだけど！

　勢いで、体をのり出して九条さんのつまんでいたポテトをぱくり。

「……は？」

　呆然としている九条さんと、ポテトをくわえたまま超至近距離で見つめ合う。

　あ、あれ？

　目の前にある九条さんの顔が、かすかに赤くなっているような？

　も、もしかして……私、間違えた？

　うわわわわっ！

　慌てふためいていると。

「はい、どうぞ」

　今度は、ちょっと意地悪な顔でポテトを差し出した九条

さん。

「……え？」

「食べたいんだろ？」

「あ、あの、でも」

「ほら、彩梅、もっと口を開けろ」

　ううっ……

「彩梅？　どうした？」

　もうっ！　九条さんの意地悪っ！

　ぎゅっと目をつむって、ポテトをぱくり！

　恥ずかしいし、心臓爆発しそうだし！

　味なんて全然わからないよっ！

「ヤバい、可愛い」

　楽しそうに笑っている九条さんを、涙目でちらり。

　もう、恥ずかしくて倒れそう……。

　そこに、女性の店員さんがお皿を下げにやってきた。

「失礼ですけど、モデルさんですか？」

　わっ！　九条さん、モデルに間違えられている!?

　熱心に話しかけてくる店員さんに、九条さんは穏やかに

答えている。

　やっぱり九条さんはすごいな、大人だな。

　そんなことを考えていると。

「彼女さん、ですか？」

　突然声をかけられて、びくり。

　こんなことを聞かれるなんて、九条さんの彼女には見え

ないんだろうな。

　彼氏と彼女というよりは、親戚の子の面倒を見ている優しくてカッコいいお兄さんって感じなのかも。

　九条さんにふさわしくないのは、十分すぎるほどわかっているけど。

　ドーンと沈んだ気持ちで、ブルーベリーをぱくり。

　すると、甘く笑った九条さんが言いきった。

「彩梅は、俺の婚約者」

「ゴホッ、ゴホッッ！」

　迷わずに答えた九条さんに、むせ返る。

「え？　この子が……婚約者」

「そう、真面目で素直で可愛くて、俺の自慢の婚約者」

　店員さんが顔を引きつらせて去っていくと、九条さんを上目づかいでじいっと見つめる。

「こ、こん、こ、こん……」

「キツネ？」

「ち、違います！　あ、あの、こ、婚約者って？」

「嘘ではないだろ？　俺たちは、西園寺家と九条家が決めた許婚なんだから」

「で、でも……！」

　もともと九条さんの許婚はお姉ちゃんだったわけで、実際には婚約してないし、婚約者っていうのは少し違うんじゃないのかな!?

　すると九条さんは、眉間にしわを寄せて何やら険しい顔をしていて。

「つうかさ、たとえ形だけだとしても、何も知らない女子

高生と付き合うとか完全にアウトだけど、正式な婚約者なら、ギリ許される……んじゃないかと思ってる」
「それは誰に対して、ですか？」
「自分自身に対して」
　真面目な顔で答えた九条さんに、吹き出した。
「九条さん、気にしすぎです！　来年には高校も卒業するし、何より私たちの場合、おじいちゃんたちの指令で一緒にごはんを食べてるだけなので！」
「まあ、そうなんだよな。つうか、彩梅、笑いすぎ！」
　くすくす笑っていると、ペチンとおでこを叩かれた。

　楽しかった食事を終えて、お店から駐車場へと歩いていると、ぽんっと肩を叩かれた。
　振り向くと、大きなカメラをぶら下げた男の人が立っている。
「君、ものすごく可愛いよね。写真、1枚いいかな？」
　写真？
「おい、彩梅！」
　次の瞬間、ぐいっと九条さんに腕をつかまれて、九条さんの背中に隠された。
「あ、彼氏さんっすか？　うわっ、彼氏さんもめちゃくちゃカッコいいじゃないっすか！　特集でストリートカップルのスナップ集めていて。写真、一緒にいいっすか？」
　カップル!?
「いや、そういうの、困るんで」

　冷たく視線を尖らせる九条さん。

　はい、とっても怖いです。

「そうっすよね。彼女さん、めちゃくちゃ可愛いから彼氏さんも心配ですよね」

「彼氏っつうか、保護者だから」

　……ええっ、保護者!?

　さっきまで婚約者だったのに!?

　突然の格下げ!!

　その人が去っていくと、九条さんにむぎゅっと頬っぺたを両手で挟まれた。

　ひょえっ!

「お前さ、ああいうのに返事しちゃダメだからな？」

「返事、してないでふよ？」

「声かけられて足を止めちゃダメなんだよ。悪いこと企んでる奴だっているんだから。話しかけられても無視しなきゃダメだし、写真なんてもってのほかだろ」

「でも、写真、ちょっと撮ってもらいたかったです……」

　九条さんと、カップルスナップ。

　記念に１枚、欲しかったな……。

「知らない奴に写真なんて撮らせたら絶対ダメだろ。そもそもお前の学校、そういうの禁止されてるよな」

　よくご存知で。

　ＳＮＳに写真を載せることすら禁止されているのに、雑誌にカップルスナップなんて載ったら大変なことになっちゃう。

「でも、九条さんとの写真、撮ってほしかった……」

　小さく呟くと、ものすごく怖い顔で九条さんに睨まれた。

「いいか、お前は俺の許嫁なんだから、他の男に近づくのも話しかけられるのも禁止！　わかったな！」

「は、はいっ」

　思わず返事をしちゃったけれど、話しかけられるのも禁止!?

　さすがに、ちょっと心配しすぎでは？

　私、そんなに弱くないのにな。

　……そうだ！

　ピタリと足を止めて、九条さんと向き合った。

　キョトンとしている九条さんのシャツを両手で握ると、ぐぐっと自分に引き寄せる。

「……は？」

　九条さんは目を見開いて固まっている。

　あれ？

　ぎゅぎゅっと、さらに力を入れて九条さんの胸元をつかんで引っ張ると、勢いあまっておでこが九条さんの胸にぶつかった。

　んんん？

　学校で習った空手を披露して、安心してもらおうと思ったんだけどな。

　どうやら失敗？

　びくともしない九条さんを、それでも必死でぐいぐいと引き寄せていると。

「あのさ、何してんの?」

　深いため息が頭上で落ちる。

「そ、その、体育の授業で空手を習ったので、そんなに心配しなくても大丈夫ですよって、伝えたかったんですが」

「……まわりから見たら、彩梅が俺に抱きついているようにしか見えないと思うけど。それも、かなり情熱的に」

　ええええっ!!

「いいか、これ、絶対禁止だからな。好きにしてくれって言ってるようなもんだから、二度とやるなよ?　わかったか?」

　まじまじと九条さんに見つめられて、ぼそり。

「九条さんに安心してもらおうと思ったんですけど……」

「不安にしかならねえよ!!　お前、マジで大丈夫かよ。頼むからもっとしっかりしてくれ……!」

　ううっ。

　本気で怒られた……。

　自宅まで送ってもらって車を降りると、九条さんにぺこりと頭を下げる。

「あの、ごちそうさまでした」

　そのとき、九条さんが手にしたスマホの画面が目に入る。

「……あ、コタロウくん!」

　ラブラドールレトリバーのコタロウくんがボールをくわえている姿が、ホーム画になっている。

「そうそう、昨日撮った写真。可愛いだろ?」

「ものすっごく、可愛いです!!　私、犬、飼ったことがな

いから、本当に羨ましい」

「それなら、次に会うときはコタロウを見に来るか？　じ
じいたちに勝手に予定決められるくらいなら、自分たちで
行きたいところを決めたほうがいいだろ」

「会いたいです！　コタロウくんに！」

「じゃ、決まりな」

　うわあっ！

　本物のコタロウくんに会えるなんて！

「うちはお父さんが犬嫌いで、ずっと犬を飼わせてもらえ
なかったから、すごくうれしい！」

「じゃ、コタロウの散歩にでも行こう」

　お散歩！

　ずっと憧れていた愛犬のお散歩に行けるなんて！

　すると、ぽんぽんと頭を撫でられてボッと顔が熱くなる。

「彩梅、顔、赤くなってるぞ。特訓するんだろ？」

　そう言いながらも、九条さんの手はまだ私の頭をぽんぽ
んと叩いている。

　子ども扱いされているだけだとわかっているけど、心臓
が破れそうです……。

「くくっ。慣れるまでしばらく時間がかかりそうだな」

　ううっ、ドキドキしすぎて倒れちゃうよ……。

「じゃ、彩梅、またな」

　柔らかく笑って帰っていった九条さんを、見えなくなる
まで見送った。

　家に帰り、ベッドの上に正座してスマホと向かい合う。

【今日はありがとうございました。コタロウくんに会える
のを楽しみにしています】

　その短いメッセージを送ろうか悩んでは、送信できずに
ポフッと枕に顔をうずめる。

　九条さんは友達ではないし、婚約破棄の決まっている婚
約者なんて、もしかすると他人より遠い存在かも。

　もはや婚約者ですらないかも!?

　保護者って言ってたし……！

　でも、お礼のメッセージくらいは送りたいな。

　九条さんと友達になれる関係だったら、よかったのに
なぁ。

　たった１通のメッセージを送るために悩みに悩んでいる
と、スマホの画面に九条さんからのメッセージ。

【今日は楽しかった。次はコタロウも一緒に。おやすみ】

　うわあっ！

　九条さんからメッセージ！

　短いその文章に、胸の奥がきゅうっと熱くなる。

　用意しておいたメッセージをすぐに九条さんに送ると、
その夜は幸せな想いを胸に眠りについた。

コタロウくんとお散歩！

　それから数日後、九条さんのおうちに遊びに行くことになった。

　コタロウくんに会えるなんて、うれしくてたまらない！

「まあ、千里が女の子を連れてくるなんて、びっくり」

　九条さんのお母さんは品のある素敵な人で、私を見てすごく驚いていた。

「仕方ないだろ、じじいたちがいろいろ面倒なことを仕組んでくるんだから」

「それにしたって」

　くすくす笑っている九条さんのお母さんは、明るくてなんだか楽しそうな人。

「彩梅ちゃん、高等科の３年生なんでしょう？　田貫先生っていう、ちょっとパンダに似た英語の先生ってまだいる？」

「タヌキ先生！　今、副校長先生です！」

　大きなお腹を突き出して歩くタヌキ先生は、冗談ばかり言っている面白い先生ですごく人気がある。

「わー、懐かしいっ！　昔はイケメンで人気があったのよねー」

「タヌキ先生がイケメン？　今は……信楽焼のタヌキって、あだ名が」

「ええっ！　それはショックだわっ」

「でも、昔はモテたんだって、タヌキ先生も言ってました。

いつもの冗談だと思ってたけど！」

　うれしいな、九条さんのお母さんも女学院生だったんだ！

　九条さんのお母さんと女学院の話で盛り上がっていると、ぐいっと腕を引っ張られて、おっとっと！

　バランスを崩したところを、九条さんに後ろから支えられた。

「彩梅はコタロウ見に来たんだろ。行くぞ、彩梅」

　あれ？

　九条さんはなんだかご機嫌ななめ？

「あら、もう少し彩梅ちゃんとお話したかったのに！」

「散歩、暗くなったら危ないだろ」

「いつも真っ暗な中、お散歩に行ってるじゃない」

「彩梅がいるんだから、ダメだろ。彩梅、庭に行くぞ」

「あらあら、彩梅ちゃんのことが心配でたまらないのね」

　くすくすと笑っている九条さんのお母さんにぺこりと頭を下げて、ぐいぐいと九条さんに引っ張られるままお庭に向かった。

　広い芝生のお庭に出ると、ラブラドールレトリバーのコタロウくんが九条さんに飛びついている。

「か、か、可愛い！」

　大きな体に黒く潤んだまん丸の瞳、つやつやと湿った黒い鼻。

　パタパタとちぎれんばかりにしっぽを振っているコタロ

ウくんに、もう釘づけ！

　こ、これは、たまらない可愛さっ！

　芝生の上でコタロウくんとじゃれている九条さんをしばらく眺めて、『お手』と『伏せ』、それから『待て』を教えてもらう。

「コタロウくん、賢いねえ」

「だろっ？」

　なぜか九条さんが得意げに胸を張っている。

「散歩、行く？」

「はい！」

　すると、散歩に出かけることに気づいたコタロウくんが、リードをくわえて戻ってきた。

　賢いっ！

　門を出ると、リードを握って前を走るコタロウくんを必死に追いかける。

「あの、コタロウくん、ちょっと待って、ください……」

「コタロウ、彩梅のこと待ってやって」

　ぜいぜいと息を切らす私を、九条さんが笑っている。

　私の散歩なのか、コタロウくんのお散歩なのか。

　なんとかコタロウくんに置いていかれずに、河原に到着。

　息を整えながら、コタロウくんに近寄りしゃがみ込む。

「足、速いねえ。コタロウくん、いい子だねえ」

　コタロウくんを撫でていると、九条さんもうれしそうに隣に座る。

「よかったな、コタロウ。彩梅に可愛がってもらって」

「それなら、九条さんも、いーこいーこっ！」

　ふざけて九条さんの頭を撫でると、九条さんにぐぐっと手首をつかまれた。

　コタロウくんを挟んで見つめ合い、九条さんのキレイな瞳に息をのむ。

「キスでもしておく？」

　……え？

　九条さんの長いまつげに、オレンジ色の光がきらりと弾む。

「俺で練習、するんだろ？」

「……で、でで、でも、そ、それは」

　震える声で答えると、九条さんがぶはっと吹き出した。

「くくっ、冗談に決まってるだろ！　バカだな、ホント。なんでもかんでも信じるなよ」

　ううっ、ひどい。

　ドキドキしすぎて、心臓は破裂寸前！

　経験値の差、もっと考慮してほしいです……。

「彩梅、こっち向いて」

　無理……。

　このままだと、心臓が潰れちゃうよ……。

「首まで真っ赤になってるけど、どうした？　特訓するって言ったのは、自分だよな？」

　九条さんにくるりと背中を向けて、コタロウくんの隣に膝を抱えて座り込む。

「コタロウくん、九条さんってさ、結構意地悪だよね。見

かけによらず、口も悪いし」

　コタロウくんに、こそっと呟くと。

「コタロウは俺の味方だよな」

　奪うようにコタロウくんを両手で抱えた九条さん。

「コタロウくんはどう思う？」

　九条さんに対抗するようにじっとコタロウくんを見つめると、ぺろりと顔をなめられた！

　うわわっ！

　びっくりして後ろにのけ反ると、勢いあまってそのままぐらり。

　芝生の上に仰向けにひっくり返る寸前に、九条さんに抱きとめられた！

　ハッと目を開いたときには、九条さんの胸の中。

　……ううっ。

　私を後ろから抱きかかえる九条さんと、不思議な体勢のまま見つめ合う。

「コタロウに押し倒されるとか……あ、ありえねぇっ！」

　私を抱きかかえながら大爆笑する九条さん。

　もう自分が嫌になるっ！

「ご、ごめんなさい……」

　体を起こしながら謝った。

　さすがに、情けない。

「いや、ケガしなくてよかったよ」

　……笑いながら言われても。

　コタロウくんとフリスビーで遊びはじめた九条さんを、

ぼんやりと見つめる。

　夕陽に照らされた九条さんとコタロウくんのシルエットが金色に輝いて、なんだかもう胸がいっぱい。

「ほら、コタロウ、おいで！」

　大きく飛び跳ねたコタロウくんを、九条さんが笑いながら受け止めている。

　いいなぁ。

　夕陽に輝く九条さんとコタロウくんを幸せな気持ちで眺めていると、にっこり笑った九条さんと目が合った。

「彩梅も来るか？」

　わわっ！　やったあ！

　パッと立ち上がると、九条さんに駆け寄って、両手を広げて飛びついた。

「お、おい、彩梅!?」

　びっくりしている九条さんを笑って見上げて。

「わんっ！」

　コタロウくんの真似をして、ふざけてぎゅっと抱きつくと、九条さんは呆然としていて。

　……あれ？

「……おい、彩梅」

　両手を上げてフリーズしたままの九条さんに、とっても嫌な予感。

「……何してんだよ？」

「だって、九条さんが『彩梅も来るか？』って言うから！」

「そういう意味じゃねえだろ！」

「……ううっ」

「いいから離れろっ!!」

　九条さんの瞳が、みるみるうちに鋭（するど）くなって。

　こ、これは怖い!!

「ご、ごめんなさい〜〜〜っ!」

　パッと、後ろに飛び跳ねた。

　——それから3分後。

　なぜか芝生の上で正座して、九条さんと向かい合う。

「いいか、彩梅。他の男に飛びついたりしちゃ絶対ダメだからな？　わかってるか？」

「は、はい」

「あのな、男に飛びついたり、抱きついたりしちゃダメなんだよ。お前、ガキだけど、お前のことを子どもだとは思わない奴もいるんだよ。わかるか？」

「……はい、九条お父さん」

「マジで怒られたいのかな？」

　むぎゅっと、頬っぺたがつままれた。

「ううっ、ごめんなさい〜〜〜」

「はああ……」

　呆れる九条さんにしょんぼり。

「あのさ、そういうのは俺だけにしておけよ？」

「は、はい」

　でも、他の男の人とお散歩なんて行かないのにな。

　隣ではコタロウくんが九条さんに頭を撫でられていて、

気持ちよさそうに目をつむっている。

　そんなコタロウくんにぽつり。

「コタロウくんはいいな。九条さんに甘えられて」

「それなら、彩梅もこっちに……じゃ、ねえんだよっ！
だから、そういうことを軽々しく言っちゃダメなんだよ！」

「だって、特訓してくれるって言ったのに！」

「誰のための、なんの特訓なんだよ……!!」

「ううっ、私にはすぐ怒る。コタロウくんには優しいのに」

「コタロウのほうが彩梅よりずっとしっかりしてるだろ！
お前は手がかかりすぎるっ！」

　そ、そっか。

　私、コタロウくん以下だったんだ……。

　ショック!!

「彩梅ちゃん、夕飯食べていくでしょ？」

　散歩から帰ると、九条さんのお母さんがエプロン姿で迎
えてくれた。

「外で食ってくるからいいよ。つうか、もう彩梅に話しか
けるな」

「あら、『彩梅』なんて自分のものみたいな言い方しちゃっ
て。西園寺さんからお預かりしてる大切なお嬢様（じょうさま）なんだ
から『彩梅さん』でしょう？　こんな可愛い子が千里の婚
約者だなんて、一生分の運を使い果たしたわね」

「正式に婚約したわけじゃない。ほら、行くぞ、彩梅」

「あらあら、案外、千里は独占欲（どくせんよく）が強いのね。彩梅ちゃん
ともっと女学院の話をしたかったのに！」

　私も女学院の話、もっと聞いてみたい！
「彩梅はコタロウを見に来たんだよ。彩梅は帰る準備しといて。車、出してくる」
　バタンとドアを閉めて九条さんがガレージに向かうと、九条さんのお母さんがいたずらな顔をしてこそっと呟いた。
「千里が家に人を連れてくるなんて、本当にめずらしいのよ。千里のことを知りたければ、いつでも遊びにいらっしゃいね。あの子の弱み、なんでも教えてあげる。ピーマンが食べられないこととか！」
「ピーマン!?」
　わわっ！　なんだか意外！
「あの子ね、女の子を家に連れてきたの初めてなの。彩梅ちゃんのことが可愛くて仕方ないみたい」
「それはコタロウくん的な可愛さ……らしいです」
　自分で言って、苦笑い。
「あら、それはすごい！」
「……すごい、ですか？」
「ええ、すごいことよ」
　すごいこと、なのかな？
　でも、愛犬と婚約者が同じ立ち位置って、ある意味すごいかも……？
　あ、私、コタロウくんより手がかかるんだった……。
　くすくすと笑っている九条さんのお母さんに頭を下げて、九条さんの待っている車へ向かった。

「あの、ありがとうございました。すごく楽しかったです」

　助手席に座ると、九条さんが深いため息。

「俺は猛烈に疲れた。次は親がいないときに来て。ふたりだけのほうが気が楽」

「ふたりだけ?」

「って、べつに深い意味はないからな」

「……深い意味ってなんですか?」

　首をかしげると、気まずそうに目をそらした九条さん。

　んん?

「彩梅はお子様だから、わからなくていいよ」

　むう。

「ピーマン食べられない人には言われたくないです!」

　九条さんを見つめて、ぷぷぷっ。

「彩梅、それ、ケンカ売ってるんだよな?」

「いえ、ピーマン食べられないなんて、可愛いなと思って!」

　笑って答えると、おでこをピンッと指で弾かれた。

「彩梅のくせに、生意気。とりあえず、ちゃんとシートベルトしろ!」

　そう言って、助手席のシートベルトに手を伸ばした九条さんが数センチのところに迫ってドキリ。

　あまりの急接近に動揺して、思わず。

　つんつんっ。

　イタズラ心から、指先で九条さんの脇をつついてみた。

「お、おいっ!!」

　瞬間、バランスを崩した九条さんが、私の上に倒れ込ん

できた！
「あひっ!!」
　びっくりしすぎて、変なところから声が出る。
　すると、私に覆いかぶさってキョトンとしている九条さ
んと目が合って、ふたりで大爆笑。
「あ、彩梅、その反応はマジで……ヤバすぎるっ！」
「だって、九条さんがいきなり倒れてくるからっ！」
「あのさ、好きな男と出かけたときには、もっと色っぽい
反応にしとけよ」
「だって、び、びっくりしすぎて！」
「だからって、それはないだろっ」
　目じりに涙を浮かべる九条さんと視線がぶつかり、また
ふたりで笑い転げると、突然、沈黙が訪れた。
　助手席に両手をついて、私を見下ろす九条さん。
　うう、お願いだから、心臓の音、静かにして！
　ドキドキしているのが、九条さんにバレちゃうよ……。
「彩梅、目、開けて」
　ぶんぶんと頭を振ると、九条さんの手が私の頬っぺたに
触れた。
「……っ！」
　顔、燃えちゃうよっ！
「こっち向いて、彩梅」
「……む、無理です」
　ドキドキしすぎて、九条さんの顔なんて、とても見られ
ません！

　心臓、本当に止まっちゃう。

「彩梅、こっち」

「ダ、ダメです」

　全力で九条さんから目をそらす。

「頑張れ、彩梅。俺と特訓するんだろ？」

　うう……。

　緊張しすぎて涙目で顔を向けると、九条さんの瞳がぐ
ぐっと近づいて。

「彩梅、次はどうしてほしい？」

「ふえっ!?　ど、ど、どうしてって？」

「どうせ特訓するなら、もっと激しく……」

「な、な、な、なっ!!」

　目を見開いて固まっていると、九条さんが吹き出した。

「くくくっ。冗談に決まってるだろっ！　マジで彩梅、面
白すぎるっ」

　くう……。楽しそうに笑っている九条さんに、胸がギュ
ンと痛くなる。

　こんなときに、そんな甘い笑顔を見せないでほしいっ！

「あ、あの、……これって、なんの特訓なんですか？」

「顔が赤くならないように特訓するって、自分で言ったん
だろ。緊張しないように、って。残念ながら、すでに顔、真っ
赤だけどな」

　そんなの相手が九条さんである限り、絶対に赤くなっ
ちゃうよ！

　特訓なんて余計なこと、言うんじゃなかった……！

「ま、こんだけ特訓しておけば、男と普通に話すくらいじゃ緊張しなくなるだろ？」

　そう言ってふわりと笑った九条さんにぼーっと見惚れていると、ムニッと鼻をつままれた。

「はは！　彩梅の顔、面白っ！」

　……ひ、ひどい。

　九条さんにぽんぽんと頭を撫でられて、ドキリと心臓が飛び跳ねた次の瞬間。

「彩梅も、いつかいい奴に出会えるといいな」

　優しいまなざしと一緒に、とっても残酷な言葉が降ってきた。

「私は、彼氏とか、欲しいと思わなくて。……それじゃ、ダメですか？」

　じっと九条さんを見つめると、ふいっと顔をそらされた。

「ダメだろ、それじゃ」

「でも、私は九条さんと一緒にいるときが、一番楽しい」

　精一杯の本音です。

「彩梅は俺のことしか知らないから、そう思うだけだよ。これから彩梅は、もっとたくさんの人と出会っていくんだから」

　もっとたくさんの人に出会ったら、九条さんにドキドキするこの気持ちは、どこにいくんだろう？

　この気持ちが消えてしまうくらいなら、他の人との出会いなんていらないのにな。

　……でも、こんなことを口にしたら、きっと九条さんを

困らせる。

「私は今のままで、いいです」

「そんなこと言ってたら、いつまでたっても彼氏なんてできないぞ　俺たちはじいさんの余興に付き合わされて一緒にいるだけなんだから」

　その一言に、どーんと奈落の底に突き落とされた。

　でも、これが現実。

　これが、九条さんの本音。

『九条さんはおじいさんに言われて、私と一緒にいてくれるだけ』

　朝昼晩、毎日唱えて心に留めておかないと、きっと九条さんを困らせる。

　でも、婚約破棄が決まったら、こうして九条さんと会うこともなくなるんだ……。

　しゅんと肩を落とすと、九条さんの優しい声が頭上で響く。

「……少し、ドライブして帰るか？」

「え？」

「時間、もう少し大丈夫？」

「はい！」

「じゃ、彩梅は自宅に連絡して。彩梅のお父さんには俺から連絡しておく」

「九条さん、うちのお父さんと連絡取ってるんですか？」

「そりゃそうだろ。じゃなきゃ、こんな時間まで一緒にいられない」

　こういうとき、やっぱり九条さんは大人だと思う。
「どこか行きたいところ、あるか？　どうせなら、彩梅が
行きたいところのほうが楽しいだろ」
「どんなところでも、きっとすごく楽しいです！」
「それじゃ、俺がよく行く場所でいい？」
「はい！」
　うれしくて満面の笑顔で応える（こた）と、九条さんが吹き出し
た。
「どうしたんですか？」
「いや、彩梅って思ってること、全部顔に書いてあるなー
と思って」
「え！　嘘！」
　慌てて、おでこをごしごしとこする。
「べつに、そこにペンで書いてあるわけじゃないだろ」
「……ですよね」
　九条さんと笑い合いながら、もううれしくてたまらな
い！

　坂道の続く住宅街を車で抜けると、突然視界が開けて小
さな公園が現れた。
　高台にある公園の脇に車を停め、車から降りて外の景色
を見下ろすと、住宅街の灯り（あか）が光の粒（つぶ）になって遠くまで広
がっている。
「うわあ、キレイ……」
「穴場だろ？　悩んだりへこんだりすると、よくここに来

るんだ」

「すごく静かですね」

　住宅街から少し離れているせいか、公園には九条さんとふたりきり。

「コンビニでコーヒー買って、ぼーっとするにはいいよ」

「九条さんの秘密の場所ですか？」

「彩梅だけだよ、ここに連れてきたのは」

「私だけ？」

「そう、彩梅だけ」

　うれしい……！

　空は澄んでいて、目の前ではキラキラと夜景が輝いていて、隣に九条さんがいてくれて。

「彩梅、楽しそうだな？」

「ドライブして夜景を見るなんて、デートみたいですごく楽しいです！」

「これって、いちおうデートだよな？」

「デート……ですか？」

「デートだよ」

　九条さんとデート……!!

　気がつけば、ひとり分はあいていたふたりの距離は縮まって、九条さんの笑顔がすぐ隣にある。

「それじゃ、ついでにもっとデートらしいこと、しておく？」

　いたずらな顔をした九条さんの指先が、私のあごを持ち上げる。

「？」

「目、つむって、彩梅」

　……え？

　こ、これは、もしかすると……!!

　バクバクと全身に心臓の音が響いて、耳までかあっと熱くなる。

　九条さんの顔が近づいて、覚悟を決めてきゅっと目を閉じたところで、口の中にミントの甘味が広がった。

「はい、アメどうぞ」

　目をぱちくりしている私の前で、九条さんが私の頭をくしゃくしゃと撫でている。

「キスでもされると思った？」

「そ、そんなこと、思いません……！」

　泣きそうになりながら呟いた。

　弾け飛んじゃいそうなこの心臓、どうしてくれるっ！

「……九条さん、ちょっと意地悪」

「彩梅はホント、素直だよな」

　いちおう、褒められている……のかな。

「つうかさ、そんなに隙だらけでどうすんだよ」

　いえいえ、怒られてます。

　はあ。

　九条さんのキラキラ眩しい横顔をちらりと覗いて、こっそり呟く。

「"隙だらけ"じゃなくて、九条さんのことが"好きなだけ"です」

「は？」

「……なんでもないです！」

「ふてくされてんの？」

「ふてくされてません！」

　ぷくっと頬っぺたを膨らませて、口を尖らせる。

「……九条さん、ちょっと意地悪すぎます。お見合いの日はすごく優しかったのに」

「じゃ、優しくしようか？」

「……近いですっ！」

　九条さんの両腕に捕獲されて、全身が硬直。

　九条さんの腕の中、九条さんの香りに包まれて、息もできませんっ。

　このままだと、窒息死しちゃうよっ。

「俺で慣れるんだろ？　もう顔、真っ赤だけど」

「……九条さんの意地悪っ！」

「ん。俺、意地悪だよ。知らなかった？」

　むう。

　見上げると、九条さんは肩を揺らして笑っている。

「彩梅、ホントに面白いな。つうか、可愛い」

　コタロウくん的な可愛さだって、知ってるし！

　じっと九条さんを睨みつけると、九条さんに笑いながら頭をぽんぽんと叩かれた。

　私、子どもじゃないのに。

　もう少し、私のことを意識してくれたっていいのに。

　それなら。

「九条さん！」

えいっと背伸びして、九条さんの頬っぺたを両手で挟む。

「は？ ……な、何してんだよ!?」

「九条さんも、私のこと、ちゃんと見てください！」

「離せ、彩梅」

「九条さん、私、子どもじゃないですよ？」

「わかったから、離せ！」

「離しませんっ！ ちゃんと私のこと見てください！」

むぎゅっと両手で九条さんの頬っぺたを挟んで、顔を近づける。

ちょ、ちょっと恥ずかしいけど、九条さんを困らせたくて、ぐぐっと顔を近づける。

心臓、爆発しそうだけど！

すると、わずかに動揺していた九条さんの瞳が鋭く光る。

んん？

こ、これは、ちょっと嫌な予感？

「……ふーん、それなら子どもじゃないところ、見せてみろよ」

「へ？」

子どもじゃないところって、なんだろう？

「子どもじゃないんだろ？ それなら、続きはどうすんの？」

九条さんに片手で腰を引き寄せられて。

うわわわわっ！

も、もしや、九条さん、怒ってる？

「つ、続き……ですか？」

「子どもじゃないなら、わかるよな？」

　や、やっぱり、九条さん、怒ってる!!

　ものすごーく、怒っているっ!!

　ぐっと顔を近づけてきた九条さんにびっくりして、ぎゅっと目をつむる。

　ひ、ひゃああっ……!!

　唇が、ぶつかっちゃうよっ!!

「ご、ごめんなさいっ！　調子にのりました～～～！」

「彩梅のくせに、百万年早いんだよっ！」

　呆れ顔の九条さんに、ぺちんとおでこを叩かれた。

　九条さんをドキドキさせようと思ったのに、まさかの返り討ちに合うなんて……！

「さて、冗談はこのくらいにして……彩梅はこれからどんな奴と出会っていくんだろうな」

　私から一歩離れた九条さんの声が、静かな闇にしっとりと響く。

「私はこうして九条さんと一緒にいられれば、それでいいです」

　だって、そのくらい九条さんとふたりで過ごせるこの瞬間が、うれしくてたまらない。

「彩梅は俺しか知らないから、そう思うんだよ」

「……それじゃ、ダメですか？」

「ダメだよ。彩梅にはもっとふさわしい奴がいるだろ」

　さらりと答えた九条さんに、胸の奥がずきりと痛む。

「ダメなのは、私じゃなくて、九条さんですよね」

「……え？」

「大丈夫です。ちゃんとわかってます！」

　ちくちくと胸を刺す痛みにふたをして、笑顔を作る。

　九条さんは、家同士が決めた約束を守るために、こうして一緒にいてくれるだけ。

　大丈夫、ちゃんとわかっている。

「いつか他の誰かと結婚することになったとしても、私は今日ここで九条さんと過ごした時間を忘れません」

　九条さんと視線がぶつかって笑顔を返すと、九条さんの指先が、私の頬っぺたを滑り……唇で止まった。

　からかわれているんだってわかってはいるけれど、ドキドキしすぎて心臓が壊れちゃうよっ……！

「あ、あの、今日はちょっと特訓しすぎじゃ、ないですか？」

　せめて抗議すると、九条さんが吹き出した。

　すごく楽しい1日だったけど、帰りの車の中で言葉少なになった九条さんを不思議に思いながら、流れる景色を眺めていた。

突き放せない理由

【九条side】

　学食で昼メシを食ってたら、初等科のころからつるんでる小鳥遊 琉 人がやってきた。

　茶髪に、破れたジーンズ、いくつものピアス。

　バンドをやりはじめてから、優等生だった琉人のスタイルがかなり変わった。

「そういえば、例の見合い、どうなったんだよ？」

「あー、まあ」

　あいまいに言葉をにごす。

「なんだよ、それ。相手の親父さんから断りの電話があったんだろ」

「まあな」

「つうか許婚との見合いで断られるって、お前、何やらかしたんだよ。いつものドＳぶりを披露しちゃった？　俺に触んな、話しかけるな、黙れ、みたいな鬼畜対応したんだろ。そりゃ、断られるわ」

「なんだよ、鬼畜対応って」

　つうか、うれしそうな顔するな。

「で、どうなってんの？」

「興味本位で首を突っ込んでくんなよ」

「いいから、白状しろよ」

　人のことだと思って、面白がりやがって。

「許婚だった大学院生がアメリカに逃亡して、その妹と婚約話が進んでる」

「は？　妹って、いくつ？」

「……高3」

　琉人はあんぐりと口を開けて固まっている。

　ま、そうだよな、驚くよな。

　ホント、じーさんたち、何考えてんだよ……。

「けど、相手の親父さんは反対してんだろ？」

「じじいたちが今回の縁談にやたらこだわっていて、強引に話を進めてくるんだよ。それで、婚約破棄を前提に付き合ってる」

「婚約破棄を前提にって、めちゃくちゃだな。けど、いつもみたいに冷たく突き放せば、すぐに破談になるだろ」

「……危なっかしくて、突き放せねえよ」

　思わずグチる。

「は？　どういう意味だよ」

「そいつがいろいろヤバすぎんだよ……」

「そいつって、誰のことだよ」

「高3の見合い相手。見てるとヒヤヒヤして気が気じゃないんだよ。とんでもない箱入り娘で人を疑うってことを知らないし。いろいろ無自覚で騙されやすそうだし、すぐにコケるし」

「……つまり、気に入ってんだ？」

　にやりと笑った琉人に視線を尖らせる。

「は？　まさか」

「千里がそんなにこだわるなんて、気に入ってる証拠じゃん」

「グチってんだよ。見ててハラハラするっていうか」

「くくっ、心配でたまんねえんじゃん」

「もはや保護者目線だよ。高校生相手に婚約なんてありえねえし。ただ、もう少し自覚しないと、変な奴につかまったら……」

「来年には、その子も大学生になるんだろ？　そこまで心配なら、お前がもらってやればいいじゃん。じーさんたちは乗り気なんだろ？　で、一から教育してみたら？」

「ふざけんなよ」

「それなら適当にあしらっておけばいいじゃん。しょせん、高校生だろ。それともマジで気になってんの？」

「まさか」

「じゃ、どんな感じなんだよ。例えば、誰に似てる？」

　目が合えば弾むように笑って、うれしそうに駆け寄ってくる彩梅を思い浮かべる。

「……うーん、コタロウ？」

「は？　コタロウ？　コタロウってお前の愛犬の？？」

「……なんとなく？」

「あのさ、お前、マジで気に入ってるだろ？」

「だから、そういうんじゃ……」

「ないわけねえだろ。溺愛してるコタロウに並ぶ女なんて、世界中探してもその女子高生だけだろ。ってことはさ、最近よくスーツ着てるけど、それも見合いが関係してるわ

け？　まさか九条ホールディングスの跡取り息子が、就職
活動なんてするはずないだろうし」

「いろいろあんだよ」

　言っているそばから、ため息が漏れる。

「それより、お前、高坂と噂になってるぞ。あいつ、玉の
輿狙いでお前にターゲット絞ってるから、気をつけたほう
がよくね？」

「どうでもいいよ、そんなの。正直、それどころじゃない」

　はあ。ホント、なんでこんなことになってんだろうな。

しょんぼり

　九条さんと出かけた日から、2週間がたっていた。

「最近、九条くんと会ってるのか？」

「ゴホッ、ゴホッ」

「あら、彩梅、大丈夫？」

「う、うん」

　朝ごはんを食べていたら突然、九条さんの名前が飛び出してきて、思わずむせる。

　最近、お父さんの機嫌が悪い。

「九条さんとは会ってないよ。でも、急にどうして？」

「ぶらぶらしないで、遅くならないうちに帰ってくるんだぞ」

　そう言ってバタンとドアを乱暴に閉めると、お父さんは会社に行ってしまった。

　いきなり、どうしたんだろう？

「お父さん、何かあったの？」

「好きにさせておけばいいのよ」

　お母さんは呆れているけれど、なんだか朝から気が重い。

　お昼休み、ぼんやりしていたら花江ちゃんと目が合った。

「彩梅どうしたの？」

「え？」

「最近の彩梅、おかしいよ。朝からものすごく浮かれてたり、

どんより沈んだ顔してたり」

「ここ数日は、猛烈に落ち込んでるよね」

　真希ちゃんと花江ちゃんが、目を見合わせて頷いている。

「そ、そんなに顔に出てる？」

「彩梅は、隠し事できないからね」

「もし、それで隠してるつもりなら、下手くそすぎる」

　すると、真希ちゃんがハッと顔を上げる。

「あっ！　もしかして、彩梅、彼氏できた？」

「ふえ!?」

「最近、休み時間のたびにスマホでメッセージチェックしてるよね。普段はスマホなんて、全然いじらないのに」

「彩梅に彼氏!?　相手は？」

「はい、白状してください。西園寺彩梅さん！」

　わらわらと集まってきたみんなに囲まれて、視線を泳がせる。

「あの、じつはK大の大学院生の人と……」

「大学院生の彼氏!?」

「あの、ち、違うの！　彼氏じゃなくて……」

「彼氏じゃなくて、なんなの？」

「……えっと、もともとは、お姉ちゃんの許婚で、婚約破棄を前提にお付き合いしてる人？」

「……は？」

「婚約……？」

「ごめん、全然意味がわからない」

「そ、その、家の都合でお見合いすることになってね」

「彩梅がお見合い!?　相手は?」

「あ、あの、九条千里さんっていう22歳の人で」

「まさかとは思うけど、九条って……九条ホールディングスの跡取り息子?」

　コクコクと頷くと、とたんにみんなが静まり返る。

「西園寺家が九条家とお見合い!!」

　すると萌花ちゃんが腰に手を当て、首をかしげる。

「ちょっと待って。女子高生の彩梅が、どういう経緯（けいい）でお姉さんの許婚とお見合いすることになったの?」

「そうそうっ!　詳細（しょうさい）、もっとちょうだいっ!」

「面白そうっ!」

　面白そうっ!?

　でも、そ、そうだよね。お姉ちゃんの許婚とお見合いして、そのうえ婚約破棄を前提として付き合っているなんて、面白いっていうか、訳がわからないっていうか!

　正直、私だってどうしてこんなことになっているのか、よくわからないよ!

「えっと、その……」

　これまでの事情を、ざっくりと説明したところ。

「つまり、お姉さんの許婚の九条さんと彩梅が、おじいさんたちに婚約を命じられて、とりあえず形だけ付き合うことになったと」

「う、うん」

「で、彩梅は一緒にいるうちに、その超ハイスペックイケメンのことを好きになってしまったと」

「う、うん」

　……超ハイスペックイケメン？

「ついでに、この2週間、その人からの連絡が途絶えて、がっくり落ち込んでいます、と」

「はい、そのとおりです……」

　九条さんと連絡が取れないまま2週間が過ぎていた。

　電話もメッセージもないのは初めてのことで、どうしたらいいのかわからない。

「婚約破棄するっていうのは、決定事項なの？」

　花江ちゃんに尋ねられて、こくんと頷く。

「おじいちゃんたちへの建前上、付き合ってることにしてるだけなの」

「でもさ、一緒にいるうちに向こうも彩梅のことを好きになってるかもよ？」

「そうだよ。彩梅は、かなりの美少女なんだから!!」

　そんな夢みたいなことが起こってくれたらいいけど、現実はなかなか厳しい。

「高校生ですって知らせた時点で、終了してるんだ。『さすがに高校生とは……』って青ざめてた」

「そっか……」

　九条さんの冗談もすぐ真に受けちゃうし、呆れられて、笑われてばかり。何より、九条さんと私じゃ全然釣り合わない。

「ふたりでいるときの九条さんは、どんな感じなの？」

「私、愛犬のコタロウくんと似てるんだって」

「は？」

「……愛犬？」

　首をかしげるみんなに、大きく頷く。

「九条さんの愛犬の、ラブラドールレトリバーのコタロウくん。ものすごく可愛いの。コタロウくんと同じようには、扱ってもらえてると思うんだけど」

『コタロウより手がかかる！』って怒られたことは、黙っておこう……。

　すると、呆れ顔の花江ちゃん。

「……あのね、彩梅はその人の愛犬になりたいわけじゃないんでしょ？」

「う、うん。コタロウくんはすごく可愛いんだけどね！」

「そういうことじゃなくて！」

「そもそも、コタロウってことはオスなんでしょ、その犬」

「う、うん」

　……そこ？

「とにかくさ、彩梅はその人がいいんでしょ？　それなら、頑張らなきゃ！」

「そうだよ、せっかく好きな人ができたんだから！」

　みんなに励ましてもらったものの、どうやって頑張ったらいいんだろう……。

「とりあえず、九条さんに連絡してみたら？」

　真希ちゃんにスマホを渡され、画面を見つめたまま5分が経過。

　九条さんの困った顔を想像しては指先が止まり、結局

メッセージを送れないままお昼休みは終わってしまった。

　その日の放課後、萌花ちゃんがスマホ片手に駆け寄ってきた。

「彩梅、今日の放課後って暇（ひま）？」

「うん？」

「これからラクロス部のＯＧ（オージー）訪問で、大学の部活見学に行くんだけど、真希と花江が古典の補習に引っかかって一緒に行けなくなっちゃってさ」

　萌花ちゃんはラクロス部のキャプテンとしてバリバリに活躍（かつやく）しながらも、成績はトップクラスという万能少女。

　大学では強豪（きょうごう）の体育会系ラクロス部に入りたいと、いろいろな大学を見学してまわっている。

「急なんだけど、もし放課後あいてたら、一緒に行ってもらってもいい？」

「ここから遠い場所じゃなければ、大丈夫だよ！」

「わりと近くだし、すぐ終わると思う！　さすがにひとりで行く勇気はなくてさ」

「うん、いいよ！」

　笑って答えると、萌花ちゃんが私の手を取りがっしり握手（あく）（しゅ）。

「じゃ、放課後、一緒にＫ大によろしく！」

「ふえ!?」

「いいじゃん、暇なんでしょ？」

「そ、そうだけど、で、でも、Ｋ大？」

「そう、K大。何か問題でも？」

　萌花ちゃんの目が意味深に吊り上がる。

「ちょ、ちょっと待って。こ、心の準備が！」

「大学を見に行くだけなのに、どうして心の準備が必要なの？」

「だ、だって」

　きゅっと唇をかんで下を向く。

「九条さんの通ってる大学だから？」

「う、うん」

「会いたいんでしょ？」

「あ、会いたいけど、でも」

　大学の構内をセーラー服で歩いているところを九条さんに見つかったら……怒られる気がする。

　淡い恋心より、怒られることが先に思い浮かぶ関係って、本当になんなんだろう？

「そんなこと言ってたら、いつまでも九条さんに会えないよ？」

「そうだよ、そんな暗い顔してるくらいなら、当たって砕け散りなよ。砕けた骨は萌花が拾ってくれるから」

　ぴょこっと現れた花江ちゃんに、バンッと背中を叩かれた。

「会いたくないの？」

「……とっても、会いたい」

　せめて遠くからでもいいから、九条さんの姿を見たい。

　むしろ、遠くから見ているだけでいい。

「はい、決定ね！ せっかく好きな人ができたんだから、
ウジウジしてたらもったいない！」

「それに、うちの大学と違ってK大なんて校舎も敷地も段
違いに広いから、会えるとは限らないんだし」

「そうそう、遠くから見かけることができたら、ラッキー！
みたいな感じじゃない？」

　花江ちゃんの後ろから、真希ちゃんも顔を出す。

「そっか」

　偶然、ちょっとだけでも会えたらラッキー……。

　少しだけでも九条さんの姿を見ることができたら、うれ
しいな。

いざ大学へ

　放課後、スタスタと早足で前を歩く萌花ちゃんを、必死に追いかける。

　足の速い萌花ちゃんは、歩くスピードも速ければ動作もきびきびしていて、ついていくのに精一杯。人ごみの中もビュンビュンと通り抜けていく萌花ちゃんは、セーラー服を着ている忍者に見える。

「ほら、さっさと行くよ。先輩との約束の時間に遅刻するわけにはいかないからね」

　萌花ちゃんの勢いに押されて、気がついたときにはＫ大に到着していた。

「萌花ちゃん、ごめん。……怖い」

　大学の構内で、セーラー服がこんなに目立つとは思わなかった。

　遠慮のない視線が突き刺さり、足も心もすくんで青ざめる。

「会いたいんでしょ、九条さんに？」

「で、でも」

「あのね、目立つのは彩梅が超絶に可愛いから。その見た目のせいなの！　恨むなら、そのくるくるの大きな瞳を恨んでね。ここで彩梅が帰ったら、わざわざここまで来た意味がないよ。今のままだと、ずっと愛犬のままだよ。それでいいの？」

「う、うん。頑張る……」

　愛犬のままでいるのは、辛すぎる。

「……萌花ちゃん、ありがとう」

「ついでだよ。今日、ここに来ることはずいぶん前から決まってたし！」

「うん」

「大きい大学だし見つけられるかわからないけど、偶然会えたら逃げ出さずに、自分から声かけるんだよ？　どうしてこんなところに来たんだって聞かれたら、私のことを言い訳にしていいからね？」

　萌花ちゃんの優しさが、心に染みる。

「じゃ、私は先輩のところに行ってくるね。そんなに時間かからないと思うから、九条さんを探しながらこの辺で待ってて！」

　萌花ちゃんが校舎へ向かうと、きょろきょろとあたりを見まわしながら適当なベンチを探す。

　ここが、九条さんの通っている大学。

　レンガ造りの歴史を感じさせる建物と、大きな枝を広げる幹の太いソメイヨシノ。

　せめて遠くから、ほんのちょっとだけでも、九条さんの姿を見ることができたらうれしいな。

　ドキドキしながらあたりを見まわすけれど、さすがにこれだけ広い場所で特定の人を見つけるのは、難しいかも。

　半分諦めかけたそのとき、校舎から華やかな高い声が響

いてきた。

「じゃ、いつもの場所にいるから、千里も来てよ？」

　……千里？

　その名前に、ドキリ。

　まさか、九条さん？

　校舎から出てきた人たちを、建物のかげからそっと確認すると。

　ひときわ背が高くて、柔らかなまなざしでキラキラと目立っているのは。

　九条さんだ！

　まさか、本当に会えるなんて！

　九条さんは、時折、手もとのレポート用紙に視線を動かしながら首をかしげて、お友達と真剣に話し合っている。

　やっぱり、九条さん、カッコいいなあ……。

　凛としたまなざしも、その仕草も、九条さんのすべてが眩しく輝いている。

　すると、九条さんの隣を歩く女の人が、九条さんの腕に手をかけて肩に触れる。

　栗色の長い髪を緩くまとめたその女の人は、九条さんの隣がよく似合う。

　メイクも仕草も身につけているものも、私とは全然違う。

　大人の女の人だ。

　現実を目の当たりにして、ずしっと気持ちが沈んでいく。

　なんだか九条さんが遠いな。

　でも、これが九条さんの日常なんだ。

　しゅんと肩を落としたそのとき。

「ねえ、その制服、女学院だよね。オープンキャンパス？
ひとりで来たの？　迷ってるなら俺が案内してあげよっ
か？」

　だ、誰だろう、この人。

　見知らぬその人に、びくりと体を縮めた瞬間。

「悪い、この子、俺の連れ」

　後ろからぎゅっと抱きつかれて、飛び上がった。

「あ、九条先輩！　さーせんっ！」

　く、九条さん!?

　くるりと振り向き、目を丸くする。

「ど、ど、ど、どうしたんですか!?」

　九条さんの手、手、手が肩に乗ってるし！

　背中とか、いろいろ触れてるし！

「それは、こっちのセリフだよ。彩梅はこんなところで、
何してんだよ？　つうか、他の男に近づくなって言っただ
ろ!!」

　ううっ。いきなり怒られた……。

「で、彩梅はなんでこんなところに？」

　そして、尋問スタート。

「あの、友達を待ってて」

「オープンキャンパス？」

「……はい。予定していた友達が来れなくなって、それで
急に誘われて」

「それなら俺に連絡をくれればよかったのに」

　ムスッとご機嫌ななめの九条さんをちらり。九条さんは、まだ眉間にしわを寄せている。

　でも、本当の理由は、私が九条さんに会いたかったから。

「ごめんなさい」

　下を向いて謝ると、くしゃりと頭を撫でられた。

「怒ってるわけじゃないよ。けど、あんまり心配させんな。目立つんだよ、そのセーラー服」

　久しぶりの九条さんの手のひらと優しい声に、頬っぺたが一気に熱くなる。

「これから資料のことで、教授のところに行かなきゃいけないんだけど、彩梅の友達、あとどのくらいかかんの？」

「すぐ戻るって言ってたので、そろそろ帰ってくると思います」

「それじゃ、ここじゃなくて奥のベンチに座ってろよ。この場所、ものすごく目立つから」

　ちらりと九条さんを見つめて、下を向く。

　もうドキドキしすぎて、苦しいよ。

　だって、２週間ぶりの九条さん。

　すると九条さんに手首をつかまれて、建物のかげに置かれたベンチに移動させられた。

　ぎゅぎゅっと手首を握られて、すぐ目の前には九条さんがいて、もう心臓の鼓動（こどう）が大変なことに！

　けれど、九条さんはいつもどおり。平然としている。

　この２週間、九条さんと連絡が取れなくて私はすごく寂（さび）しかったんだけどな。

　九条さんにとっては、たいしたことじゃなかったんだろうな……。

　大学のレポートとか研究で、忙しかったのかも。

　九条さんとの温度差を肌で感じて、さらにドーンと落ち込んだところで、強い視線を感じて顔を上げる。

　こっちを見ているのは、九条さんと親しそうにしていたあの女の人。じっと訝しげに見つめられて、体を縮める。

「彩梅、もし誰かに声かけられたら、知り合いを待ってるって言うんだぞ？」

「は、はい」

「いいか、知らない奴には絶対についていくなよ？　連絡先の交換とか、絶対にダメだからな？　友達が戻ってきて家に帰るときは、必ず俺に一言メッセージ入れろよ？　わかったか？」

「……はい、わかりました。お父さん」

　すると、ムニッと頬っぺたをつままれた。

「誰がお父さんだって？」

「……九条さん、ちょっと痛いです」

「ん、怒ってるからな」

　久しぶりに会えたのに、なんで私はこんな変顔を披露しているんだろう？

「すぐに戻ってくるから、いい子にしてろよ」

　甘い笑顔でくしゃっと頭を撫でられて、心臓の音がトクトク、トクトク全身に響く。

　小走りで友達のところに戻った九条さんは、慌ただしく

校舎の中に消えていった。

　空を仰ぐと、青々とした木々の隙間に、太陽の光がキラキラと弾んでいる。

　九条さんに会えなくて、この2週間ものすごく落ち込んでいたのに、九条さんにほんの一瞬でも会えただけで、こんなにも世界が明るく輝きはじめるなんて！

　九条さんの触れた頬っぺたに、そっと手のひらを添えたそのとき。

「西園寺、彩梅さん？」

　近づいた人の気配に、びっくりと飛び跳ねる。

　なんだか大学って、心臓に悪い……！

　顔を上げると、そこにいるのはピアスをした茶色い髪の男の人。

　シルバーのアクセサリーに、少し破けたＴシャツ。

　可愛らしい顔立ちにはそぐわない鋭い瞳。

「西園寺家の次女の彩梅さん、でしょ？」

　……どうしてこの人、私の名前を知っているんだろう？

『知らない人に話しかけられたら、走って逃げましょう』

　小学生のころ、先生がよく口にしていた言葉を思い出す。

　……よし、逃げよう。

　さっと立ち上がり、その場を離れようとしたところで腕をつかまれた。

「ひいいっ」

　あまりの恐怖に、肺から高音の空気が漏れる。

　喉の奥がきゅっと締まって、言葉が何も出てこないっ。

「あのさ、その反応わりと傷つくんだけど。変質者対応、やめてくれる？　それとも、九条彩梅さんって呼んだほうがよかった？」

「……え？」

　九条……彩梅？

「千里と婚約したんだろ？」

　ど、どうしてそんなこと、知っているの？

「婚約者、なんでしょ、千里の」

「あのっ」

「顔、真っ赤だよ。大丈夫？」

「は、はいっ」

　だって、『九条彩梅』なんて言われたら、一気に沸点を超えちゃうよ！

「千里から、頼まれたんだよ。千里が戻るまで一緒にいてやってくれって」

　その一言で、派手な姿のその人に、びくびくしながら顔を向ける。

「……九条さん、から？」

「そう、あんたが変な男に声かけられないように、見張ってろって」

　ブレない保護者目線……。さすが九条さん……。

「あの、九条さんのお友達、ですか？」

　ひょろっと背の高い、よくよく見れば女の子のような可愛い顔立ちのその人をちらり。

「俺、小鳥遊琉人。初等科のころから千里とつるんでる。

あんた、千里と結婚させられそうなんでしょ？」

「……はい」

「千里、めずらしく焦ってたけど、何があったの？」

「あ、あの、友達の付き添いでここに来たら、偶然、九条さんに会って」

「あー、オープンキャンパス的な？」

「は、はい」

　ピアスとか、ネックレスとか、身につけているものはちょっと派手だけれど、悪い人ではなさそう。

「で、その友達はどこ行っちゃったの？」

「OGの先輩のところに、挨拶に行っています」

「ふーん、で、友達を待ってたら、千里に見つかったわけだ」

「……はい」

　九条さんに会いたい一心で来てしまったけど、よく考えたら、九条さんにとっては迷惑でしかないはず。

「で、どうしてそんなへこんだ顔してんの？」

　答えられずに下を向く。

「こんなところに制服で来るなって、千里に怒られた？」

　……ううっ。

「あは、正解だ」

　無言でいると、笑われた。

「あんたさ、千里のこと好きなの？」

「え？　あ、いえ、えっ？」

「あのさ、そのリアクション、『好きです』って言ってるようなもんだから」

「で、でも、私は全然、相手にされてないので」

「んー……そうでもないんじゃない？ 千里、よくあんたの話してるよ。あんまり人に興味持たない男だから、めずらしいなって思ってた」

「そ、それは、愛犬のコタロウくんのような感じで」

　自分で言っておきながら情けなくなる。

「コタロウに会ったの？」

「はい、コタロウくん、ものすごく可愛かったです！ 賢いし、人懐っこいし。だから、その、コタロウくんに接するように優しくしてもらえるのは、すごく光栄ではあるんですけど……。実際、私は犬ではないので、その、ちょっとだけ複雑というか」

　すると、小鳥遊さんが驚いたように目を丸くする。

「あんた、すごいね。コタロウまでたどりついた女は、あんたが初めて」

　たどりつく？

「千里が可愛がってるコタロウを口実にして、千里の家まで行きたがる女は多いけど、実際にコタロウに会ったことがある奴なんて、いないんじゃない」

「でも、私は、その、ちょっと特殊な関係、というか」

「ああ、無理やり婚約破棄前提で付き合うことになったから？ でも、いつもの千里なら、そんなの絶対に引き受けないよ。家のために、とか大嫌いだから。そもそも女子高生っていうのがありえないし。それでも引き受けたってことは、千里もあんたのこと気に入ってんじゃないの？」

「おじいちゃんたちの勢いがすごすぎて、断りようがなかったんです。私たちの意見なんて、まったく聞いてもらえなくて。もう鬼が憑依した覇王かと思うほどで」

　正直、あそこまでおじいちゃんが、高圧的に物事を決めていく人だとは思ってなかった。

「九条のじーさんも、穏やかそうに見えて結構頑固だからな。でもさ、あんたなら千里のこと落とせるんじゃない?」

　口の端を上げた小鳥遊さんに、苦笑い。

「早く彼氏作って、ちゃんとした恋愛しろって、いつも怒られてます……」

「へえ、バカな奴」

　……バカ?

　九条さんのお友達も、九条さんに負けず劣らず口が悪いような。

「俺さ、初等科のころから千里と一緒にいるけど、あいつが特定の女にこだわるのを初めて見た。それなりに千里にとって特別な存在なんじゃない?」

「そうだと、いいんですけど」

　愛犬的という意味では、特別なのかも。

「で、千里のどこが好きなの?　自分より年上だから?　見た目がいいから?　それとも家柄が見合ってるから?」

　畳みかけるように尋ねられて、言葉に詰まる。

　九条さんの、どこが好きか……?

　しばらく考えて、言葉をつむぐ。

「西園寺家に生まれたから九条さんに出会えたのは、本当

です。背が高いのも素敵だと思うし、九条さんはすごくカッ
コいい人だと思います。でも、それ以上に……」

　目をつむれば、九条さんへの想いがあふれ出す。

「お年寄りや小さな子がいると、一歩足を止めて道をゆず
るところ。私が着物で歩いていると、歩くスピードにも歩
幅にも気をつかってくれて、転びそうになるとすぐに助け
てくれるところ。私が緊張して言葉に詰まっても、ちゃん
と話せるようになるまで待っていてくれて。コタロウくん
をとても大切にしているところも、大好きです」

　コタロウくんとじゃれ合う九条さんを思い出して、胸が
キュンと苦しくなる。

「九条さんの優しいところも、よく笑うところも、面白い
ところも、全部大好きです。初めて一緒に出かけた日から。
いえ、たぶん、出会った瞬間から惹かれていたんだと思い
ます。完璧な片想いですけど……」

　こうして九条さんのことを考えるだけで、切なくて、胸
が苦しくなる。

　でも、九条さんの柔らかい笑顔を思い出すだけでドキド
キが止まらなくて。

　すると、訝しげに腕を組む小鳥遊さんと目が合い、ハッ
とする。

　いきなりこんな話を聞かせてしまって、不愉快にさせて
しまったのかも！

「あのさ、『優しくて面白くて、よく笑う』って、誰のこと？」

　……え？

「千里は、人に無関心で冷徹ってよく言われてるよ」

　九条さんが、無関心で冷徹？

「千里はさ、あんまり人に心を許さないんだよ。まあ、九条家の跡取りとして、いろいろ背負ってるものがあるからなんだろうけど。とくにあいつはあの見た目だから、寄ってくる女も多くて苦労してる。女と無駄な時間を過ごすくらいなら、コタロウと散歩してるほうがましって、よく言ってるよ」

　小鳥遊さんの語る九条さんと、私の知っている九条さんが重ならない。

　だって九条さんはいつもすごく優しくて、ちょっと意地悪なときもあるけど、面白くて温かい。

　何より九条さんは人に無関心でもなければ、冷徹な人でもない。

「私は九条さんほど温かくて優しい人を知りません。それに、もし本当に冷たい人だったら、私みたいな面倒くさいお荷物を引き受けたりしないはずです。すごくおじいさん思いの、温かい人です！」

「そんなにムキになるなよ。俺も千里のことを冷徹で無関心な人間だなんて、まったく思ってないよ。ただ、家柄を目当てに近づいてくる奴が多すぎて、千里がちょっと歪んじゃったのはたしかだよ。コタロウがいればいい、みたいな？」

「九条さんは、歪んでなんていません！」

　だって、それほどコタロウくんが可愛いんだから！

「そんなに怒るなよ。えっと、彩梅ちゃんだっけ？　あのさ、あんたのそういう気持ちって、千里は知ってるの？」

　小鳥遊さんのまっすぐな瞳に、下を向く。

「たぶん、気がついていて、遠まわしに拒絶されてます」

「まあ、千里が戸惑うのもわからなくはないけど。彩梅ちゃんのまっすぐで迷いがない感じって、ちょっと怖いんだよね」

「怖い……？」

「そういうのってさ、俺たちが失っちゃった種類のまっすぐさだから。なんていうか、受け止めようと思ったら覚悟が必要」

　小鳥遊さんの言っていることが、よくわからない。

「そこまで千里のことが好きなら、余計なこと考えないで、このまま結婚まで持ち込んじゃえばいいじゃん。親父さん説得すりゃ、問題ないんでしょ？」

「けっ……こ、んっ！」

「あは、顔、赤っ」

「だ、だって、いきなり、そんな！」

「いちおう、婚約を前提に付き合ってるんでしょ？　問題ないじゃん。もし、本当に彩梅ちゃんと一緒にいるときに千里がよく笑うんだとしたら、千里も幸せになれるだろうし。ほら、戻ってきたよ」

　まっすぐにこっちに向かって走ってくる九条さんに、小鳥遊さんがひらひらと手を振っている。

　走る九条さんもカッコいいなあ。そよぐ風まで煌めいて

見える！

「悪かったな、琉人」

　パタパタとかけつけてきた九条さんが、ふっと目を大きく開く。

「彩梅から離れろ。近すぎる」

　お父さんモード、さっそくスイッチオン……。

「千里に言われて、彩梅ちゃんのことガードしてたんだけどな。つうか、女に過保護な千里とか、引くわ」

　すると、栗色の髪の女性が、九条さんを追いかけてやってきた。

　九条さんの隣を歩いていたキレイな人だ。

「ねえ、千里、ゼミの飲み会どうするの？」

　ピリッとした高い声と、私に向けられた冷たい視線に気づいて、反射的に立ち上がる。

「あ、そ、それじゃ、友達もそろそろ戻ってくるので行きますね！　小鳥遊さん、あの、一緒にいてくれて、ありがとうございました」

　ぺこりと頭を下げて、その場を離れようとしたところで、九条さんの手が肩に置かれて、くぐっと引き寄せられた。

　……ふわ!!

　むぎゅっと九条さんの胸の中に閉じ込められて、目をぱちくりさせる。

「今夜は無理だって言ったよな。俺はこいつと予定があるんだよ」

　ぽふっと九条さんの手が私の頭に置かれて、九条さんの

腕の中、最速で顔が赤く染まっていく。

　か、顔、熱いっ！

　そ、それに、こ、こんなに人がいる場所で、こ、こ、これは、ちょっと恥ずかしすぎるっ！

「それじゃ、その子も連れてきたら？　私、個人的に千里に相談したいことがあるの」

「彩梅は未成年だから飲み会なんて連れていけない。制服着てんだから、見りゃわかるだろ」

　未成年……。

　こういうとき、自分が子供だってことを思い知らされる。

「親戚の子？」

「高坂には関係ない。行くぞ、彩梅」

「千里も、子供のお守りを任されて大変だね」

　その人に全身を見定められて、視線を落とす。せめて私服で来ればよかったな。

　急に決まったことだから仕方がないし、何より高校生であることに変わりはないんだけど。

　すると、九条さんの低い声が頭上で響く。

「親戚なんかじゃない。彩梅は俺の許婚で正式な婚約者だよ。つまり、俺の女」

　ふえっ!?

「許婚ってどういうこと？」

「ち、違うんです、私は、その」

　うっ、なんて説明したらいいんだろう。

　『九条さんの許婚の妹で、婚約破棄を前提として形だけ

お付き合いしている女子高生の婚約者』なんて、どれだけ説明しても意味がわからない……。

　無駄な情報が多すぎる！

　あわあわ動揺していると、九条さんの甘くて優しい笑顔に包まれる。

　その九条さんの甘い笑顔に、なぜか栗色の髪の女の人と小鳥遊さんが言葉を失っている。

　九条さん以外の全員が、目を見開いて固まっている中、九条さんだけが余裕の笑顔。

　ど、どうなっているんだろう。

「彩梅、自分で自己紹介して」

　九条さんに肩を抱かれたまま、破裂寸前の心臓を押さえてその女の人にお辞儀する。

「は、はじめまして、女学院高等科の３年、西園寺彩梅、です」

　これは……辛い。

　こんなにキレイな女の人に、制服姿で婚約者だと伝えたとして、信じてもらえるとは思えないよ。

「西園寺って、あの、西園寺家の？」

「そう、じーさん同士が仲良くて、あっという間に話が進んだ。彩梅の卒業を待って正式に婚約する」

「く、九条さん!?」

　正式に婚約するなんて、そんなこと言ったら大変なことになっちゃう！

「いくら家同士が決めたことだからって、女子高生と婚約

なんて本気なの？」

「お前には関係ないだろ？」

「だからって、高校生に手出すとか……」

「手なんて出してねえよ」

　苛立つ九条さんにびくりと体を揺らすと、ぎゅっと九条さんに抱きしめられた！

　うわわっ！

　こ、こんなに人がいる場所で、だ、抱きしめるとか！

　九条さんの腕の中で、パニックになっていると。

「高坂、お前さ、マジでどっか行けよ」

　九条さんの冷たい声に、息をのんだ。

　こ、こんな九条さん、初めて見た……。

　呆然としていると。

「あのさ、千里と彩梅ちゃんは家同士が決めた許婚で、結婚するかもしれなくて、何が悪いのって話じゃん。少なくとも、玉の輿狙いで千里につきまとってる高坂には関係なくね？」

　小鳥遊さんが吐き捨てるように呟くと、その女の人は背中を向けて行ってしまった。

　ど、どうしよう！

　やっぱり、こんなところに私なんかが来ちゃいけなかったんだ！

「あ、あの……ご、ごめんなさい！」

「なんで彩梅が泣きそうになってんだよ」

「だって、結局、九条さんに迷惑をかけることになっちゃっ

たから……！　私みたいな女子高生と婚約なんて、どんな
ひどい噂になるか……！」

「家同士が決めたことなんだから、仕方ないだろ？」

「でも……」

　九条さんは笑いながら私の頭をぐしゃぐしゃと撫でてい
るけど、頭の中はもうパニック状態。

「彩梅は俺の婚約者って紹介されるのが、嫌なわけ？」

「そ、そんなことあるはずない……！」

「じゃ、問題ないだろ？」

　九条さんは笑って私の頭をぽんぽん叩いているけど、気
持ちは焦るし、ドキドキしすぎて顔は熱いし。

「すいませーん、俺の前でイチャつくの、やめてもらえま
すかー？」

　小鳥遊さんに冷やかされて、必死で抗議。

「イ、イチャついて……ないです!!」

「久しぶりに彩梅と会えたんだから、少しくらいイチャつ
かせろ」

　く、九条さん!?

　びっくりして九条さんを見上げると、いたずらに笑う九
条さんの両腕に抱え込まれた。

　し、心臓、本当に止まっちゃうっ！

「……千里、マジか。お前、ホントに彩梅ちゃんの前だと
別人だな。もうさ、めんどくせーから、既成事実作ってさっ
さと結婚しちゃえば？　じーさんたちも大喜びだろ」

「……キセイジジツ？」

　首をかしげると、九条さんがいきなり小鳥遊さんを蹴飛ばした。

「彩梅に余計なこと言うな！」

「うっわー、キモすぎる。デレる千里なんて、見てられねえ！」

　そう言って、小鳥遊さんがぴょんと体をしならせて立ち上がる。

「じゃ、俺はもう行くね。彩梅ちゃん、さっきの話、頑張ってね」

「は、はい！」

「はは、顔、赤いよ。可愛いね、お前のヨメ」

　……よ、ヨメ！

　どんどんエスカレートしているような！

　こ、こんなの赤くならないほうが無理！

「彩梅はなんでそんなに、顔を赤くしてんだよ？　琉人に何を言われたんだよ？」

　九条さんの言葉がいつになく、とげとげしい……。

「えっと」

『このまま結婚まで持ち込んじゃえばいいじゃん』

　小鳥遊さんの一言を思い出して、顔がかあっと熱くなる。

　すると、九条さんに頬っぺたをつままれた。

「なんか、ムカつく」

「痛い……です」

　涙目で九条さんを見上げると、九条さんがふわりと笑う。

　その柔らかい笑顔を見ていたらホッとして、涙が浮かん

でくる。

　だって、2週間ぶりの九条さん。

　でも、絶対ダメ！

　こんなところで泣いたら、ますます九条さんを困らせる！

　ぎゅっと唇をかんでこらえるけれど。

「彩梅？　どうした？」

　じっとキレイな瞳で見つめられて本音がぽろり。

「あ、あはっ、久しぶりに九条さんに会えたから。……な、なんだか、うれしくて、ご、ごめん、なさいっ……」

「お前はホントに……」

　手のひらで慌てて涙をぬぐうと、九条さんの腕にぐいっと引き寄せられた。

　……え？

　九条さんの胸の中、九条さんの両腕にぎゅぎゅっと強くくるまれる。

「はぁ。やっと彩梅に会えた……」

「あ、あの、九条さん？」

　すると、パタパタと軽やかな足音が近づいて、萌花ちゃんの大きな声が響き渡る。

「ごめんごめん、遅くなった！　彩梅、こんなところにいたんだね！　メッセージ送ったんだけどつながらなくて。あ、ごめん。お取込み中だった？」

　び、びっくりした！

　パッと一歩離れた九条さんは涼しい顔をしているけれ

ど、私はもうドキドキしすぎて苦しくて……！

「あれ、彩梅、もしかして、その人が？」

「あ、あの、九条千里さん……です」

　すると、瞬時に背筋をびしっと伸ばした萌花ちゃんは、勢いよく腰を90度に曲げて九条さんに頭を下げている。

　さすがラクロス部キャプテン！

　お辞儀までカッコいい！

「はじめまして、大河内萌花です。いつも彩梅がお世話になっています！」

「九条千里です」

　落ちついた素振りで九条さんが軽く会釈すると、萌花ちゃんが目を丸くする。

「うっわー！　なるほどね！　そっか、そっか、納得したよっ！　これは仕方ないねっ」

「も、萌花ちゃん？」

　さっぱりしていて面倒見のいい萌花ちゃんだけど、思っていることをそのまま口にしてしまうところがあるので、こんなときには、ちょっとだけヒヤヒヤする。

「彩梅が５つも年上のおじさんと婚約なんて、もったいないなーって密かに思ってたんだけどさ、こんなにカッコいい人だったら納得！　そりゃ、男子高校生なんて目に入らないよね」

「……男子、高校生？」

　ぴくりと眉を上げた九条さんが、なんだか怖い。

「彩梅って、駅で告白されても全部断っちゃうんですよ！」

「も、萌花ちゃん!?」

「この前だって、この大学の付属高校の男子にガチ告白されたのに、あっさり断っちゃったでしょ。今年に入って何人目?」

「へえ……そんな話、聞いたことないけどな」

　九条さんにジロリと睨まれて、体をすくめる。

　ううっ。九条さんの顔、ものすっごく怖い。

「彩梅ったら、せっかく告白されても、真っ赤になって何も話せないんです。だから、九条さんがこのまま彩梅のことをおヨメにもらってくれたら、私も安心して外部の大学に行けるんですけど!」

　萌花ちゃんまで、お、おヨメって!

　それに……。

「私、そんなに心配かけてる?」

　外部の大学に行けないほどに?

「だって、彼氏とか全然興味ないでしょ?　挙句に自分はお見合いで結婚するからいい、とか時代錯誤のことを言い出すし。そりゃ心配にもなるよ。そんなに、のんびりおっとりしてて、彩梅の大切な西園寺家を、悪い人に乗っ取られたらどうするの?」

「彩梅、学校でも同じこと言われてんだな……」

　呆れる九条さんに、がっくりと肩を落とす。

　ホント、情けない。

「だから、九条さんが彩梅と結婚してくれたら、安心なんですけどね!　彩梅の大好きな九条さんだったら、いい

なって！」

「萌花ちゃん!!」

　思いきり、"大好き"って言っちゃってるっ！

　……なんて、とっくに私の気持ちなんて、バレているん
だろうけど。

「それでね、ラクロス部の先輩がこれからグラウンドでの
練習を見に来ないかって誘ってくれてるんだけど、彩梅は
どうする？　ここからグラウンドまで１時間くらいかかる
みたい。私から誘っておいてホントに申し訳ないんだけど」

「あ、えっと、それなら」

「俺が彩梅のこと送るからいいよ」

　……え？

「ホントですか!?　じゃ、彩梅のことよろしくお願いしま
す！　彩梅、今日はありがとね！」

「う、うん、私こそ。萌花ちゃん、連れてきてくれてあり
がとう。部活見学、頑張ってね」

「彩梅も頑張って！」

　萌花ちゃんが急ぎ足で先輩のもとに戻ると、九条さんと
ふたりきりになってしまった。

　うん、気まずい。

「……で、彩梅は何を頑張るの？」

　九条さんに顔を覗き込まれて、かあっと頬っぺたが熱く
なる。

「九条さんと一緒に帰ること？」

「じゃあ、頑張ってもらおうかな」

「え?」

　顔を上げた瞬間、ぎゅっと手を握られた。

「ひゃっ!　く、九条さん!?」

「あのさ、もう少し慣れろよ、頼むから」

「だって、手、手が!」

「もうちょっとだけ、俺の婚約者っぽくしてて。中途半端に噂されるより、堂々としてたほうがいいだろ」

「で、でも、私、制服着てるし、九条さんと全然釣り合ってないから……」

「だから、どうしたんだよ。彩梅は彩梅だろ」

「あ、あの、でも」

「あのさ、ここ、かなり注目浴びてるから、移動してもいい?」

　九条さんの視線を追ってぐるりと見まわすと、中庭に立つ私たちのことを、2階や3階の窓から見ている人たちがいる。

　うわわっ!　これは大変!

「九条さん!!　移動!　移動しましょう!」

　九条さんと手をつないで構内を抜けると、今度は鋭い視線があちらこちらから突き刺さる。

「九条さん、ホントに変な噂になっちゃうから!」

　必死に手を離そうとするものの、ぎゅっと強く握られた手は簡単にはほどけない。

「変な噂、じゃないだろ。彩梅は俺の婚約者なんだから。
それに彩梅が嫌がったら、かえって怪しまれる。つうか、
通報される」

　……うん、たしかに。

　その一言で、九条さんに素直に従うことにしたものの、
九条さんの手はすごく大きくて、ごつごつしていて。

「九条さん、私、男の人と手をつなぐの、初めてです」

「こっぱずかしいから、そういうこと口にするな！」

　九条さんは口を尖らせているけれど、この状況もかなり
恥ずかしいです！

　さっきから、頬っぺたが熱くてたまらない。

　すると、まっすぐ前を向いて歩きながら、九条さんがぽ
つり。

「あのさ、さっきの『俺のこと、大好き』って」

　ううっ。聞き流してほしかった……。

　でも九条さんに会えて声を聞けただけで、この２週間悩
んでいたことなんて一瞬で吹き飛んでしまうくらいにうれ
しくて、心が明るくなって。

　こんな気持ち、隠しておけるはずがない。

「相手にされてなくても、九条さんのこと困らせちゃうっ
てわかっていても、大好きなものは仕方ないんです！　私、
彼氏とか、本当に欲しくないんです。広い世界も知らなく
ていいんです！　九条さんとこうして会えるなら、それが
一番うれしいんです！」

「……なんでキレてんだよ」

「キレてないけど、恥ずかしいんです！　本人の前で、しかもこんな場所で！」

「あのさ、俺たち許婚なんだよな？」

「だって、それは……」

　形だけのものだから。

「この2週間、すごく……寂しかった」

　リミッターが外れたように、本音がこぼれ落ちていく。

　だって、ずっと会いたくて会えなくて、悲しくてたまらなかった。

　すると、深いため息をついた九条さんにハッとする。

　いけない。……また、困らせた！

「あのさ、そういうこと言われると、抱きしめたくなるから、やめてくれる？」

　……え？

　『抱きしめたくなる』って聞こえたのは、聞き間違え？

　じっと九条さんを見つめると、柔らかなまなざしで見つめ返されて、ドキリ。

「連絡しないで、ごめんな」

　ふるふると首を振る。

「九条さんに会えたから、もう大丈夫です！」

　単純だなって、自分でも思うけれど。

　今、こうして一緒にいられるだけで、泣きたくなるくらいにうれしくて、会えなかった不安なんて簡単に消えていっちゃうんだから。

「彩梅、俺たちさ……」

　九条さんが何か言いかけたところで、ざわりとあたりが賑やかになる。

「ねえねえ！　あれ、九条くんじゃない？」

「やだ、あの子誰？」

「高校生!?」

　や、やっぱり、制服でこんなところに来ちゃいけなかったんだ……！

「女子高生と婚約してるなんて、面白がられて、すぐに噂になるだろうな」

　九条さんはまったく気にする様子もなく、立ち止まった木陰で大きく伸びなんてしているけれど。

「……迷惑かけて、本当にごめんなさい」

　申し訳なくて、九条さんの顔を見ることができない。

「迷惑だなんて思うはずないだろ。むしろ、会いに来てくれてよかった。ありがとな」

　九条さんが優しすぎて、辛い。

　だってこんなに優しくされたら、どんどん好きになっちゃうよ。

　それにしても、どこに移動しても九条さんは注目の的で。九条さんを遠巻きに見ている女の人たちが、あちらこちらにいる。

「……九条さん、大学でもモテモテなんですね」

「べつに俺がモテてるわけじゃない。九条家に興味があるだけだろ」

　冷たく言い捨てた九条さんに、目をぱちくりさせる。

「う、うわあ！」

「……なんだよ」

「カ、カッコいいっ！　私も言ってみたいっ！　壁に寄りかかって、ちょっと目を細めて『私がモテてるわけじゃないわ、みんな西園寺家に興味があるだけよ』とか、言ってみたいっ！」

「……お前、バカにしてる？」

「本気でカッコいいと思ってますよ」

　頬っぺたを膨らましている九条さんが、ちょっとだけ可愛い。

「みんな、九条さんに興味があるんですよ、九条家じゃなくて。だって九条さん、優しいし、面白いし、カッコいいし！」

「面白いってなんだよ」

「さっきの話、面白かった！『九条家に興味があるだけだろ』って！　モテてうれしいって、素直に言えばいいのに！」

「だから、うれしくないんだって」

「それって『俺はモテてます』って言ってるのと同じですよ。ぷぷっ！　やっぱり面白い！……あ、痛い」

　むぎゅっと頬っぺたをつままれて、びよんと伸びた頬っぺたのまま九条さんを見上げると。

「俺にそんなこと言ってくるのは、彩梅だけだよ。つうか、すげえ顔！」

「……痛いし、ひどい」

　すると、パッと九条さんがその手を離す。

「ごめんな、頬っぺた少し赤くなった。彩梅、色白だから
すぐ痕が残るんだよな」

　そう言って柔らかく笑った九条さんを、まわりの人がちら
ちらと見つめている。

「あの、九条さん。……ここ、笑っちゃいけない場所なん
ですか？」

「は？」

「みんな、さっきからこっち見てるから。笑っちゃいけな
い場所なのかなって」

「ぶはっ！　相変わらず彩梅の感性、ぶっ飛んでるよな。
そもそも大学構内でセーラー服姿の彩梅と一緒にいたら目
立つだろうし、遠慮なくイチャイチャしてるし。何より、
めったに笑わない俺が笑ってるから、めずらしがられてる
だけだよ」

「は？」

「だから、いつも笑顔ひとつ見せない無愛想な俺が笑って
るから、めずらしいんだろ」

「それは誰の話ですか？」

「俺、九条千里の話ですが？」

「え？」

「だから、彩梅のその反応、ホントに反則なんだって！」

「でも、私、九条さんほどよく笑う人、知りませんよ？」

「それは彩梅と一緒にいるからだろ。着物で澄まして歩い
てるかと思えば派手に転びかけるし。浅草の食べ歩きも、

泣きそうになりながら我慢してるし。挙句に天ぷら屋でい
きなりひっくり返るし！　笑いのポイントが多すぎるだ
ろ！」

　そ、そっか、私がまぬけすぎて笑われてたんだ……！

「さっきだって、『大好きだ』って言われて告白されたのか
と思ったら、いきなりキレるし。彩梅がどう思ってるか知
らないけど、俺、無気力で無関心で冷徹ってよく言われる」

「嘘っ！　よく笑って、優しくて、カッコよくて、面白い！っ
て言うならわかるけど」

「……だから、面白いってなんだよ」

「あれ、九条さん、気づいてないんですか？　九条さん、
すごく面白いですよ？」

「それ、褒めてないよな？」

「ものすごく褒めてます！」

　九条さんと視線がぶつかり、笑い合う。

「俺は彩梅が思ってるほど大人じゃないし、優しくもない。
彩梅はさ、まっすぐだよな。眩しすぎるほどまっすぐ。誰
も触れたことのない宝石みたいだよ」

　くうっ。

　不意の褒め殺しは、心臓に悪い。

「彩梅、また顔が赤くなってるぞ」

　甘く笑う九条さんを、ちらりと睨む。

「九条さん、そういうこと簡単に言うの、よくないと思い
ます。だからみんな誤解して期待しちゃうんです。さっき
の人だって、きっと……」

「彩梅以外の奴に、期待させるようなことを言うわけない
だろ。それより、彩梅も期待してんの？」

　なんて残酷な質問。

　私なんかが、九条さんに相手にしてもらえないことくら
いわかっている。

「私は期待なんてしません！　ちゃんとわかってます！」

　強がって答えると、くしゃりと頭を撫でられた。

「彩梅は、何もわかってないよ」

　でも、自分の気持ちが九条さんにあることくらいは、わ
かる。

　たとえ相手にしてもらえなくても、九条さんのことを好
きな気持ちはすごく大切だから。優しく笑う九条さんに精
一杯の笑顔を返した。

　大学から駅までの道を九条さんと並んで歩きながら、九
条さんをちらり。

　いつもより九条さんとの距離が近くて、なんだか落ちつ
かない。

「あ、あの、九条さん。ホントにひとりで帰れますよ？」

「婚約を前提に付き合ってる女を家まで送って、何が問
題？」

「だって、その、九条さんが誤解されたら……」

「誤解って、なんだよ？　彩梅のことを婚約者として公言
したのに、そんな心配するほうが、おかしい」

　でも、いつかは婚約破棄するのに。変な噂がたったら、
九条さんに迷惑がかかっちゃう。

　大学の最寄り駅の改札口についたところで、九条さんと向き合う。

「九条さん、本当にここまでで大丈夫です。ありがとうございました」

　言い終わらないうちに、すっと肩を抱かれて飛び上がる。

　九条さん、どうしたんだろう!?

　今日はなんだか接触（せっしょく）が多いような……！

　こ、これも特訓のひとつ!?

「家まで送る。男子高校生に告白されたら困るし」

「あ、あれは萌花ちゃんが、ちょっと大げさに言っただけで」

「彩梅は鈍（にぶ）いから、いろいろ気づいてないんだろうな。目に浮かぶよ。はあ……」

　ため息、深い！

「あのさ、彩梅、もし……」

「はい？」

　何度かためらって、九条さんがきゅっと口を結ぶ。

「いや……いいよ」

　やっぱり今日の九条さんはいつもと違う。

　何かを言いかけては、言葉を止める。

　いきなり大学まで押しかけちゃったから、さすがに呆れているのかも。

　空いている電車の中で、九条さんをちらり。

「どうした？」

「い、いえ」

　扉の前に立ったのはいいけど、両手を扉についた九条さ

んがすぐ目の前に迫っていて。ものすごく近いです……。

　電車が揺れるたびに、九条さんに触れそうになって。

　心臓、爆発する……。

「あ、あの、九条さん」

「ん？」

「電車、そんなに混んでないような」

「ま、いいだろ。これで」

　ううっ。ドキドキしすぎて、心臓、壊れちゃうよ……。

「つうかさ、もう少し気づけよ」

「？」

「見られてるだろ、まわりから」

　んん？

「目立ってるのは九条さんですよ？」

「あのさ、頼むからもう少し自覚してくれ」

「へ？」

　キョトンと首をかしげると、九条さんにこつんとおでこ
を叩かれた。

「バカ彩梅」

　なぜ？

　電車を降りると、すぐに手を握られて飛び上がる。

「く、九条さん!?」

「彩梅のリードの代わりだよ。お前、危なっかしいから」

　九条さんは呆れたようにため息をついている。

　九条さんは、コタロウくんのお散歩気分なのに、私は
こんなにドキドキしているなんて、九条さんには絶対に

言えない！

　家についたところで、九条さんが私の顔を覗き込む。
「彩梅、誰かに連絡先を聞かれたり、連絡先を渡されたり
した？」
「あ、いえ……あの、連絡先、もらってないです。大丈夫
です。その、心配ですか？」
「西園寺のじーさんから直々に彩梅のことを預かってるん
だから、責任があるんだよ」
　そっか、責任……か。九条さんは責任感が強そうだな。
「それじゃ、ここで。あの、家まで送ってくれて、ありが
とうございました」
「彩梅のお父さんに、挨拶してから帰るよ」
「え？」
「彩梅のお父さんと、少し話がしたい」

　それから1時間ほどお父さんを待っていた九条さんだっ
たけれど、帰宅するはずのお父さんはなかなか帰ってこな
かった。
「ごめんなさいね、せっかく待っててくださったのに。急
に仕事が入って帰れなくなったなんて」
「また、日を改めてご挨拶に伺います」
　玄関でお母さんと話している九条さんは、急に大人に見
える。
「最近、お父さん、ものすごく機嫌が悪いんです」

　門まで九条さんを送りながら、ぽつり。

　すると、九条さんが梅の木の下で足を止めた。

「彩梅は家を重荷に感じたことって、まったくないの？」

　それは、ずっと私が九条さんに聞きたかったこと。

「九条さんにとって、九条家は重荷ですか？」

「……正直、重荷だと思ってた時期もあるよ。彩梅はそん
なふうに思ったこと、なさそうだよな」

「私は末っ子で気楽な立場だから、家のために生きる、な
んて軽々しく言えるんです。でも、お姉ちゃんや九条さん
は違いますよね。真剣に家を継ぐことを考えてるから、重
荷にもしがらみにも感じるんだろうなって思うんです」

「彩梅だって、ちゃんと考えてるだろ」

「でも、背負ってきたものや、期待されてきた熱量が全然
違う。だから、せめて自分にできることを、と思ってきま
した」

　暮れてきた空の色が優しくて、こうして九条さんと一緒
にいることができて、うれしくてたまらない。

「九条さんに出会えたから、私は西園寺の家に生まれてき
てよかったと、心から思ってます」

「好きだよ」

「……え？」

　風に混じる九条さんの声を聞き返す。

「彩梅のそういうところ、すごく好きだよ」

　急にそんなこと、言わないでほしい。

　心臓が痛いほどにドキドキして、苦しくなっちゃうか

ら！
「彩梅、お父さんに改めて話がしたいって、伝えておいて」
「はい」
「じゃ、またな」
　次の瞬間、一歩近づいた九条さんの両腕にほんの一瞬閉じ込められた。
「こ、これも、特訓、ですか？」
　し、心臓、爆発するかも！！
「どうだろうな。おやすみ、彩梅」
　九条さんが優しく笑って帰っていくと、その場にへなへなとしゃがみ込んだ。
　なんだか、九条さんの言葉とか態度が、いつもより甘かったのは気のせいかな。
　距離とか、すごく近かったし、手もつないじゃったし！
　よく考えたら肩とか抱かれちゃって！
　い、今だって、抱きしめられていたような……！
「ひゃーっ！」
「彩梅、ご近所迷惑だから静かにしてね」
　両手で顔を覆ったところで、お母さんに怒られた。

第3章

ふたりの時間

　その日を境に、学校に九条さんが迎えに来てくれることが多くなった。

　そのまま一緒に寄り道をしたり、コタロウくんの散歩に行ったり。

　おじいちゃんたちからの"指令"によるものだとしても、九条さんに会えるのはとにかくうれしくて、おじいちゃんたちに密かに感謝！

　問題があるとすれば、九条さんの過保護ぶりが加速してしまったこと。

　いくら責任があるといっても、少し度を越えているような。

「そもそも、知らない奴に声かけられたら、無視しなきゃダメだろ？」

　校門で学ランの男の子に話しかけられたことを、まだ怒っている九条さん。

「でも、名前を呼ばれて無視するのは、さすがにどうかと」

「つうか、あいつはどうして彩梅の名前を知ってたんだよ」

「さあ？　どうして知ってたんだろうね、コタロウくん？」

　前を歩くコタロウくんに声をかけると、コタロウくんが首をかしげて振り返る。

　うん、可愛いっ！

「つうか、他の男に近づくなって言っただろ？」

「私、近づいてないですよ。なんだか最近の九条さん、うちのお父さんみたいです」

「……それは、あんまりうれしくない」

　眉をひそめる九条さんに、くすくすと笑う。

「親父さん、最近は？」

「相変わらず機嫌が悪くて、気が重いです」

　理由を聞いても教えてくれないし。

「彩梅のことが可愛くてたまらないんだろうな」

　そうなのかな？

　とても、そんな感じには見えないけれど。

「私はお姉ちゃんみたいに期待されることはなかったから、そういう意味では楽だったけど……」

　九条さんとコタロウくんと歩く河川敷が、夕陽に染まっていく。

　こうして、九条さんと何気ない話をして過ごせる時間はとっても幸せ。

　こんな時間がずっと続けばいいのにな。

「西園寺家には、女性ながらに独身を貫いて西園寺家の事業の拡大に力を尽くした方がいるんです。お父さん、その方のことをすごく尊敬していて、その人の経営の才覚がお姉ちゃんにもあるって、すごく期待しているんです」

　その人と同じ『梅』という文字を名前に持つ私には、なんの取り柄も才能もないのが悲しい。

　それなら、結婚という形で西園寺家の役に立ちたいと思ってきた。

「彩梅のお姉さんは、ただの研究員として渡米したわけではないだろ」

「え？」

「医薬品の開発は、上手くいけば世界的な事業になるからな」

　まさか、お姉ちゃんはそこまで考えて？

「君のお姉さんは、自分の能力の使い方をよくわかってるよ」

　九条さんの瞳が楽しそうに輝く。

「九条さんも興味あるんですよね、経営とか事業戦略とか」

「俺の場合は、お家柄、仕方なく」

「あ、またカッコつけてる！」

「は？」

「だって九条さん、九条家とは関係なく、経営の話が好きですよね？」

「どうしてそんなこと……」

「お見合いのときに、お父さんたちと仕事の話をしてる九条さんが、すごく生き生きとしてて楽しそうだったから。私なんてホント退屈で、鹿おどしの音がキレイだなーとか、よく手入れされた坪庭だなーとか、そんなことばっかり考えてたから」

「あとは、お腹すいたなーとか？」

「……まだ言いますか？」

　ちらりと睨みつけると、オレンジ色の笑顔に包まれる。

「でも、そうかもな。経営には興味あるよ、純粋に面白い

と思う」

「それなら、九条さんは幸せですね。九条家に生まれて、その力を思う存分試すことができるんだから」

「そうだな、彩梅に言われるとそう思えてくる。カッコつけたり、ぐちゃぐちゃ悩んでる自分がバカらしくなってくるよ」

「やっぱりカッコつけてたんですね！」

「そうだよ？　悪いか？」

「悪くはないけど……ちょっと、近いです」

　すぐ目の前に立つ九条さんの両手が私の腰を抱えていて、芝生に落ちるふたりの影はひとつになっている。

　心臓が、ものすごく、痛い。

「彩梅、本当に俺のところに来るか？」

　その瞬間、コタロウくんに飛びつかれて。

　うわわわっ！

　コタロウくんを受け止めながら首をかしげる。

「どこに、ですか？」

「……なんでもないよ」

「ごめんなさいっ。コタロウくんの勢いがすごくて、よく聞き取れなくて」

　すると、九条さんが苦笑い。

「コタロウに、やきもち焼かれたな」

「コタロウくんがやきもち？　そうなの？」

　しゃがんでコタロウくんの頭を撫でると、甘えた様子でコタロウくんが湿った鼻を押しつける。

「コタロウも彩梅のことが大好きだってさ」

　頭上では九条さんが空を仰いで、聞き取れないほどの小さな声で呟いている。

「バカだよな。彩梅に広い世界を見せてやりたい、いろんな経験をさせてやりたいって思ってたのに」

「九条さん？」

「矛盾の塊」

「どうしたんですか？」

　コタロウくんと同じ目線から、九条さんを仰ぎ見る。

「なんでもないよ」

　九条さんを見上げる視線と、九条さんが私を見下ろす視線がからんで、九条さんの大きな手のひらに頬っぺたを包まれた。

「か、顔、また赤くなってますか？」

「そうじゃないよ」

　甘く笑った九条さんの指先が、つつっと私の首筋を滑って。

　ひゃっ。

　くすぐったくて、肩を縮めると。

「彩梅、キスする？」

　……え？

　ドキドキと打ち鳴らす心臓の音が大きすぎて、聞き間違いなのかと、思った。

　声は震えるし、顔は熱いし！

「ま、また、そ、そんな冗談言って！」

　動揺と緊張を上手くごまかせる自信がなくて、コタロウくんの背中に顔をうずめた。

　コタロウくんがいてくれてよかった……！

「冗談だと思うか？」

「……？」

　見上げると、困ったように九条さんがまぶたを伏せた。

「メシ、どうする？　もし時間が大丈夫なら、一緒に夕飯食うか？」

　その一言に、現実世界に引き戻された。

「本当は一緒に夕ごはんを食べたかったんですけど、もうすぐ定期テストなんです。この前の実力テストの結果が悲惨で、ちゃんと勉強しないと大学に上がれなくなっちゃうので……」

　はあ、情けない。

　お姉ちゃんは飛び抜けて優秀なのに。どうして姉妹でこんなに出来が違うんだろう。

　もう少し、九条さんと一緒にいたかった……。

「それなら、これからうちで一緒に勉強する？　そのあとメシでもいいし」

　わわっ！　九条さんと一緒にテスト勉強!?

「あ、でもビシビシいくからな？　甘やかさないから」

「はいっ！」

　元気よく答えると、コタロウくんの「ワン！」も同時に響いた。

　九条さんのお家の書斎をお借りして、ふたり並んで教科書を開く。

「どこがわからない？」

　私のノートを覗き込む九条さんの肩が触れて、袖が擦れる。

　こ、これは、失敗したかも。

　すごくうれしいけど、ドキドキしすぎてまったく集中できない！

「彩梅、聞いてる？」

「は、はいっ」

　って、こんなの絶対に無理っ！

　勉強なんて、できないよ！

　だって、首をかしげて英文に視線を走らせる九条さんの横顔を見ているだけで、心臓は飛び跳ねるし、頬っぺたは熱くなるし。

「どうした？」

「い、いえ。あの、九条さんも、家庭教師のバイトとかするんですか？」

「いや、俺は教えるのあんまり得意じゃないから、カテキョのバイトはしたことないよ。彩梅だけ特別」

　私だけ？

　その一言に、一気に脈拍は急上昇！

　顔から湯気が出そうっ。

「彩梅、落ちついて。集中して」

「は、はいっ！」

　いけない、いけない。せっかく九条さんが時間を取って教えてくれているんだから！

　ノートに日本語訳を書き並べ、課題の英作文を終えたところで。

「あ……」

　机に片肘つきながら、九条さんがうとうと眠っている。

　疲れていたのかな。

　長いまつげが、呼吸に合わせてゆっくりと揺れる。

　九条さんの唇は薄く閉じられていて、男の人なのに肌がすごくキレイ。

　ドキドキしながら見つめていると、パチッと九条さんが目を開いた。

　わわっ！

　盗み見していた後ろめたさから、慌てて教科書に視線を戻す。

「悪い、寝落ちた。朝方までレポートやっててさ」

　九条さん、そんなに疲れているのに私の勉強を見てくれているんだ……。

　それなら、私も本気で頑張らないと！

　ぎゅっとペンを握り直したそのとき、九条さんの指先が私の髪に触れて、びくり。

　でも、九条さんはまだぼんやりとしていて。

　寝ぼけている……のかな？

「変な夢を見た。彩梅、すげえ泣いてて。でも、全然、彩梅に声が届かなくて。何もしてやれなくて」

苦しそうに呟く九条さんに、笑顔を見せる。

「私、泣いてないですよ？」

「よかった。ここにいてくれて」

「大丈夫です。私は、ここにいます！」

　九条さんが許してくれるのなら、いつまでも！

「彩梅、もし……」

　九条さんの熱を帯びた瞳に、ドキリと息をのむ。

　そのとき九条さんの肘が教科書を押して、机の上からバサバサっと教科書が落ちた。

「ごめんな、テスト前なんだよな。勉強、早く終わらせないとな」

　九条さんのおかげで、わからなかったところはすっきり解決できたけれど、最近、九条さんの様子が少しおかしい。

　どうしたんだろう？

「遅くまでありがとうございました」

　家の門の前まで送ってもらい、頭を下げる。

「遅くなっちゃったから、挨拶していくよ」

　九条さんが門に手をかけたところで、玄関のドアが開いてお母さんが顔を出す。

「あら、彩梅、おかえりなさい！」

「九条さんに勉強を教えてもらってたの」

「聞いてるわよ」

　お母さんはにっこりと微笑んでいるけれど、九条さんはいつお母さんに連絡したんだろう？

「あの、彩梅さんのお父さんは？」
「それがまた急に仕事が入ったんですって。ごめんなさいね」

　眉を下げるお母さんに、九条さんが穏やかな笑顔を返している。

「それではまた改めてご挨拶に伺います。彩梅、夜、電話するな」
「はいっ」

　月の明かりが輝く中、九条さんの後ろ姿を見えなくなるまで見送った。

　いつからか、眠る前に九条さんと電話で話すようになっていた。

《明日は、学校早いんだろ？》
「大学生は早起きしなくていいなんて、羨ましいです」
《でも、たまに１限が入ると地獄だよ。全然起きれない》
「それなら、私が電話で起こしますか？」
《お、いいな。……でも、彩梅こそ早起きとか苦手そう》
「……ものすごく、苦手です」
《ぶはっ！　ダメじゃん！　俺まで遅刻する》

　長い時間、話すわけではないけれど、眠る前に電話越しに届く九条さんの声は、くすぐったくて、うれしくて、とっても幸せ。

　ずっとこうして一緒に過ごせたらいいのにな。

無自覚すぎて、キツイ

【九条side】

「千里、ちょっと待ってよ」

　高坂の甲高い声が響いて、琉人が顔をしかめる。

「すげえな、あいつ、アメーバーだな。もはやホラー映画なみの逞しさ」

「知るか」

　高坂を振りきって琉人の隣に座ると、すぐに資料に目を通す。

「そういえば、千里、今度の経営セミナーに出席するんだってな。親父さん絡みのセミナーなんて、いつもなら絶対に参加しないのに」

「細かいこと気にしてる余裕なんてねえんだよ」

「最近、本格的に親父さんの会社も手伝いはじめたんだろ？」

「ああ」

　すると、琉人がにやりと口の端を上げる。

　……こいつ、全部わかってて聞いてるよな。

　可愛い顔してんのに、ホントいい性格している。

「それって、彩梅ちゃんのためなんだろ？　うまくいってんだ？」

「相変わらず彩梅がバカすぎて、目が離せない」

「くくっ、つまり可愛くて手放せないってことだろ」

「そんなこと、一言も言ってない」

「お前の恋心を翻訳してやったんだよ。ま、たしかに危なっかしいよな。でも、可愛いじゃん。つうか、あの子なら見合いなんてしなくても、すぐに彼氏できそうだけどな」

　楽しそうに笑う琉人をじっと見つめる。

「……お前、やけに彩梅のこと気に入ってるよな？」

「俺にまで牙むくなよ。余裕ねえな。いつものクールな千里はどこに行ったんだよ？」

「うるせ」

「あのさ、マジで気に入ってるなら、さっさと婚約なり入籍なりしちゃったほうがいいんじゃね」

「は？」

「あの子さ、あと数年もしたら奪い合いだぜ。お家教育も行き届いてるし、育ちのよさも見た目も極上ものだし」

「変な言い方するなよ。彩梅なんて、まだガキだろ。ぼんやりしてて、危なっかしくて目が離せないだけだよ」

「そんな余裕かましてると、彩梅ちゃん奪われちゃうかもよー」

「バカらしい」

　面白半分で冷やかしてくる琉人に呆れて、別の資料を手に取った。

　すると、琉人が思わせぶりに目を細める。

「あのさ、弟の航がうちの高等部の２年にいるんだけど、学年違うのに彩梅ちゃんのこと知ってたよ」

「なんで彩梅のことを知ってんだよ？」

「このあたりの高校生の間では有名だってさ。女学院３年
の西園寺家の次女がめちゃくちゃ可愛いって。告白すると、
真っ赤になって下向いて、何も話せなくなる姿が可愛くて
マジでヤバいって。それを目当てに声かけてる奴もいるら
しい」

「——は？」

「千里がうかうかしてたら、あっという間に悪い狼に彩梅
ちゃん食われちゃったりして」

「琉人、黙れ」

　思わず琉人の胸ぐらをつかむと、呆れた琉人にパッとそ
の手を払われた。

「落ちつけって。そんなに心配なら迎えにでも行けばいい
だろ。朝昼晩、彩梅ちゃんのパトロールでもしてろよ」

「ちょっと出てくる」

「……おい、マジで行くのかよ」

　資料をカバンに詰めると、唖然としている琉人を置いて
席を立った。

　あのバカ！

　どこまで心配かければ気が済むんだよ！

　ホントに、目が離せないじゃねえか！

　告白されて、真っ赤になっている彩梅の姿が目に浮かぶ。

　あんなの見せられたら、男子高校生なんて一瞬で堕ちる
に決まってんだろ！

　油断するにもほどがある。そもそも、彩梅は自覚がなさ
すぎるんだよ！

「九条くんっ！」

　改札を抜けたところで名前を呼ばれて振り向くと、見知らぬ女にスマホを向けられた。

　むっとしたまま、そいつのスマホを手のひらで押し返すと、腕をつかまれた。

「あの、よかったら今度……」

「触んなよ」

　そいつの手を振り払うと、まっすぐにホームへ向かった。

　勝手に写真を撮るとか、どんな神経してんだよ。

　女学院の最寄り駅の改札につくと、パーカーのポケットに手を突っ込んで、壁に寄りかかる。

　まだ人の流れもまばらで、女学院生の姿は見当たらない。

　ホッとしたところで、見慣れた制服が目の前を通った。

　灰色のブレザーにブルーのネクタイ。

　うちの高校の制服だ。

　静かな改札で、そいつらの賑やかな声が聞こえてくる。

「なあ、ここで待ってたらホントに来るのかよ」

「間違いない、この前もここで見かけたから」

「で、誰が声かける？」

「3人で声かけたら、たぶん逃げられるだろ？」

「でも、驚いた顔もちょっと見てみたいよな」

　女学院生の待ち伏せ？

　暇な奴らだな。って、俺も。

「けど、女学院の先生に見つかったら、うちの高校に通報

「されるらしいから気をつけろよ」

「マジか」

「そりゃそうだろ、超お嬢様学校なんだから」

「それにしても可愛いよな、西園寺さん」

「せめて連絡先だけでも、わかればなぁ」

　……は?

　まさか、彩梅のことを待ち伏せ?

　ふざけんな。

「おいっ!　あれ、西園寺さんじゃね?」

　通りの向こうからまっすぐな長い髪を風に揺らして、大きな目を輝かせながら、友達と楽しそうに笑う彩梅がやってくる。

　友達の話に夢中になっている彩梅は、見られていることにまったく気がついてない。

　……はぁ。少しは警戒しろっつうの。

　そんな彩梅に呆れていると、その高校生3人が彩梅に近づいていく。

　そのうちのひとりが、彩梅に声をかけようとした瞬間。

「彩梅!」

　壁に寄りかかったまま、彩梅の名前を呼んだ。

　パッと顔を上げた彩梅が、きょろきょろとあたりを見まわして、うれしそうに駆け寄ってくる。

「九条さん!?　どうしてこんなところに?」

　真っ白い彩梅の頬がすぐに赤く染まって、目がくるくると輝きはじめる。

　きっとしっぽがあったら、ちぎれんばかりに振っている
んだろうな。

　その姿を想像して、小さく吹き出す。

「どうしたんですか？」

「いや、やっぱりコタロウに似てるよな」

「コタロウくんに？　わわっ！　うれしい！」

　ダメだ、面白すぎる。

　思わず彩梅の頭を撫でると、彩梅の顔がさらに赤くなる。

　そんな彩梅を男子高校生の目から隠すように、両腕でく
るんだ。

「あ、あの、九条さん！」

「ん？」

「み、みんな、見て……ます」

「え？」

　顔を上げると、彩梅と同じ制服を着た女子高生の注目を
集めていて。

「とりあえず、家まで送る」

　彩梅の手を取り、ざわつく改札を通り抜けた。

「あ、あの、く、くじょ」

「どうした？」

　振り返ったところで。

「ひゃっ！」

　いきなり階段を踏み外した彩梅を、ひょいっと片手で抱
きかかえる。

　あっぶねえ……。

「ケガ、しなかったか？」

　彩梅の顔を覗き込むと、彩梅がコクコクと頷く。

「彩梅、駅の階段でもコケるんだな……」

「駅の階段から落ちたのは、初めてです」

「それにしたって……」

「だ、だって、あんなところで、あんなことされたら、緊張しちゃって動揺しちゃうし、足に力入らないし、もうドキドキしすぎて、階段なんて下りられない！」

　たどたどしく涙目で抗議してくる彩梅は、可愛すぎていろいろヤバい。

「悪かったよ」

「え？」

「俺が悪かった。あんなところで」

「で、でも、迎えに来てくれて、すごくうれしいです！」

　弾けるように笑う彩梅が眩しすぎて、目を細める。

「これからは、できるだけ迎えに来るよ」

「どうしてですか？」

「彩梅をひとり歩きさせるのが、不安だから」

「……私、ひとりで帰れますよ？」

「うん、わからなくていいよ。つうか、顔、ゆで上がってる」

「だって、九条さんが……」

「え？」

「その、すごく、カッコいいです」

　……は？

「そ、そういうカッコ、するんですね」

「ただの白パーカーだけど？」

「すごく、カッコいいです」

　彩梅の沸点はよくわからない。

　とりあえず、ぎゅっと彩梅の手を握り、電車に乗り込む。

　無言のままでいる彩梅の顔を覗き込むと、彩梅の顔がさらに赤くなる。

　これ、特訓している意味、あるのか？

「彩梅、親父さん、何か言ってる？」

「いえ、とくに。あ、でも早く帰ってこいって」

「そっか」

　電車の中でも、彩梅を男子高校生から隠すように両腕でくるむ。

　腕の中の彩梅は、顔を真っ赤にして動揺しているけど、もう知るか。

「あ、あの、九条さん！」

「いいから、俺の腕の中で大人しくしてろ」

　電車の揺れに任せて、彩梅を強く抱きしめる。

　こんなに火照った彩梅の顔を、他の男どもに見られてたまるか。

　電車を降りて、彩梅の家の門が見えてきたところで足を止める。

「ここで帰るな」

「あら、少し寄っていったらいいのに」

「お母さん！」

　庭から顔を出した彩梅のお母さんに、頭を下げる。

「九条さん、よかったら家に上がってね。あの人のことは気にしないでいいから。意地張ってるだけなんだから」

　あっけらかんと笑う彩梅のお母さんの隣で、彩梅はニコニコと笑っている。

「ごめんなさいね、いろいろ」

「いえ」

　あいまいに笑って返事をにごす。

「彩梅、ちょっとお夕飯の買い物に行ってくるわね。九条さん、よかったらうちでゆっくりしてね。彩梅、家にひとりになっちゃうから」

「いや、でも」

「じゃ、行ってくるわね」

　強引に家の中に案内されてソファに座ると、彩梅が顔を輝かせてパッと立ち上がる。

「九条さん、コタロウくんのアルバム、作ったんです！」

「動画で？」

「いえ、写真で！　見ますか？」

「ん、見せて」

　そんなにうれしそうな顔されたら、断れない。

「部屋にあるので、ちょっと待っててください！」

　パタパタと彩梅の足音が響いてしばらくすると、彩梅の声が聞こえてくる。

「九条さん、こっちです。２階です！」

「は？」

「私の部屋にあるので、来てもらえますか？」

　さすがに部屋に入るのはまずいだろ。

「彩梅、ここで見る」

「……え？　ごめんなさい、よく聞こえなくて」

「アルバム、ここで見るよ」

「はい？　九条さん、２階ですよ！　こっちです！」

　だから、そういうところが危なっかしいんだよ……！

　親がいないときに部屋に男を入れるなんて、絶対にダメ
だろ！

「九条さん、早く！」

　はあ。

　階段をのぼりきると、白いドアを開けた彩梅がぴょこっ
と顔を出す。

「こっちです、こっちです」

　彩梅にうながされて部屋に入ると、甘い香りに包まれる。

　彩梅はこっちの気も知らずに、ベッドに座ってニコニコ
と笑っている。

「ほら、コタロウくん、すごく可愛いですよ」

　彩梅が手にしているのは、コタロウの写真を加工した
フォトブック。

　リボンやシールでキレイにデコレーションされた写真の
中には、彩梅と俺の写真もある。

「こういうの、流行ってんの？」

「はい、友達の誕生日プレゼントに作ったりして。コタロ
ウくん可愛いから、すごく楽しかった」

　そう言って、はにかむ彩梅から目をそらす。

　急に大人びた表情を見せて、俺の心臓を捻り潰すのはやめてくれ。

「あ、この写真のデータ、欲しい。いつ撮ったやつ？」

「この前のお散歩のときに。あ、九条さんと写ってるのもありますよ。今、送りますね！」

　そういって、彩梅が差し出したスマホには、俺の写真ばかりが何枚も保存されていて……。

「ダ、ダメ!!　見ちゃダメ!!」

　慌ててスマホを隠した彩梅の腕をつかむ。

「彩梅、これって隠し撮り？」

　じろりと睨むと、びくりと青ざめる彩梅。

　ヤバい、可愛い。

「それ、見せて」

「うっ」

　彩梅が真っ赤な顔をして、おずおずと画面を差し出す。

　写真のほとんどは、楽しそうに笑っている俺の写真で。

「俺、こんな顔して笑ってる？」

「……はい」

　こんなに柔らかい表情で？

「彩梅には、俺ってこんなに優しく見えてるんだな……」

「九条さんはいつも優しいですよ？」

　写真から彩梅の想いが伝わってきて、たまらない。

「あの……隠し撮りしてごめんなさいっ」

「いいよ。俺も今度、彩梅のこと隠し撮りするから」

「ダ、ダメですっ！　絶対ダメ！」

　慌てふためきながらも楽しそうに笑っている彩梅との距離が縮まり、すっと離れる。

　彩梅の甘い匂いが香る部屋で、ベッドに並んで座っているこの状況は、結構キツイ。

「ここ、作るのちょっと難しかったんですよ」

　俺の手にしているフォトブックを覗き込む彩梅の髪が、ほんの一瞬、頬に触れる。

　いつもは少し近づくだけでびくびくしているくせに、自分の家にいて安心しきっているのか、彩梅が近い。

　ぐいぐいと無邪気な笑顔で、無自覚に近づいてくる。

　ダメだろ、これは。

「あのさ……」

「はい？」

「親がいないときに、男を部屋に入れちゃダメだからな？」

　いくらなんでも隙がありすぎる。

「九条さんでも？」

「そうだよ。……つうか、そんなことも説明しなきゃダメなのかよ。なんか頭痛くなってきた」

「えっ！　頭痛ですか？　熱は!?」

　そう言って俺の額に手を伸ばした彩梅が、そのまま勢いよく覆いかぶさってきて……見事にベッドに押し倒された。

　はああ。マジで勘弁してくれ。

「わ、わわっ！　ご、ごめんなさいっ！」

　慌てて起き上がろうとした彩梅の背中に、ゆっくりと両手をまわす。

「く、九条さん!?」

「あのさ、マジで怒るよ。親いないときに男を部屋に連れ込むとか、絶対ダメだし、こんなことして無事でいられると思ったら甘すぎる。もう少し自覚しろよ」

　この状況、ホントにどうなってんだよ……。

　必死に体を離そうとしている彩梅は、真っ赤な顔して慌てふためいている。

　そんな彩梅を、両腕に力を込めて引き寄せる。

「あのさ、こうやって捕獲されたら逃げられないだろ？ 危ないってこと、もう少し学んで。頼むから」

「で、でも、九条さんだったら、私、逃げませんよ？」

「それ、意味わかって言ってんの？」

　真っ赤な顔して、何を言ってんだよ。

　こいつ、俺のこと殺す気か？

「マジで、しっかりしろよ。俺だって、そんなに大人じゃない」

「でも、九条さんが特訓してくれるんですよね？」

「……彩梅、頼むからこの状況で特訓とか言うな」

「え？」

　襲うぞ、マジで。

　ぎゅっと彩梅を抱きしめると、そのまま回転して仰向けになった彩梅をベッドに押さえつける。

　彩梅の両手を押さえながら、キョトンしている彩梅を、

じっと見下ろす。

「あ、あの、九条さん？」

「あのさ、そんなことばっかり言ってると、ホントに特訓するけどいいの？」

「……はい？」

　目を丸くしている彩梅のおでこを、ピンッと指先で弾いた。

「痛い……」

「もう少し、自覚しろ、バカ」

　ぷぷっと頬を膨らませている彩梅は、俺が怒っている意味もわかってなさそうで。

　はあああ。

「はい、起きて」

「は、はい」

　真っ赤な顔しながらも、相変わらず彩梅は無邪気に笑っている。

　ホントに勘弁してくれ。

　そのとき、ガチャリと玄関の開く音。

「ただいまー。あら、彩梅？」

　玄関から声が響いて、ホッと胸を撫で下ろした。

「お夕飯、食べていってくれればいいのに」

　玄関で挨拶すると、彩梅がしゅんと肩を落とす。

「彩梅のお父さんがいるときに、また遊びに来るな」

　勝手に上がり込んで夕飯まで食ってたら、間違いなく殺される。

「彩梅、寝る前に電話するから、もう家の中に入れ」

　門まで見送りに来た彩梅の頭を軽く撫でると、彩梅が幸せそうに目を伏せる。

「はい。電話待ってます！」

　飛び跳ねるように笑った彩梅は、やっぱりコタロウに似ているかも。

　寝る前に電話を鳴らすと、秒で彩梅の声が響いて思わず苦笑する。

「あのさ、電話ずっと待ってんの？　彩梅からかけてきてもいいのに」

《ま、待ってないですよ。たまたまです。本当にたまたま！　それに、九条さんのお勉強の邪魔しちゃうといけないので》

「彩梅はちゃんと勉強してる？」

《ふえ!?　ま、まあ、まあ？》

「危なっかしいな」

《でも、たぶん、大学には上がれると思うので》

「……たぶん？」

《……おそらく？》

「それ、意味、同じだけどな。ま、いいよ。もし大学に行けなかったら、俺がもらってやるから」

《はい！》

　彩梅は笑って答えているけど、まったくその意味をわかってないところが彩梅らしい。

　つうか、少しは気づけ。

翌日、大学の講義を終えてカフェテリアに行くと、琉人がひらひらと手を振っている。

「千里、またスーツ着てんのかよ。就職活動してるわけでもないのに、どうしたんだよ」

「いろいろあるんだよ」

はあ。

「最近、ため息も多いよな」

「彩梅がバカすぎるんだよ」

昨日の彩梅には、さすがに参った。

「はいはい、うちの彼女が可愛くて困ってますって？　お前さ、無意識なんだろうけど、結構惚気てるからな」

「は？　誰が」

「まずは先週の九条くん。『はあ、コタロウも彩梅にはかなわないよ』。つまり、コタロウもかなわないくらい彩梅ちゃんが可愛い」

「そんなこと、一言も言ってないよな？」

「ついでに、一昨日の九条くん。『コタロウみたいにつないでおけたら、まだ安心できるのにな』。これ、彩梅ちゃんをコタロウみたいにつないでおきたいってことで、結構ヤバいから。マジで気をつけて、その発想」

「そういう意味じゃねえだろ。勝手に解釈すんなよ！」

「ついでに今日のお昼時の九条くん。『あいつ、今ごろ何してんだろ。大丈夫かな、マジで』。普通に考えて、学校で弁当食ってる時間だから。心配する要素なんて、まったくない。あえて言えば、登下校中に他の男に声かけられなかっ

たか、ってところか？　お前のほうが、大丈夫かよ」

「琉人、黙れ」

「つまりさ、朝も昼も夜も彩梅ちゃんのことが心配でたまらないんだろ。もう、さっさと結婚しちゃえよ」

　にやにや笑っている琉人から視線をそらす。

「そんな簡単に結婚できるなら、苦労しない」

「あれ、そこ認めちゃうんだ？」

「いろいろあるんだよ」

　そう言いながら、荷物をカバンに詰める。

「ふーん、よくわかんないけど、千里がそれだけ悩んでるってことは、よほど彩梅ちゃんのことが大切なんだな」

「だから困ってんだろ」

　本音を隠す気力も失せてきた。

「うわ、千里がキモい」

　なんとでも言え。

　さて、行ってくるか。

「おい、どこに行くんだよ？」

「べつにどこだっていいだろ」

　ため息をついて、駅に向かった。

彼氏だったらよかったのに

　学校に到着すると、教室で真希ちゃんたちが輪になって盛り上がっている。

「あ、おはよ、彩梅！　ちょっと聞いてよ、花江に彼氏ができたんだって！」

「わわっ！　おめでとうっ！」

　すると、花江ちゃんが恥ずかしそうにスマホで彼氏の写真を見せてくれた。

「駅で告白されて、付き合うことになったんだけど、本当のこと言うとまだ実感がなくて」

　正直な花江ちゃんの言葉に、羨望（せんぼう）のため息。

「いいなあ」

　話したことがない人と付き合うことになったり、婚約前提で付き合っていても、相手にしてもらえなかったり。

　現実はなかなか残酷。

　私はいつまで、九条さんと一緒に過ごすことができるんだろう……。

「彩梅はいいでしょ！　あんなに素敵な婚約者がいるんだから！」

「そうだよ、この前の改札での抱擁（ほうよう）は驚いたよっ！」

　ほ、抱擁!?　なんだか生々しい！

「で、でも、彼氏ではないから」

「わざわざ学校まで迎えに来てくれるなんて、愛されてる

じゃん！」

「おじいちゃんたちに迎えに行けって言われたんだよ、きっと」

　私と九条さんの関係は、花江ちゃんとは全然違う。

　家同士が決めた形だけのもの。

　その日は１日中、花江ちゃんの彼氏の話で持ちきりだった。

　帰りの電車では、『どうしたら花江ちゃんのように駅で告白されるか』というテーマで、萌花ちゃんと真希ちゃんが盛り上がっている。

　もし九条さんが彼氏だったら……なんて想像して、ふるふると首を振る。

　私と九条さんは、おじいちゃんたちに言われて一緒にいるだけなんだから、そんなこと考えちゃダメだ。

　何より、私と九条さんじゃ全然釣り合わない。

　彼氏……か。

　私と九条さんから一番遠い言葉かも。

　みんながそれぞれの駅で降りてひとりになったところで、あいている座席に座って目をつむる。

　テスト勉強で寝不足が続いていて、電車の揺れにうとうとと気持ちよく眠りかけたところで。

「ねえねえ、九条くんの話、聞いた？」

「あー、女子高生と婚約ってやつ？」

「大学内でイチャついてたんでしょ。ショックなんだけど」

　どこかから聞こえてきた会話に、一気に目が覚めた。

「相手の子、家がかなりの名家らしくてさ、いきなり大学まで押しかけてきて大変だったみたいだよ」

「親に言われて形だけ、って話よね？」

「うわ、九条くん、気の毒！　拒否権なしってこと!?」

　そっと顔を上げると、すぐ近くで女子大生らしき女の人たちが輪になって話している。

「九条くん、忙しいこの時期に、妙な足かせ嵌められてかわいそう」

「家のためにとか、一番嫌いなのにね」

　こんなの、いい加減な噂話だってわかってる。

　私は、私の知っている九条さんのことを信じているから、それでいい。

　でも……足かせ。

　その言葉が、心に刺さった。

「実際さ、九条くんが選ぶ相手ってどんな人なんだろうね？」

「めっちゃ足がキレイな子とか、好きそうじゃない？」

「帰国子女で英語もフランス語もぺらぺら、とかね」

「とりあえず、女子高生はない！」

　高い笑い声が電車に響いて、きゅうっと胃が縮まる。

「家のために結婚しなきゃいけないなんて、九条くんも大変だよね〜」

「私も九条くんを縛りつけて、自分のモノにできるくらいの家に生まれたかったなー」

「ホント、それ」

　耳をふさぐこともできず、ぎゅっとスカートの裾を握って下を向く。

　だって、あの人たちの言っていることすべてが間違っているとは、思えない。

　西園寺家と九条家が対等な関係ではないことくらい、私にもわかる。

　沈んだ気持ちで改札を抜けると、名前を呼ばれた。

　顔を上げると、目の前にいるのはブレザーを着た見知らぬ男の子。

　……誰だろう？

「あの、俺、いつもこの駅で西園寺さんのこと見ていて、一度話してみたいなって」

　今は九条さんのことで頭がいっぱいで、何も考えられない。

「ご、ごめんなさいっ」

「えっと、じゃ、せめてスマホ、交換してもらってもいいですか？」

「……え？」

　スマホを交換？

「あ、いや、スマホじゃないや。連絡先だ」

　びっくりした……。

「ごめん、緊張して」

「あ、いえ」

　ちょっとだけ笑ってしまった。

「あ、よかった、笑ってくれて。あの、それで、もしよかったらこのあと一緒に……」

「ごめんな、それは無理」

　突然現れた九条さんに、一気に鼓動が駆け足に！

「ど、ど、ど、どうして、九条さんが？」

「迎えに来るって言っただろ？」

「神出鬼没……！」

「なんだよ、それ」

　でも、すごくうれしい。

　ちらりと見上げた九条さんの横顔に、心臓が飛び跳ねる。

「あ、あの、彼氏さん、ですか？」

　その一言に、ドキリ。

　……九条さんが、彼氏に見えるのかな？

　じっと九条さんを見つめると。

「彼氏じゃないよ」

　あっさりと否定した九条さん。

　……期待した私がバカでした。

「じゃ、どんな関係……？」

「親戚のおじさんです！」

　ぷくっと頬っぺたを膨らませて呟いた。

「は？　おじさんっ!?」

　ぷいっ。

「失礼します！」

「ちょっと待てよ、彩梅！」

　もう、九条さんのことなんて知らないんだから！

「おじさんってなんだよ！」

「だって、彼氏じゃないし、本当に婚約してるわけでもないし！」

　九条さんを無視して、スタスタと歩きはじめる。

「彩梅、どうしたんだよ？」

「ついてこないでください！　私、ひとりで帰れます！」

「それなら、荷物だけ持つよ」

　ひょいっと私から荷物を奪うと、九条さんが私の頭をぽんぽん叩く。

「どうした、お姫様はご機嫌ななめか？」

　くうっ。

　ちらりと見上げると、九条さんは目じりを下げて優しく笑っている。

「嫌なことでもあったのか？」

　こんな甘い笑顔を向けられたら、怒っていることなんてできなくなっちゃう……。

「……九条さん、なんだか楽しそう」

　私、すごくひどいこと言っちゃったのに。

「怒ってる彩梅も、面白いなと思って」

　……面白い!?

「九条さん、ひどい！」

「嘘だよ、どんな彩梅も可愛いよ」

　……コタロウくん的な意味での『可愛い』だって、知ってるもん。

「よしよし。元気出せよ」

　九条さんはまだ私の頭を撫でていて。

　ううっ。

「私、コタロウくんじゃないっ……」

「それなら、ほら」

　九条さんが大きな手のひらを差し出した。

「手、つなぐ？」

「つな、つながな、つなぎ……た、い」

「深く考えるなよ、ほら行くぞ」

　ぎゅっと手が握られて。

　ひゃっ！

「彩梅のリード代わりだろ」

　九条さんは甘く笑っているけど。

「リードって、や、やっぱりコタロウくん扱いしてる！」

「コタロウも彩梅も可愛いからな」

　もう、九条さんはずるい……。

「元気出せよ、彩梅」

　振り返って笑う九条さんは、すごく大人で優しくて。

　手のひらから伝わる九条さんの体温に、なんだか涙がこぼれそうになる。

　私ばかりが好きで、辛い。

　いつか離れなくちゃいけないとしても、どうか少しでも長く、九条さんの隣にいられますように。

　門が見えたところで、駅に戻ろうとした九条さんを引き

留める。

「お母さんが、次こそ夕ごはんを一緒にと楽しみにしてて」

「今日は遠慮しておくよ」

「部屋もキレイに片づけたんですよ？」

その一言に、九条さんがびくり。

「あのさ、男を部屋に誘ったり、部屋に入れたりしちゃダ
メだって言っただろ」

「他の人を部屋に入れたりしないです」

「俺のことだって、簡単に信じちゃダメなんだよ。俺だっ
て男なんだから」

「でも、九条さんはその……婚約者だから」

「婚約者だろうと許婚だろうと、そんな表面的な言葉で相
手のことを信じちゃダメなんだよ。もっと疑えっつうの」

……表面的な言葉。

そんな言い方されたら、さすがに傷つく。

私だって、本当はこんな形じゃなくて、もっと普通に出
会いたかった。

「婚約者じゃなくて……」

「え？」

「九条さんが、彼氏だったらよかった。形だけの婚約者な
んていらない。普通にどこかで出会って、好きになって。
そういう、普通の……。家柄とか、おじいちゃんとか、関
係なく……」

ダメだ、止まらない。

こんなこと言ったら、九条さんのことを困らせるだけな

のに。私じゃ、九条さんに釣り合わないのに。

「彩梅、どうした？」

　花江ちゃんが、羨ましい。

　九条さんと同じ大学に通える女の人が、羨ましい。

　九条家とか西園寺家とか家柄に関係なく、九条さんと出会える人が羨ましい。

　こんなの、ただのわがままだってわかっている。

　駄々をこねているだけで、欲しい答えがもらえないこともわかってる。

　でも、足かせになってしまうような関係じゃなくて、普通に出会って、九条さんと笑い合いたかった。

　じっと地面を見つめていると、次の瞬間、九条さんの両手にくるまれた。

「く、九条さん!?」

　びっくりして飛び跳ねると、ぽんぽんと九条さんの手のひらが背中で跳ねる。

「どうした、彩梅。今日はなんだかおかしいよな。何かあったのか？」

　九条さんの腕の中で、ぎゅっと唇をかみしめる。

「言いたくなかったら言わなくていいし。吐き出して楽になるなら、聞くし」

　九条さんが優しすぎて辛い。

　こんなに優しくされたら、離れることなんてできなくなっちゃうよ。

　もう頭の中はめちゃくちゃで、でも、九条さんから離れ

たくなくて。

　そっと九条さんの背中に手を伸ばして、ぎゅーっと強く抱きついた。

「……おい、彩梅!?」

　驚いている九条さんに、さらにぎゅぎゅっと抱きついて。

「ごめん、なさい」

　でも、もうちょっとだけ、このままで。

　しばらくそのまま九条さんにくっついていた。

「……彩梅、大丈夫か？」

　九条さんの胸に、顔をうずめたまま絞り出す。

「……か？」

「え？」

「わがままばかり言ってるから、私のこと、嫌いになりましたか？」

「嫌いになるはずないだろ。ぐずってる彩梅も可愛いよ」

　ぐずってる……？

「私、子どもじゃない！」

「わかってるよ」

　九条さんはくすくすと余裕の笑顔で。

　いつまでたっても私は子ども扱いされてばかり。

　ゆっくりと顔を上げると、九条さんと目が合った。

　笑わなきゃって思うのに、じわりと涙が浮かんできて。

　もう、不安でたまらない。

　涙目でじっと九条さんを見つめていると、ゆっくりと九条さんの顔が近づいて、唇がギリギリに重なる手前でピタ

リと止まった。

　……え？

「ごめんな、なんでもないよ。そろそろ家に入れ」

　困ったように笑って、九条さんが背中を向ける。

　で、でも、今、すごく近くに九条さんの瞳があって。唇がぶつかりそうで。

　心臓が痛いほどにドキドキして。

　まだドキドキは止まらなくて。

「じゃ、またな、彩梅」

　遠く離れていく九条さんの背中を呆然と見送った。

　その日の夜は、いつもより少し早い時間に九条さんから電話があった。

《落ちついたか？》

「はい、あの、今日はごめんなさい」

《いいけど、よく声かけられるよな》

「え？」

《男に》

　あ……すっかり忘れてた。

　だって今日はいろいろなことがありすぎて、頭の中は九条さんのことでいっぱいで。

「あの、心配ですか？」

《まあな。だから迎えに行ってるんだろ》

　かすかに不機嫌なその声に、本音がにじんでいる気がしてドキリとする。

《でも、彩梅が元気になったなら、よかった》

「はい、もう大丈夫です」

　ホントに単純だけど。

《テスト勉強、無理すんなよ》

「頑張ります」

　九条さんの低くて優しい声に、頬っぺたが緩む。

　いつもより、少し長く電話で話して、1日の最後に九条さんの《おやすみ》の声が聞けて。

　ふわふわした気持ちで目をつむった。

刺激的な学園祭

　朝、下駄箱で上履きに履き替えていると、ばったりと萌花ちゃんに会った。

「萌花ちゃん、おはよっ！」

「おはよう、彩梅」

「萌花ちゃん、今日も朝練があったの？」

「うん、自主参加だけどね。それよりさ、彩梅と九条さんって、どうなってんの？」

「ふえ？　べ、べつに、変わらないよ？」

「ふーん」

　意味ありげに目を細める萌花ちゃんに首をかしげていると、花江ちゃんと真希ちゃんもやってきて、４人で教室へ向かう。

　すると、スマホをいじっていた萌花ちゃんが、目をくるっとさせて顔を上げた。

「あのさ、いろいろ彩梅に聞きたいこともあるし、花江にも彼氏ができたことだし！　久しぶりに今日、うちで集まらない？」

「今日？」

「いきなりだね？」

「ホントはお泊り会とかして、じっくり話を聞きたいところだけど、みんな内部試験あるし、私も受験勉強があるからさ。たまの息抜きってことで、うちでピザ頼んでピザパー

ティしようよっ。お菓子も買い込んで。どう？」
「う、うわあ、楽しそうっ！」
「いいね、いいね！　花江の彼氏の話も、彩梅のその後の
話も詳しく聞きたいしっ」
「息抜きしたいねっ」
　それぞれが家に連絡するとＯＫが出たので、学校の帰り
に萌花ちゃんの家に集まることになった。

　放課後、久しぶりにお邪魔した萌花ちゃんの部屋で、ピ
ザとお菓子を囲んで、花江ちゃんの彼氏の話に耳をかたむ
ける。
「で、花江は彼氏とどのくらい会ってるの？」
「向こうも受験生だから、週１回、学校の帰りに会うくら
いだよ」
「へえ、公園とかファミレスで？」
「うん、まあ、そうかな」
　花江ちゃんはうつむいて答えながら、すごく恥ずかしそ
うにしている。
「あとは、寝る前にメッセージ送ったりとか」
「ギャー、羨ましいっ！」
「ちょっと、萌花、うるさいっ！」
「受験が終わったら、いっぱい遊びに行きたいねって話を
してるんだ」
「そっか、そっか。そうだよね、まだ花江たちは、付き合
いはじめたばかりだもんね」

「うん」

　ポッと頬っぺたを赤くする花江ちゃんは、すごく可愛いらしくて、花江ちゃんを見ているだけで、私までドキドキしてくる。

「で、彩梅先輩たちは、どこまで進んでるの？」

　……ふえ!? せ、先輩？

「年上の婚約者がいる彩梅なら、もういろいろ経験ずみなんでしょう？」

「そうだよ、彩梅先輩、いろいろ教えてっ」

　3人にじっと見つめられて、首をかしげる。

「えっと、なんのことかな？」

「またまたとぼけちゃって！　あんな年上と付き合ってて、何もしてないとは言わせないよ」

「そうだよっ。彩梅のお祖父さん、あっちこっちで『孫が結婚することになって、そろそろひ孫ができるかもしれない』って大喜びらしいじゃん！」

　ひ、ひ孫っ!?

　お、おじいちゃん、なんてことを言いふらしてるのっ!?

「で、でも、それは、おじいちゃんが勝手に言ってるだけで、そもそも婚約破棄が前提だし！　何より、私なんて、全然相手にされてないんだよ……？」

　うっ、言いながら辛くなってきた。

「彩梅はそう言ってるけどさ。九条さん、彩梅のことが可愛くてたまらないって感じだったよ。私が見かけたときにも、イチャイチャしてたし」

「イチャイチャなんてしてないよっ！」

　た、たしかに、ちょっと距離感がおかしいことになってたけど！

「え？　萌花、彩梅の婚約者に会ったの？」

「うん、この前のＯＧ訪問のときに。想像を絶するイケメンだったよ。九条ホールディングスの御曹司であのイケメンぶりって!!」

「うわあ、いいなー！　私も会ってみたい！」

「今度さ、みんなで見に行っちゃおうか？」

「そ、それはちょっと」

　……猛烈に険しい顔をする九条さんが目に浮かぶ。

「でもさ、彩梅、九条さんとイチャイチャできてよかったね！」

「大学まで会いに行って、正解だったねっ」

「頑張ったね、彩梅っ！」

「う、うん。ありがとうっ」

　残念ながらイチャイチャしてたわけではなくて、ただの愛犬扱いというか……。

　でも、あの日の九条さんは甘いっていうか、近いっていうか、いつもと少し違っていた気もする。

「で、彩梅はどこまで進んでるの？　あの日、もしかしたらあの後そのまま九条さんと……!?」

　興奮気味の萌花ちゃんに、まじまじと見つめられて。

「う、うん。駅まで一緒に歩いて、家まで送ってもらったよ？」

「それだけじゃないでしょっ！」

「？」

　すると、ピザを片手に真希ちゃんがぐぐっと顔を近づけて、声をひそめる。

「あのね、萌花が聞きたいのは、九条さんとキスとか、それ以上のことをしちゃってるの？ってこと！」

　ふえっ!?

「そ、そんなこと、し、してないよ、するはずないよっ。だって、私たちはおじいちゃんに言われて一緒にいるだけなんだから！」

「でもさ、九条さん本人が、彩梅のことを婚約者だって紹介したらしいじゃん。九条さんがめちゃくちゃ可愛い婚約者にメロメロだったって、大学で噂になってるらしいよ。ラクロス部の先輩が教えてくれた」

　萌花ちゃんの言葉に、サーッと血の気が引いていく。

　ど、どうしよう！

　何ひとつ正しくない情報が流れてるっ。

「で？」

「へ？」

「恥ずかしがらなくていいから。その様子だと、もうキスは済ましてるんでしょ？」

「キ、キ、キス？」

「初キスはいつどこで？　もしかして、もう九条さんの家に泊まったの？　ってか、ひ孫ってことはもう……！」

「きゃああああっ！」

「ちょ、ちょっと待って！ そ、その、勉強を教えてもらったりはしてるけど」

「勉強だけじゃなくて、いろいろ、教えてもらってるんでしょう？」

「う、うん？」

　コタロウくんのおやつのあげ方や、リードのつけ方？

「うっきゃ──っ！ 彩梅先輩っ！」

「彩梅ったら、大人っ！」

「すごいね、そうだったんだねっ」

　せ、先輩っ？ 大人っ？

　真っ赤になって興奮している３人にぐらぐらと揺すられながら、首をかしげる。

「で、まずはキスからね。初キスはどこで？ いつ？ どんな感じだったの？」

「だから、さっきから言ってるけど！ き、キスなんて、してないよ？」

「はあ？」

「今さら、隠さなくてもいいのに！」

「だって、たまに九条さんの家で一緒に勉強してるんでしょ？ 犬の散歩に行ってるんでしょ？ この前は、彩梅の部屋で一緒にアルバム見たって喜んでたよね？」

「う、うん」

「それなら、キスくらいするでしょ？」

「し、しないよっ！ だ、だって、まだ、私たち、高校生だよ？」

　静まり返ったその部屋で、花江ちゃんがぽつり。

「私、3回目に会ったときに、その、軽くだけど、チュッてキスしたよ。……というかされたよ？」

「「「ええええええっ──っ！」」」

　は、花江ちゃん!?

　まだ付き合って1か月も経ってないのに？

　真面目そうな花江ちゃんが、き、き、き、キス!?

「ホント一瞬のことだったし、びっくりしちゃって、よく覚えてないけど」

「きゃああああ！　花江ったらおとなしそうな顔してっ！」

「そういうことは、早く言ってよっ！」

　……花江ちゃん、そ、そうなんだ。

　もうキスしてるんだ……。

　この前、付き合いはじめたばかりなのに……。

　どうしてだろう、すごくショックだ……。

「どうして九条さんは彩梅に何もしないんだろうね？」

　花江ちゃんの一言に、ぐさりと胸をえぐられた。

　すると、しばらく考え込んでいた萌花ちゃんが険しい顔で、立ち上がった。

「おかしい……！　彩梅、それ絶対におかしいよっ！　男の人がこんなに可愛い女の子と一緒にいて、キスひとつしないなんて絶対におかしい！」

「たしかに、婚約者なのに何もしないのは、普通じゃないよね」

　真希ちゃんまで！

「彩梅の部屋に九条さんとふたりでいたときって、おうちには他に誰かいたの？」

「お母さんは夕飯の買い物に行ってたから、ふたりきりだったよ？」

「え……、ふたりきりなのに、何もナシ？」

「う、うん」

　すると、萌花ちゃんと花江ちゃんと真希ちゃんの3人が顔を見合わせる。

「誰もいない家にふたりきりで、キスひとつしてこないってことは……」

「もしかすると本当に彩梅のことが……」

「「「……愛犬にしか見えてない？」」」

　がーんっ。

　あの日、九条さんが甘く感じたのは単なる私の勘違い!?

　甘さのレベルや内容が、しょせんは愛犬レベル。恋人同士の甘さとは全然違っていたんだっ……！

「こ、これは困ったね」

「で、でも、愛犬からはじまる恋もあるかもしれないから」

　ううっ、花江ちゃんの必死のフォローはありがたいけど、愛犬からはじまる恋なんて、聞いたことがないよ。

「と、とりあえず、ピザ食べようかっ！　冷めちゃうし！」

　ひとまずパクパクとピザを食べて一息つくと、萌花ちゃんがきりっと顔を上げた。

「彩梅、ここは勝負しなきゃいけないんじゃないの？」

　突然、闘志を燃やしはじめた萌花ちゃんに、びくり。

「……しょ、勝負？」

「そうだよ。このままだと、彩梅の初恋は愛犬として終了ってことでしょ？　そんなの悲しすぎるよっ！」

「そうだよ、彩梅！　諦めるのはまだ早いよ！　だって、まだ何もはじまってないんだから！　これからが彩梅の頑張りどころだよっ！」

　そ、そっか、いろいろはじまった気でいたけど、まだ何もはじまってなかったんだ……。

「だからさ、愛犬じゃなくて、ちゃんとした婚約者として認めてもらえるように、彩梅から九条さんに仕掛けてみたら？」

「……私から？」

　何を仕掛けるんだろう？

「そうそう、愛犬を卒業するには、そのくらいのことが必要だよっ！」

　熱く語る真希ちゃんに、おそるおそる聞いてみる。

「で、でも仕掛けるって何をすればいいの？」

「そりゃ、キスとか、それ以上のことに決まってるでしょ！」

　ふえええっ！

「絶対に無理だよっ！」

「彩梅はもともとが可愛いんだから、大人の魅力でぐぐっと九条さんに迫れば、九条さんだって深一くて甘一いキスをしたくなっちゃうって！」

「えっと、深くて甘い……って、何が？」

　すると、萌花ちゃんが少し引き気味に、眉をひそめる。

「……あのさ彩梅、ちょっと聞くけどさ、『赤ちゃんはコウノトリが運んでくるのー』みたいなアホなことを信じてないよね」

「さ、さすがにそのくらいわかってるよ？」

「じゃあ、彩梅に問題ね。隣のクラスの白鳥さん、たまに婚約者の家から登校してるらしいんだけどね」

「そうなの？」

「白鳥さんが婚約者の家に泊まって具体的に、何をしてるかわかる？」

「夜ごはんを食べたり、一緒にテレビを見たりしてるんでしょう？」

　いいな、私も九条さんと一緒にのんびりテレビ見たり、ごはんを食べたりしてみたいな。

「はい、不正解！　全然、わかってませーん」

「あのね、白鳥さんは婚約者とキスしたり、イチャイチャしたり、それ以上のことをしてるわけ！　むしろそれが目的で泊まりに行ってるわけ！　キスって言っても、ただチュチュしてるわけじゃないんだからねっ！」

「それなら、何をしてるの？」

「やっぱり、この子、何もわかってないっ！　あのね、彩梅、ちょっと耳かして！」

　キョトンとしていると、萌花ちゃんが隣にやってきて。

　ごにょごにょごにょ。

「なっ！」

　萌花ちゃんから聞いた衝撃的な真実に、絶句。

「彩梅も、九条さんとそういうこと、するんだよ？」

「……わ、私と、九条さんが？　ぜ、ぜ、ぜ、絶対にしないと思うっ！」

「だって、好きなんでしょう？　自然なことだよ？」

　む、無理だよっ、想像すらできない……！

「だからね、彩梅は体をぴかぴかにして、いつでも九条さんを……」

「ちょ、ちょっと待って萌花。彩梅がショック死しちゃうから！」

　ど、どうしようっ！　まったく、そんなこと想像してなかった……。

「彩梅、大丈夫？」

「う、うん」

　もう全然、大丈夫じゃない……。

　ペットボトルのお茶をひとくち、ごくり。

「で、でも、九条さん、そんなこと１ミリも考えてないと思う……」

　思い返してみても、とても九条さんがそんなことを考えているとは思えない。

「だからこそ、彩梅は九条さんをその気にさせなきゃいけないんだよ！」

　そ、そっか。

「もう彩梅から迫るしか、方法はないんだから！」

　ぱくっとピザを食べながら萌花ちゃんが断言。

「そうだね、愛犬としか思われてないんだから！」

　真希ちゃんも、きっぱりと言いきった。

　そうなんだ……。少しは九条さんに近づけた気でいたけれど、やっぱりただの愛犬扱いだったんだ……。

「まずは軽いキスから攻めてみたら？」

「軽いキスから初めて、次はどうするの？」

　ぐぐっと身を乗り出して、聞いてみる。

「そりゃ、次は大人のキスでしょ？」

「キスに大人とか子供とかあるの？」

　すると、心底あきれた様子の萌花ちゃん。

「あのさ、彩梅ったら、それもわかってないの？」

「それなら、いっそのこと、丸ごと全部教えてくださいって、九条さんに正面からぶつかってみたら？」

「そうだね、私たちも実際に彼氏がいるわけじゃなくて、漫画とかネットからの想像で言ってるだけだから、正直よくわかんないし」

「教えてくださいって、九条さんに可愛く迫ってみたら案外スムーズに進むかもよ？」

「それで、私たちに具体的に何をしたか教えて！」

「あ、それいいね！」

「ちょ、ちょっと待って！」

　盛り上がる真希ちゃんと萌花ちゃんに、ぽつり。

「いきなりそんなこと聞いたら、ものすごく怒られる気がする……」

　この前は野原で正座して怒られたし。

　コタロウくん以下の私が、急に婚約者として九条さんに

キスしてもらおうなんて、道のりはかなり険しいような。

「もしかすると九条さんも、彩梅が高校生だからって我慢してるだけかもしれないよ?」

　花江ちゃんの言葉に、真希ちゃんが食い気味に乗ってくる。

「そうだね、彩梅が悩殺したら一気に話は進むかもしれないね!」

「そっか、彩梅が九条さんのことを悩殺しちゃえばいいんだ!」

「の、悩殺……?」

　なんだか、話がとんでもない方向に進んでいるような。悩殺するどころか、いろいろ間違えて九条さんに怒られてばかりなんだけどな。

「えーっとね、体をすり寄せたり、腕を絡めたりして、ドキッとさせればいいんだって」

「あと、うなじ!　うなじにドキッとするんだって」

　スマホで何やら調べはじめた真希ちゃんと萌花ちゃんが、読み上げる。

「あとはー、胸の谷間をちらりと見せる……あ、これは彩梅にはサイズ的に無理そうだからパス」

「ちょっと、真希ちゃん!　それはひどいっ!」

「うーん、あとは肩に触れる、膝に触れる……」

「……膝?」

　膝に触れるって、どんな状況……?

「とにかく、目指すは大人のキスっ!」

「普通のキスとどう違うのか全然わからないんだから、絶対に無理だよっ!!」

「だから、彩梅がミッションをクリアして、私たちに教えてくれればいいんだよ」

「そんな、めちゃくちゃな……!」

　すると、萌花ちゃんがピザを手に立ち上がった。

「とりあえず、彩梅の九条さん悩殺作戦にかんぱい!」

「彩梅の愛犬脱出計画にかんぱーい!」

「彩梅、愛犬からはじまる恋を目指して頑張って!」

　な、なんだか、みんなただ楽しんでるだけなんじゃないのかな……?

「ま、もし失敗しても、愛犬として一緒にいるって手もあるし!」

「そうだね、それも彩梅らしくていいのかな」

　……え?

「それって九条さんは他の誰かと結婚しちゃって、私は愛犬のままってこと?」

「ま、そういうことかな?　冗談だけど」

　それだけは絶対に嫌だよっ!

「とりあえず、頑張れ!」

「まあ、女学院で一番ウブな彩梅だから、ハードルは高いよね」

「うん、そんなに期待してないけど、頑張れ!」

「大丈夫だよ、彩梅!　まずは愛犬脱出から頑張って」

　うぅっ、もう、応援されているのかどうかも、怪しくなっ

てきたよ……。

　その夜、九条さんから電話があったけれど、萌花ちゃんたちの話が頭から離れず、なんだか会話がぎこちない。
「へえ、友達と集まってピザパーティか。楽しそうだな」
「は、はい」
「そういうときって、どんな話をすんの？」
「ふへ？」
　九条さんにキスしてもらうためにどうしたらいいか、作戦を練っていたなんて、とても言えないよっ。
「そ、その、い、いろいろです。こ、これからの愛犬の発展のために？」
「ふーん、愛犬の発展？　高校生の考えることは、よくわかんねえな。それより、今週末、うちの大学の学園祭があるんだけど、友達と一緒に彩梅も来るか？」
「学園祭ですか？」
「ん、勉強の気晴らしに。俺も最初だけ手伝ったら、あとは一緒に案内してまわれると思うし」
　う、うわあ！
「い、行きます！　絶対に行きますっ！　みんなも誘ってみますっ！」
「わかった、また詳しいことは連絡するな」
「はいっ！」
　こ、これは、愛犬脱出を目指して頑張らないとっ！

　それからすぐに週末がやってきて、萌花ちゃん、真希ちゃん、花江ちゃんと一緒に九条さんの学園祭に向かったものの。

「うわあ、うちの大学とはまるで比べものにならないね」

「う、うん、すごい人だね」

　門をくぐると、大きな看板がずらりと立ち並び、ビラを配ってる人に、通路で演奏している人、学園祭に遊びに来た人などなど、たくさんの人であふれている。

　私たちみたいに制服で訪れている高校生もいるけれど、大半は大学生。

　大きな声で勧誘している大学生の中には女の人もいて、圧倒される。

「ね、ねえ、私たちも大学生になったら、あんなに大人っぽくなるのかな？」

「さ、さあ？　でも、うちの大学とは雰囲気が全然ちがうね」

「うちの大学の学園祭は、もっと静かだよね」

「そ、そうだね」

　私と花江ちゃんと真希ちゃんが慣れない大学の学園祭にびくびくしていると、萌花ちゃんが風を切って先を行く。

「で、どこからまわる？　ほら、こんなところで立ち止まってないで行こうよ」

　……さすが萌花ちゃん！

「九条さんは、あと１時間くらい担当があるんでしょ？」

「うん、終わった頃に連絡して合流することになってるよ」

「それなら、まずは腹ごしらえしておこうっ！」

「賛成——っ！」

　いくつもの出店が並んでいる広場で、4人でワクワクと物色していると真希ちゃんがピタリと足を止める。

「ねえ、あのお店、すごく混んでるよっ」

「ホントだ！　ものすごい列！」

「きっとおいしいんだよっ！　行ってみようよっ」

　4人ではしゃいで駆けつけて、列の後ろに並んでみたものの。

「焼きそば？」

「焼きそばを買うために、こんなに並んでるの？　他にもいろいろあるのに？」

「ものすごい絶品焼きそばなのかな？　名物焼きそば、みたいな！」

　すると、列の前のほうから聞こえてくるのは。

「ねえ、ちょっとホントにヤバイっ！」

「めちゃくちゃカッコいいから」

「だって、あの人って……！」

　んん？

　一歩、列から離れてその屋台の中を覗いてみると。

　テントの中で、タオルを頭に巻きつけて、袖をたくし上げて焼きそばを作っているのは……く、九条さんっ!?

　華麗な手つきで、手際よく焼きそばを炒めては、プラスチックのトレイに盛りつけてお箸と一緒に手渡している。

　でも、焼きそばを受け取った人はなかなかその場を去ろうとしないで、九条さんを見つめたまま立ち尽くしたり、

話しかけていたり。

　中には写真を撮ってる人もいる。

　九条さんは焼きそばを作るのに必死で、完全に無反応だけど、よくよく見れば、この列、女の人だらけっ！

　だって、タオルを巻いてる九条さんの額には汗が浮いていて、大量の焼きそばを炒める腕はたくましくて、それなのに爽やかでキラキラしていて。

　くうっ、カッコいい。文句なしにカッコいい！

　こ、これは、女の人が集まってきちゃうよっ！

　思わず、ポーっとその場で見惚れてハッとする。

　あ、あれ？　さっきから九条さんがひとりで作って、ひとりで受け渡ししているような。

　それなのに、行列は途切れることなく続いていて。

　九条さん、ものすごく大変そうっ！

　すぐにみんなのところに戻ると、声をかける。

「あ、あのね、このテントで焼きそば作ってるの九条さんだったの！　ひとりですごく大変そうだから、ちょっと手伝ってきてもいいかな？」

「それじゃ、私たちぶらぶらまわってるね！　あとで連絡するよ！」

「あ、ありがとうっ」

「そっか、この列は名物焼きそばじゃなくて、名物イケメンを見るための大行列だったんだね」

　萌花ちゃん！　勝手に名物にしないで！

「とにかく彩梅は、例の作戦を頑張って！　まずは愛犬脱

出からだよ！」

「う、うん。頑張るっ」

　でも、今はとりあえず九条さんのところへ。

　テントの裏側へ走ると、九条さんの背中に声をかける。

「あ、あの、九条さん！　私、手伝いますっ」

「彩梅!?　よくここにいるのがわかったな!?」

　九条さんは目を丸くして驚いているけど、これだけ目立てばわかります……！

「私、受け渡しをやりますねっ」

「あー、悪い。助かる。一緒に担当する奴がなかなか戻ってこなくてさ。けどセーラー服でここに立たせるわけにはいかないから」

「あ、それなら、これ、お借りしてもいいですか？」

　そこに置いてある、九条さんが着ているのと同じデザインのジャンパーを手に取ると。

「ダメ、彩梅はこれにして」

　ぱっと着ていたジャンパーを脱いだ九条さんが、私に羽織らせる。

「わわっ！」

　ふわりと九条さんの香りにつつまれて、心臓がぴょんっと弾む。

「汗くさかったらごめんな。けど、これ着てて。他の男の服とか着せたくないし」

　くっ、ドキドキさせるどころか、さっそくドキドキさせられてるっ！

「はい、じゃ、これ渡して」

　言われるまま、九条さんから受け取った焼きそばを渡していくものの。

　焼きそばと引き換えに渡される連絡先の数々……。

　む、むむむ。

　もう！【九条さんは売り切れです】って貼り紙をしてしまいたいっ！

　やっと混雑が落ちついてきたところで、今度は赤いTシャツを着た男の人たちが、ぞろぞろとやってきた。

　8人分の焼きそばをビニール袋に入れて、あたふたしていると。

「西園寺、お前、こんなところで何してんだよ？」

「わわっ!!」

　びっくりしすぎて固まっていると、九条さんが焼きそばを作る手を止める。

「彩梅、誰？」

「あ、あの」

「じゃ、西園寺、あとでゆっくりな」

　にやにやと笑って去っていったその人を呆然と見送っていると、九条さんはなんだかイライラしていて。

「お前、あんなチャラい奴と知り合いなのかよ？」

「あ、あの人は……」

　と言いかけたところで、萌花ちゃんたちがやってきた。

「夫婦焼きそば、ひとつくださーいっ！」

「幸せになれるカップル焼きそば、私にも──っ！」

ふ、夫婦焼きそばっ!?

「は、はじめましてっ、桜井真希です」

「はじめまして、小泉花江です」

　真希ちゃんと花江ちゃんが、ぺこりと頭を下げる。

「ああ、いつも彩梅がお世話になってます」

　キラキラと爽やかに笑った九条さんに、花江ちゃんと真希ちゃんはポーっと見惚れていて、萌花ちゃんは目を大きく見開いている。

「うわ──っ！　今日の九条さん、すごくワイルドでカッコいいですねっ！　上腕二頭筋、すごいっ！」

「あ、あのね、萌花ちゃん！　今……！」

「いいねえ〜いいねえ〜！　そうしてると、彩梅たち本当のカップルみたいだよっ」

「ふえ……!?」

　それは、とってもうれしい！

「ねえ、萌花、この夫婦焼きそば食べたら私たちも彼氏できるかな？　ご利益があるかな？」

「じゃ、私、焼きそば大盛りで！」

「萌花、焼きそば大盛りを食べてる時点で、彼氏なんてできないんじゃないかな？」

「あ、そうかも！」

「さすが、花江！　彼氏持ちはやっぱり言うことが違うよね！」

「あ、あのね、真希ちゃん、今……」

　盛り上がる３人に必死で割り込もうとするけれど、あっ

さりと私の声はかき消されていく。

「あのさ、彩梅、手伝いが終わったら、そのまま九条さんに案内してもらったら？」

「え？　で、でも」

「せっかくなんだから、九条さんとイチャイチャしてなよ」

「イ、イチャイチャなんて、し、しないわよっ」

「いろいろミッションがあるんだからさ！　ふたりきりのほうがいいでしょ？」

「そうそう」

　意味ありげにうなずく3人に、九条さんが首をかしげる。

「ミッションって？」

「な！　なんでもないですっ！」

　『九条さんを悩殺して、キスしてもらう』なんて、絶対に言えないよっ！

「九条さん、お手柔らかにお願いしますね。彩梅ホントになーんにも知らないので」

「気絶しちゃうかもしれないので」

「やーめーてーっ！」

「は？」

「く、九条さん！　焼きそば、作らないと！　また列が長くなってきましたっ」

「ああ、そうだな」

　真希ちゃんたちを見送ると、隣にいる九条さんをちらり。作業している九条さんの額には汗が浮かんでいて、真剣な横顔が男らしくて。

　くう、ものすごくカッコいいっ！

　……なんて、ドキドキしてる場合じゃなかった！

　九条さん、ものすごく暑そう！

　列が途切れたところで、カバンから取り出したペットボトルのお茶を九条さんの手元に置いた。

「あ、あの、私の飲みかけでよかったら、どうぞっ」

「あー、悪い、ひとくちちょうだい」

　九条さんが私のペットボトルに口をつけた瞬間、どきりと心臓が飛び跳ねた。

　間接キス、かも。

　って、こんなことでドキドキしているようじゃ、ミッションなんてとてもクリアできないよっ。

　ふるふると頭を振って次のお客さんからお金を受け取ったところで、ぐいっと強く手首を引っ張られた。

　ひょえっ！

　びっくりして顔を上げると、金髪頭の人がすぐ近くに顔を寄せている。

「焼きそば２つとキミの連絡先ちょうだい。で、このまま俺と一緒に遊びに行かない？」

　き、恐怖っ!!

　次の瞬間、鉄板の上にヘラを投げ出した九条さんが、その人の腕をひねり上げた。

「勝手に触んじゃねえよっ!!」

　声を荒げて、お金を叩き返した九条さんにそのお客さんも唖然としている。

「失せろっ！」

　怖い顔で九条さんがすごむと、そのお客さんはあっという間に去っていった。

「こ、怖かった……」

「ごめんな、彩梅。やっぱ、彩梅に手伝いなんてさせなきゃよかった」

　あ、あんなに本気で怒った九条さん、初めて見た……。

　そのとき、テントの裏から賑やかな声がして振り向くと、九条さんと同じジャンパーを着た男の人がふたり、やってきた。

「九条、遅れて悪かったな。うわっ！　誰、この子？　めっちゃくちゃ可愛いじゃん」

「つうか、マジでおせえよ。早く代われ！」

　遅れてきたふたりに担当を代わってもらい、九条さんとテントの隅に座ってホッと一息。やっと長い列も落ちついてきた。

「ねえねえ、キミさ、何ちゃんっていうの？　めちゃくちゃ可愛いね。九条の知り合い？」

「人の彼女に、気安く話しかけんなよっ」

　不愛想に答えた九条さんを、ぱっと見上げる。

　か、彼女!?　今、彼女って言った!?

　う、うれしすぎるっ!!

「うわっ、やっぱりお前、彼女いたんだ。いつも適当にごまかしやがって。って、……女子高生？　もしかして、この子が噂の婚約者？」

　ジャンパーを脱いでセーラー服姿に戻った私を見て、あっけにとられているその人たちに、あわてて自己紹介。

「あ、あの、女学院高等科3年の西園寺彩梅です」

「へえええええ、あの西園寺家のお嬢様か。うわあ、女学院生の子、初めて間近で見た！　超やばい。すげえいい匂いする。マジで俺とも付き合ってほしい」

「おい、彩梅、こっちに来い。あんまりそいつに近寄るなよ。アホがうつる」

「ひでえな。それにしても可愛い子だな……」

「あんまり、じろじろ見るなよ」

　ムスッと顔をしかめた九条さんに腕をつかまれて、ひょいっとその背中に隠された。

　相変わらず、九条さんの保護者としての意識の高さ、すごいです……。

　もしかすると、うちのお父さんよりすごいかも。

　彼女と言ってもらえて、うれしかったのにな。

　はあ、残念。

　小さくため息をつくと、ぽふっと頭に九条さんの手が置かれた。

「ごめんな、彩梅。疲れたよな。向こうで、ちょっと休もうな」

「全然大丈夫ですよ？」

「いや、マジでめちゃくちゃ助かった。好きなものおごってやる。何がいい？」

　くしゃりと頭を撫でられて目をつむると、焼きそばを作

りはじめたふたりがぼそり。

「……おい、九条がキモイ」

「別人格かよ。ヤバイぞ、九条の気が狂った」

　すると、九条さんが声を尖らせる。

「つうか、お前ら、マジで覚えてろよ。1時間の遅刻とかありえねえ。どんだけ大変だったと思ってんだよっ！」

「モテすぎる九条にバチが当たったんだろうな」

「いい気味だ。どうせお前目当ての女が、行列を作ってたんだろ？」

　……大正解です。

「とにかく、お疲れさん。これ、彼女と一緒に食えよ」

　どさっとたくさんの焼きそばを渡されて、九条さんとふたりで、近くの芝生にスペースを見つけて座り込む。

「ごめんな、疲れただろ？」

　九条さんに顔を覗き込まれて、満面の笑顔で答える。

「ものすっごく楽しかったです。九条さんと同じ学校に通ってるみたいで、夢みたいに楽しかった！」

　カップル焼きそばって言ってもらえたし！

　焼きそば作ってる九条さん、ものすごくカッコよかったし！

　すると、九条さんがふわりと笑う。

「彩梅はどんな小さなことでも、すごく幸せそうに楽しむよな」

「だって、同じ大学の先輩と後輩みたいで、すごくうれしかったから」

「先輩と後輩？」

「はいっ！　それに、彼女って言ってもらえて、すごくうれしかった」

　九条さんは、深く考えずに言っただけなんだろうけど。

「家同士が決めたから、一緒にいるわけじゃないだろ。それにしても、あんなに混むとは思ってなかった」

　長いため息をついた九条さんをちらり。

　それは九条さんがカッコよすぎるからですよ？

　女の人からもらったたくさんの連絡先を思い出して、ちょっとだけモヤモヤする。

「あー、もう一生焼きそば作りたくねえな……」

「九条先輩、お疲れさまでした！」

　ふざけてペットボトルのお茶を差し出すと、ちいさく笑った九条さんはすごく甘くて優しくて。

「彩梅もお疲れ様。マジで助かったよ。つうか、座ったら急に腹が減ってきた」

「焼きそば、沢山ありますよ？」

「ん、けど、腕が痛くて食うのも面倒くさい。あんなに焼きそば作ったの初めてかも。もう腕が上がらねえ」

　あ！　それなら。

「はい、どうぞっ！」

「へ？」

「ひとくち、どうぞっ！」

　プラスチックのフォークにくるくると巻きつけた焼きそばを、九条さんの目の前に運ぶ。

「……彩梅？」

「あーん、してくださいっ！」

「え？」

「腕、疲れたんですよね！　だから、はい、どうぞ！」

　笑って差し出すと、勢いに押されるようにして九条さんがぱくり。

「おいしいですか？」

「……まあ、俺が作ったんだけどな」

「あはっ！　そうですよねっ！　はい、もうひとくち、どうぞっ！」

　すると、戸惑いながらも九条さんがぱくり。

　わわっ！　これ、楽しい！

「はい、どうぞ！」

　次々に、フォークを運ぶとパクパクと九条さんが食べてくれて。

　こ、これは、幸せっ！

「……彩梅、さっきから、ものすっごく楽しそうだな」

「ものすっごく楽しいです……！　それに、焼きそば作ってる九条さん、いつもとはちょっと違ってカッコよかったし。もう心臓止まるかと思いました」

「俺は今、恥ずかしくて心臓止まりそうだけど……」

　……へ？

「彩梅が楽しそうだからいいよ。ほら、彩梅、目の横に青のりついてるぞ」

　ひゃっ！

「ホントですか？」

「ん、目つむって」

　目をつむって九条さんに顔を向けると。

「ああ、悪い、キスするところだった？」

「ひえええええええええっ！」

　突然、現れた小鳥遊さんにぴょんと飛び跳ねる。

　びっくりしすぎて、心臓停止するっ。

「ごめんな、彩梅ちゃん。びっくりさせちゃった？　さっきから、千里と彩梅ちゃんがイチャついてるのは見えてたんだけど。まさかこんなところで千里が、焼きそば食わせてもらったり、キスかますとは思ってなくて」

　……キ、キス？

　も、もしかして、今のが!?

　青のりじゃなかった!?

「琉人、お前、マジでふざけんなよ」

「邪魔してごめんって。気にせず続けて」

「違うっつってんだろ！　青のりがついてたんだよっ！」

　……やっぱり青のりか。

　がっくり。

「千里、朝から超ご機嫌でさ。彩梅ちゃんが来るからって、はしゃいじゃって大変だったんだよ」

「はしゃいでねえし」

「私は朝からすごく楽しみで、じつはものすごくはしゃいでました！　てへっ」

　だって、他の大学の学園祭なんて初めてだし！

　何より、九条さんに会えるし！

「相変わらず可愛いな、お前のヨメさん。あのさ、彩梅ちゃんもあとでライブ見に来てよ」

「ライブ？　あ、もしかして、そのギター、小鳥遊さんが演奏するんですか？」

　小鳥遊さんの背中には、派手なカバーに包まれたギターらしきものが。

「そうそう、夜に講堂で歌うから千里とおいで」

「う、うわあ！　カッコいい！　私、ライブを見るの初めてですっ」

「おい、お前ら、いつの間に仲良くなってんだよ」

「千里、おっさんの嫉妬（しっと）はみっともないぞ」

「つうか、琉人、マジで調子にのんな」

「くくっ、じゃ、あとでな」

　小鳥遊さんを見送ると、九条さんにぽつり。

「ホント、小鳥遊さんと九条さん、仲良いですね」

「仲良さそうに見えるか？　すげえケンカ売られた気がするけど」

「とっても仲良さそうですよ？」

「それより彩梅、さっきのボート部の奴って……」

「ボート部？」

　キョトンと九条さんを見上げたところで、スマホが震える。

「ごめんなさい、ちょっといいですか？」

　スマホを確認すると、メッセージは萌花ちゃんから。

『今、写真部がやってるプリクラ写真館にいるんだけど、いろいろと悩殺できそうな衣装が揃ってるから、九条さんとおいでよ！　セクシーな衣装で九条さんのことをドキドキさせちゃいな！』

　萌花ちゃんが送ってくれた写真に映っているのは、過激な衣装の数々。

　……こ、こんな服、絶対に着れないよっ！

　でも、萌花ちゃんの送ってくれた写真の中に、気になる衣装を見つけてしまって。

「プリクラなんて、どこでも撮れるだろ？」

「いろいろな衣装があるみたいで、萌花ちゃんがおすすめだよって！」

「ま、彩梅が行きたいならいいけど」

　あまり乗り気ではなさそうな九条さんと、萌花ちゃんの教えてくれたプリクラ写真館へと向かいながら、ハッとする。

『体をすり寄せたり、腕を絡めたり……』

　ピザパーティで言っていた、真希ちゃんの言葉を思い出す。

　そ、そっか。九条さんをドキドキさせて、まずは愛犬的な立ち位置から卒業しないとっ！

　すすっと九条さんに近寄って、腕を絡めるタイミングをうかがって、右へ左へと移動していると九条さんが顔をしかめる。

「彩梅、なんか歩きにくいんだけど」

へ!?　歩きにくい?

こ、これは予想外!

それなら、どうしたらいいんだろう?

　足を止めて、九条さんの背中を見つめながら考えていると。

「おっ、めちゃ可愛い女子高生、発見!」

「あのさ、お兄さんたち迷子になっちゃったんだけど、道案内してくれない?」

　気がついたときには、ぐるりと知らない男の人たちに囲まれていた。

「み、道案内ですか?」

「そうそう、ちょっと講堂まで行きたいんだけど、わかんなくてさ。一緒に行ってくれるとありがたいんだけど」

「あ、あの、私もちょっとよくわからないので」

「じゃ、わかるとこまで、一緒に行こうか」

　強い力で腕を取られて、びくっと体を震わせた次の瞬間。

「おい、彩梅!」

　ぱっと駆けつけた九条さんにぐぐっと引っ張られ、その両腕に包まれた。

「なんか、用っすか?」

　凄みのある低い声を響かせる九条さんに、一瞬その場が静まり返る。

「なんだよ、男いるんじゃん」

「つうか、残念。マジでタイプなのに」

　ぞろぞろとその人たちが去っていく気配がして、九条さ

んの腕の中、恐る恐る顔を上げると。

「バカ彩梅!!　俺から離れるなって言っただろっ!!」

「で、でも、ちょっと後ろに立ってただけで、離れたわけ
では」

「だからって、話しかけられて普通に答えるなよ!!　もっ
と自覚しろよっ!!　バカ!!」

　うぅぅ、バカって2回も言わなくていいのに……。

「ほら、手、貸せよ」

　不機嫌な九条さんにぎゅぎゅっと手を握られて、うれし
いような情けないような……。

「九条さん、この手って、やっぱりリード代わりですか?」

「そうだよ、彩梅が危なっかしいからっ!」

　ムスッと答えた九条さんに、がっくり。

　そっか、リードか……。

　九条さんと向かったプリクラ写真館の前には、色とりど
りの衣装がずらりと並んでいて、女の子たちで混みあって
いる。でも、私がまっすぐに向かったのは、男性用の衣装
がかかったハンガーラック。

　そこから1枚の衣装を手に取って、九条さんをじーっと
見つめる。

「絶対に着ないからな」

「九条さん、お願いしますっ……!」

「ふざけんな」

「これがいい」

「嫌だっつってんだろ！」

「……これで一緒に写真撮りたいっ」

　じーっと九条さんを見つめて、全力でお願いする。

「絶対に、着ないからな」

「……焼きそば、頑張ったのに。ご褒美があってもいいのに」

　しゅんと肩を落として、九条さんをちらり。

「絶対に嫌だ」

「これ、着てほしい……」

「無理」

「……」

　無言のまま、じーっと九条さんを見つめて両手を合わせる。

「九条さん、一生のお願いです……！」

「あー、もうっ！　わかったよ、着ればいいんだろっ！　今日だけだからな？　絶対にもう二度とやらないからな？　わかったな？」

　う、うわあ！　やったあ！

　ムスッとしながらも、衣装に着替えている九条さんをドキドキしながら見つめる。

　カメラの前に立って、隣に立つ学ラン姿の九条さんをちらり。

　うううっ、世界一、カッコいい!!

　ま、まさか、学ラン姿の九条さんと一緒に写真が撮れる日が来るとは思わなかった！

「はい、じゃ、撮りますよーっ！　あ、衣装の貸し出しも

してるので、遠慮なく言ってくださいねー」

　写真部の人に声をかけられて、九条さんをちらり。

「あの、九条さん……」

「この衣装で一緒にまわりたい……とか言ったら、本気で怒るぞ?」

「ダメですか?」

「ダメに決まってんだろっ!!」

「ううっ。九条さんの意地悪……!」

「意地悪じゃねえだろっ!　彩梅に頼まれなかったら、絶対にこんなカッコしないっつうの!　俺、院生だぞ?　この年で学ランって罰ゲームでしかねえだろっ!」

　世界一、カッコいい学ラン姿なのに……。

「はい、撮りますよ──」

　カシャカシャと響くカメラの音に、ぴんっと背中を伸ばす。

「今度は見つめ合ってー。そうそう、次は彼氏さん、もっと彼女さんに近づいて。肩を抱き寄せて、はい、いいですよー」

　ふわっ!?

　学ラン姿の九条さんが目の前に迫って、肩には九条さんの手が触れていて!

　も、もう、心臓が止まっちゃうかも!

　でも、高校時代の九条さんはこんな感じだったのかな?

　ドキドキしながら、ちらりと見上げると九条さんと目があって。

　くぅ……、眩しい……！

「はい、いいですよー。次は彼氏さん、彼女さんの頬っぺたに軽くキスして。あ、口でもいいですけど、任せます！」

　ええっ!?

　ま、まさか、こんな場所でミッションクリア!?

　ちょっとだけ期待して九条さんを見上げると、九条さんが冷たく一言。

「やるかよ、アホ」

　……ですよね。しょせんは愛犬ですから。

　すると、呆れる九条さんにカメラマンさんがにっこり。

「残念、どこまでやるか試してたんですけどねー。結構ノリノリだったから、やってくれるかなーって期待したんだけど」

「……ふざけんな」

　その低い声に殺気を感じて顔を上げると。

　わわっ、九条さんの顔が恐ろしいことに！

　学ラン着ている九条さんが、不良に見えるっ！

「ん？」

「い、いえ、なんでもないですっ！」

「満足したか？」

「は、はいっ！」

　一瞬、怖かったけど！

「じゃ、彩梅も着てみるか？」

「え？」

　キョトンとしてると、九条さんが脱いだ学ランがふわり

と肩にかけられて。

「ん、めちゃくちゃ可愛い」

　極上に甘い笑顔で包まれた。

　もうっ、顔が熱いよ……。

　九条さんはこういうところが、ズルいんだから！

　結局、ドキドキさせられてばかりだよ……。

　写真を受け取って写真部の教室をあとにすると、九条さんがぽつり。

「今日は一生分の恥をかかされてる気がする……」

「私は、すごく幸せです。だって、学ランの九条さんと一緒に写真が撮れるなんて、夢みたい！」

　多方向的に、かなりドキドキしたけれど！

　学ランを着ている九条さんは、爽やかで凛々しくて、ものすごくカッコよくて。

「この写真は、私の宝物です！」

「そっか、よかったな」

　そう言って笑う九条さんは、やっぱり優しい。

　だって、最後には私のやりたいことに付き合ってくれるんだから。

　それにしても。

「千里くんっ！」

「九条くんっ」

　どこに行っても九条さんは、女の人に声をかけられていて、気が重い。

　はあ。

「相変わらず、モテモテですね」

「は？　迷惑なだけだし。それより団子でも食うか？　そこに団子の屋台があるぞ」

「わわっ、食べたいっ！」

「ぷっ！」

「なんですか？」

「いや、相変わらず彩梅は可愛いよな。単純で」

　……まったく、褒められている気がしませんが？

　むうっと九条さんを睨むと、くしゃりと頭を撫でられた。

　うん、やっぱり愛犬扱いなんだろうな。

　【団子】と書かれた大きな看板が立てかけられた教室に入ると、なぜかチャイニーズドレスを着た人たちがお団子を運んでいる。

「チャイニーズドレスで団子を売るって、すげえコラボだな」

「でも、チャイニーズドレス、可愛い……」

「ああ、まあな」

　すると、それを聞いていた女子大生の人がにっこり。

「それならチャイニーズドレス着てみる？　その制服、女学院でしょ？　私、卒業生なんだ。特別に着せてあげるよ？　超ミニスカのチャイニーズドレスもあって可愛いよ」

「うわっ、き、着てみたいですっ……！」

　すると、九条さんが怖い顔でじろり。

「絶対にダメだからな」

「どうして？」

「ダメだろ、あんなカッコ」

「でも、可愛いし、着てみたい！」

「彩梅が着るなら、あっちだろ」

　九条が指さしたのは、大きなパンダの着ぐるみ。

　むうううう。

「九条さん、……嫌い」

　ぷい。

「は？　どうしてそうなるんだよ？」

「だって、チャイニーズドレスが着たいのに」

「あれはダメだろ。絶対ダメ」

　むうううう。

「ねえねえ、うちのお団子、けっこうおいしいから食べて
みてよ」

　女学院の先輩に、にっこりと笑いかけられて、みたらし
団子をちらり。

　本当だ。すごくおいしそう……！

　すると、九条さんはじっとその先輩を見つめていて。

　むむむっ！

「やっぱりチャイニーズドレス、着たい……！」

「絶対、ダメ。それよりほら、口開けて」

　唐突に、九条さんが私の目の前にお団子を差し出した。

「ふえ？」

「さっきのお礼。俺も焼きそば、食わせてもらったし」

「うっ、で、でもちょっと」

「俺もかーなーり恥ずかしかったから、お礼っつうか、仕返しっていうか」

　にっこりとキレイに笑った九条さんの顔が、ちょっとだけ怖いです……。

「はい、彩梅。口開けて？」

　極甘の笑顔で、命令しないでくださいっ。

「彩梅？」

　もうっ！　ぎゅっと目をつむって、ぱくり。

　でも！　んんっ！　こ、これはおいしいっ！

「うまい？」

「はい、とっても！」

「それじゃ、もうひとつ」

　ぱくっ！

「んっ！　おいしいっ」

「はい、もうひとつ」

　ぱくっ！

　あ、あれ？

　これじゃ、おやつをもらっているコタロウくん？

　全然、愛犬を卒業できてないっ！

　九条さんは楽しそうに笑ってるし！

「ほら、ついてるぞ」

　そう言って、親指で私の口元をぬぐった九条さんが、その指先をぺろり。

　ひ、ひええっ。

「どした？」

　ふるふるふる。か、顔、熱いよっ！

　九条さんは、どうして平気なんだろうっ？　恥ずかしくないのかな？

　平然としてる九条さんを見て、ハッと気がついた。

　……そっか、私が愛犬みたいな存在だから！

「どうした、彩梅？」

　そう言って、私の顔を覗き込んだ九条さんの唇が、不意に視界に飛び込んできて。

『キスするんだよ。もっとすごいこともするんだよ』

　この前の萌花ちゃんの話を思い出して、とんでもなく顔が熱くなる。

　うっ、無理。絶対、無理！

　九条さんから視線をそらして呼吸を整える。

　……でも、このままだと愛犬で終わっちゃう。

　それなら、どうしたらいいんだろう？

　萌花ちゃんたちのアドバイスを思い出し、大きく深呼吸して九条さんを見つめる。

「あ、あの、九条さん。ひとつ聞いてもいいですか？」

「ん？」

「大人のキスってなんですか？」

「ぶほっ！」

　思いっきり九条さんがお茶を吹き出した。

「お、お前、それ、団子食いながら聞くことか？」

「だ、だって」

「マジで、驚きすぎて心臓止まりかけた。……つうか、それ、

誰に吹き込まれた？」

「い、いえ、単なる好奇心？というか……」

「まったく、何を言い出すのかと思えば」

「だって……」

「いいか、彩梅。それ、絶対に俺以外の男に聞いちゃダメだからな？　わかったか？　間違えなく、誘ってるって誤解されるからな？」

「誘って!?　さ、さ、誘ってなんて！」

　そこで、ピタリと動きを止める。

　……そうだ、これは、愛犬卒業のためのミッションだった！

「さ、誘ってます！」

「……は？」

「だ、だって、私は婚約者だし。その、もう高校生だし。わ、私、コタロウくんじゃないし！」

「あのな、彩梅……」

　あきれ顔の九条さんが、ぽふっと私の頭に手を置いたところで、九条さんのまわりにチャイニーズドレスを着た女の人がたくさんやってきた。

「これ、よかったらサービスです！」

「これも、どうぞっ！」

「あ、ああ」

　戸惑いながらも、九条さんは笑顔を返している。

　む、むむむ！

　私には、チャイニーズドレス着るなって言ったのに！

　九条さんたら、穏やかに笑っちゃって！

「先に行きます！」

　九条さんを置いて教室を出たところで、九条さんに後ろから羽交い絞めにされた。

　く、苦しいっ！

「どこ行くんだよ。俺から離れるなって言っただろ。もう忘れたのかよ」

　溜息ついた九条さんに秒で捕獲されて、その腕の中でバタバタと暴れていると。

「あ、またイチャついてる」

　小鳥遊さんが目の前に現れた！

　ど、どうしてこんなところばっかり見られるんだろうっ!?

　すると、小鳥遊さんがわざとらしく目を見開く。

「あれ、千里、学ランじゃねえんだ？」

「……なんで、お前がそんなこと知ってるんだよ？」

　全身から殺気を漂わせている九条さんに怯えていると、小鳥遊さんがへらりと笑って答える。

「そりゃ噂になってるからな。九条千里が可愛い婚約者にメロメロで、学ラン着て、キス写真撮らせてたって」

「そ、そんな写真、撮ってません！」

「えー、でも、すげえ噂になってるよー」

「……おい、嘘だよな」

　青ざめる九条さんに、小鳥遊さんがにやり。

「うん、嘘。写真部で写真撮ってたやつ、知り合いで。ど

んなポーズでもノリノリで写真撮らせてくれたから、面白かったって言ってた」

「お前、ホントにあとで覚えておけよ？」

　く、九条さんが、怖いっ！

「けど、写真のデータ、悪用されないようにもらってきた。感謝しろよー」

「ちっ！」

　舌打ち！

　なんだか、小鳥遊さんと一緒にいるときの九条さんっていつもとは少し違うような。

　そのとき、お化粧室の表示が目に入った。

「あ、九条さん、ちょっとお手洗い行ってきますねっ」

「ん、ここにいるな」

　少し離れても、九条さんと小鳥遊さんが言い争ってる声が響いてくる。

　じゃれてるのか、ケンカしてるのかよくわからないや。

　そんなことを考えながら広いお手洗いの一番奥の鏡の前で、前髪を整えていると賑やかな声が聞こえてくる。

「ねえねえ、九条先輩と小鳥遊先輩、一緒にいるよっ！」

「九条先輩、いつ見てもカッコいいよね〜」

「そういえば小鳥遊先輩、今夜、ライブやるんだよね？」

「絶対見に行こうねっ！」

「九条先輩もきっと来るよねっ」

　……九条さん、本当にモテモテだな。

　はあ。

　なんだか出ていきにくい。

「でもさ、九条先輩、噂の女子高生を連れてきてたよね？」

　その一言に、びくっと体を震わせる。

「さっき見かけたけど、全然釣り合ってないし」

「九条先輩も無理して一緒にいるって感じだよね」

「あんな子供と一緒に学園祭まわるなんて、もはや不憫」

「ホント、迷惑だよね。ガキが来るなって話」

　ちりちりと胸が痛んで、視線を落とす。

　九条さんと釣り合ってないのは、誰よりも私が一番よく
わかってる……。

「そういえば、九条先輩って、帰国子女のモデルと付き合っ
てるって噂あったよね？」

「あー、あった。前崎……じゃなくて、なんだっけ。前川だっ
け？　とにかく、めちゃくちゃキレイな人だよね。超お似
合いだった」

「あの女子高生とは、レベルが全然ちがったし」

　……そうなんだ。……知らなかった。

「っていうか、家のためだとしても、女子高生と婚約とか
趣味悪すぎ」

「ホント、九条先輩、どうしちゃったんだろうね」

　そっか、……私と一緒にいると、九条さんの評判まで下
がっちゃうんだ。

　ひとりではしゃいで喜んで、九条さんに迷惑かけている
ことに全然気づいてなかった。

　人の気配がなくなってから、九条さんのもとに戻ったけ

れど、まわりからの視線が気になって、なんだか胃も痛くなってきた。

　あー、ズキズキする……。胃が痛いのか、胸が痛いのかよくわからない。

　もう家に帰ったほうがいいのかな。

「彩梅、暗い顔してどうした？」

「いえ。あ、あの、小鳥遊さんは？」

「バンドの練習があるからって戻ったよ」

「そうなんですね……」

「どうした、琉人ともっと話したかった？」

「いえ……」

　視線を上げられずにいると、九条さんに手を握られて、戸惑いながらその手を離した。

「どうした、彩梅？」

　ふるふると、頭を振って下を向く。

　愛犬脱出計画なんて、とても無理だよ。

　コタロウくんみたいに可愛がってもらえただけで、感謝しなきゃいけなかったんだ。

　いつの間にか、すごく欲張りになっていた自分が恥ずかしい。

「彩梅？」

　九条さんに顔を覗き込まれたそのとき、赤いTシャツを着た人たちとすれ違った。

「お、西園寺！　いいところに！」

「え？」

　名前を呼ばれて顔を上げると、赤いTシャツを着た大柄な男の人が目の前に立ちふさがる。

「あ……あ、あ……」

　パクパクと口を開いて驚いていると、怖い顔をして九条さんが間に立つ。

「あの、さっきから何ですか？　あんた、彩梅とどういう関係なんすか？」

　あ、あんた!?

「く、九条さん、違う！　違いますよっ。この人、私の」

「あー、俺と西園寺の関係？　まあ、西園寺の元彼……みたいな感じかな？」

　……はい？

「彩梅の元彼……？」

「おい、九条家のスーパー御曹司、顔色悪いけど大丈夫か？　どうした、真っ青だぞ？」

「いい加減にしてくださいっ！　暮林（くればやし）先生っ！」

「……先生？」

「去年の担任の暮林先生です！　元彼、じゃなくて、元の担任ですっ。ついでに暮林先生は結婚してます！」

「ああ、言っちゃった。つまんねえな。初めまして、九条千里くん。この大学のボート部ＯＢで女学院の数学教師の暮林です。おい、西園寺、こういう場所で先生って呼ぶなっていつも言ってるだろ」

「だって、先生がさっきから変なことばっかり言うから！」

「そりゃそうだよ。ハイスペックイケメンで有名な九条ホー

ルディングスの御曹司が、うちの学校の女生徒と婚約なん
て、そりゃからかいたく……いや、先生の誇りだからな」
「先生、からかうって、言いました!?」
「冗談、冗談。それより、お前、制服であんまり目立つこ
とするなよ?　一応、うちの生徒の見まわり兼ねてきてる
んだから」
「……見まわりしてるようには、とても見えませんが」
「そういえば、大河内がスポーツテスト部門でやたら張り
きってたけど、セーラー服であんまり暴れまわるなって
言っておけ。名門の女学院生が、砲丸投げで記録を出した
ところでな」
　も、萌花ちゃん、彼氏作るって張りきってたのに。
　……なぜ、砲丸投げを?
「じゃ、御曹司、うちの西園寺、ボケーッとしてるんでお
手柔らかにお願いしますよ」
「もう、声かけないでくださいっ!」
　はあ。
　まさか、こんなところでうちの学校の先生に会うとは思
　わなかった!
　案の定、九条さんは呆然としている。
「す、すみません。暮林先生、いつもあんな感じでふざけ
てばかりで」
「すげえな、女学院にもあんな教師がいるんだな……」
「はい、うちの学校随一の軽い先生です」
「そうだよな、彩梅に元彼なんてありえないよな」

　……それは、ちょっとひどいです。

「あの、私、……そんなに、魅力がないですか？」

　あ、これ、落ち込む。

　言葉にしたら、じわじわと後ろ向きな感情が湧き上がる。

「は？」

　モデルみたいな女の人のほうが、ずっと九条さんにお似合いなのはわかっている。

　私と学園祭をまわるのなんて、九条さんにとってはコタロウくんの散歩みたいなものなんだろうし。

　九条さんを悩殺するなんて大それたこと、私にできるはずがなかった……。

「彩梅、どうした？」

　ふるふると首を横に振る。

「なんでもないです」

「……って、顔じゃないよな。何か食うか？　お前の好きそうなものが向こうにあったぞ」

「食べもので釣ろうとしないでくださいっ！」

「お子様の彩梅には、うまいもの食うのが一番効くだろ？」

　九条さんは明るく笑っているけれど。

　……お子様か。

　あー、ダメだ。涙こぼれそう。

「……今日は帰ります」

「は？　彩梅？」

　それだけ伝えると、九条さんに背中を向けて歩き出した。

　泣いてるところなんて絶対に見られたくないし、これ以

上、困らせたくない。

　何より、私と一緒にいると、九条さんの評判まで下げることになっちゃうんだから。

　だって、私は九条さんに釣り合わないし、どれだけ頑張ったって愛犬くらいにしか思ってもらえない。

「おい、彩梅？　待てよっ！」

　追いかけてくる九条さんの声を振り払うように、人込みの中に走り出す。

　わかっていたけど、近づけば傷ついて、それなのにもっと九条さんに近づきたくなって。

　自分でも、よくわからないよ。

　全然わからない。だって、全部九条さんが初めてなんだから。

　講堂前の雑踏を駆け抜けると、やがて九条さんの声は聞こえなくなって、気がつけばあまりの人のいない場所に来ていた。

　ここはどこだろう？

　あまりに大学が広すぎて、自分がどこにいるのかさえわからない。

　講堂の裏手かな？

　古い看板や、木材がゴロゴロと転がっている。

　すると、積み上げられた段ボールの奥に人の気配がして、ひゅっと息をのむ。

「あれ、こんな場所でどしたの？　つうか、千里は？」

　ぴょこっと顔を出したのは、スマホを手にした小鳥遊さん。

　び、びっくりした……！

「ちょっと、あの、別行動中というか。はぐれちゃったというか。小鳥遊さんはここで何を？」

「今、講堂でリハーサルやってて、ちょっと休憩中。とりあえずここに座る？」

　小鳥遊さんの隣に、ちょこんと座って下を向く。

「彩梅ちゃん、どうかした？」

「いえ、小鳥遊さん、ライブとか、ギターなんてカッコいいですね」

　へらっと笑顔を張りつけると。

「あのさ、なんかあったんでしょ？」

「へ？　い、いえ？」

「彩梅ちゃん、隠し事するのヘッタクソだよね。どうせ千里とケンカしたーとか、そんなとこでしょ？」

　うっ。

「で、そんな顔してる理由は？」

「あ、あの、ケンカしたわけではなくて。ただ、九条さん、私と一緒にいても女の人に囲まれたり、声かけられてて。ちょっと一緒にいるのが辛くなってしまったというか。もう自分でもよくわからなくなっちゃって……」

　こんな子供じみた理由で、逃げ出すなんて情けない。

「それに私と一緒にいると、九条さんの趣味が悪いって思われちゃうかもしれないし……」

　苦笑いして視線を落とすと、小鳥遊さんがぽつり。
「あのさ、千里が女に囲まれて、声かけられてるって言った?」
「は、はい」
　しばらく難しい顔して黙り込んでいた小鳥遊さんが、ゆっくりと口を開く。
「もしそうだとしたら、千里に声をかけやすくしちゃってるのは彩梅ちゃんなんじゃない?」
「え?」
　そ、それは、『この子だったら、私のほうがずっと九条くんにふさわしいし、余裕だわ……!』的な、無限の自信と可能性をまわりの女の人たちに与えてしまっているってこと!?
「ちょっと、ちょっと!　なんで青ざめてんの?」
「いえ、心当たりがありすぎて」
「あのね、彩梅ちゃんと一緒にいるときの千里って、ニコニコ笑ってて、ちょっと優しそうに見えるじゃん?」
「九条さんは、いつもすごく優しいですよ?」
「うん、彩梅ちゃん限定でね。けど普段の千里は、とてもじゃないけど近づきにくくて、話しかけられる雰囲気じゃないんだよ。怖くて千里に近づいてくる子なんていないよ」
　……怖くて?
「千里に慣れ慣れしく近づけるのは、よほど自分に自信がある女か、メンタルが病的にタフな女じゃなきゃ無理。とにかく千里、ガン無視だから」

「九条さんが、ですか？」

「そうそう。だからね、いつもなら『触るな、黙れ、話しかけるな』って冷たく突っぱねる千里が、彩梅ちゃんの前ではニコニコしちゃって、鬼畜対応にセーブかけちゃってるから、みんながここぞとばかりに近づいてきてるんじゃない？」

「あの、鬼畜対応って？」

「あ、それは忘れて。さすがに千里にマジで怒られそうだから。つまりさ、彩梅ちゃんの知ってる『面白くて優しくてよく笑う王子様みたいな九条千里』は、彩梅ちゃん限定なわけ。あいつ、わりと鬼だから」

「でも、私もよく怒られてますよ？」

「それは、あいつがアホだからでしょ。とにかくさ、千里は彩梅ちゃんのことが可愛くて、心配でたまらないんだよ。それはわかってあげて。たぶん、あいつにとっても初めてのことで戸惑ってると思うから」

　　……そうなのかな。

　　だって、九条さんはいつも大人で落ちついてて。

　　私ばっかりが空回りしてる。

　　そのとき、ガサガサと音がして。

「おい、彩梅！」

「あ……」

　木材をかき分けるようにして、汗だくの九条さんが現れた。

「バカ彩梅!!　こんなところで何してんだよっ!!　ひとりで

ふらふらするなって言っただろっ!!」

　苦しそうに息を切らす九条さんは髪も洋服も乱れていて、こんなに動揺している九条さん、初めて見た……。

「お、早いな、さすが王子様！　ここ、あんまり人もこないし、ふたりでゆっくり話し合いな。彩梅ちゃん、またね」

「は、はいっ」

　でも、どんな顔をして九条さんと向き合えばいいのか、わからないよ。

「彩梅、どうして勝手にいなくなったんだよ？　待てって言っただろ？」

「ご、ごめんなさい」

　汗まみれになっている九条さんは、苦しそうにシャツのボタンをはずして息を整えている。

「あの、どうしてここにいるって、わかったんですか？」

「琉人がメッセージくれたんだよ。あれだけ勝手に動くなって言ったのに」

「……私と一緒にいたら迷惑かなって」

「なに言ってんだよ。ほら、こっちに来い、彩梅」

　顔を上げると、九条さんのはだけた胸が視界に飛び込んできて、恥ずかしくなってぱっと目をそらす。

「……彩梅？」

　いつも九条さんにドキドキさせられてばかりで、とてもじゃないけど、ドキドキさせることなんてできないよ。

　九条さんは首をかしげているけれど、もう苦しくてたま

らない。

「私は、コタロウくんのことも、コタロウくんに優しい九条さんのことも、大好きです」

「……は？　いきなりどうしたんだよ？」

　いぶかしむ九条さんに、ぽつり、ぽつりと本音をこぼす。

「でも、私はコタロウくんじゃないから、こんなふうに優しくされてもうれしくないです。うれしいけど、うれしくない！　九条さんは、すごく優しいけど、すごく残酷です」

「は？　残酷って、なんだよ……？」

「私のことを愛犬だとしか思ってないなら、こんなふうに優しくしないでほしい！　ひとりで浮かれてはしゃいで、バカみたいじゃないですか！　全然、相手にしてもらえてないのに……」

「意味わかんねぇ。彩梅のことを彼女だって紹介して、許婚で婚約者だって公言して、学校中を連れてまわって。どう考えたって、俺のほうがはしゃいでるだろ？」

　だって、九条さんにはモデルみたいな帰国子女の人のほうが、私よりずっと似合う。

　私と一緒にいたって、恥をかかせちゃうだけなのに。

「お前をいろいろ連れまわしたことで、嫌な想いをさせたなら悪かったよ。けど、学ラン着たのだって、お前が喜んでくれるならいいかって思ったんだよ。芝生の上で焼きそば食わされたときも、正直参ったなって思ったけど、彩梅がうれしそうにしてたから。あんなこと、お前とじゃなかったら絶対にできないし、やらない」

「でも、チャイニーズドレス着てる女の人のことをじっと見てたのに、私には着るなって言うし」

「……見てないし」

「見てたもん。じーっと見てた。だから、私も着てみたいなって思ったのに」

「彩梅が大学生になったら、あんな感じなのかなと思っただけだよ。お前の学校のOGだって言ってたから。けど大学生になったお前が、あんなカッコして他の男にニコニコしたら嫌だなって思ったんだよ」

　ムスッとしたまま答える九条さんは、嘘をついているようには見えなくて。

「でも、チャイニーズドレスの女の人たちに囲まれて、うれしそうにしてた……」

「うれしそうになんてしてねえだろ！　いつもは近寄られても秒で蹴散らすけど、彩梅がいたから見栄を張って、感じよくしてたんだよ。お前のこと、怖がらせたくなかったから」

「……でも、パンダはひどい」

「動物園だと一番人気だけどな」

「やっぱり九条さん、嫌いっ！」

　ぷいっと顔をそむけると、ふわりと笑った九条さんの両腕に包まれた。

「嘘だよ。嫌な想いさせたならごめんな」

　ぽんっと私の頭に手を置いた九条さんを見上げると、まだ九条さんのシャツは汗まみれで、髪の毛は乱れたままで。

　そんな九条さんを見ていたら、怒っていた気持ちなんて
あっという間に消えてしまった。

　これだけ大きな敷地を探しまわるなんて、どれだけ大変
だったんだろう。

「わがまま言って、ごめんなさい」

　こつんと九条さんの胸に頭をぶつけて謝ると、九条さん
の柔らかい声が頭上で響く。

「わがままなんて、いくら言ったっていいんだよ。けど、
いきなりふてくされると戸惑う。どうしていいかわからな
くなるんだよ。だから、思ってることはちゃんと言え。気
にしてることがあるんだろ?」

　ふるふると頭を横に振る。

「彩梅、ちゃんと言ってくれないとわからない」

　じっと視線を落として、地面に呟く。

「……だって、九条さん、いつも子供扱いしてばっかりで、
何もしてくれない」

「は?　どういう意味だよ?」

　眉を寄せる九条さんにぽつり。

「そんなに私は魅力がないですか?　どれだけ一緒にい
たって、キスとかそれ以上のことをしてくれないのは、私
が愛犬にしか見えてないからですか?」

「……は?」

　言葉を失って固まる九条さんを、じっと見据える。

「だって、婚約者なのに何もしないのはおかしいって!
普通なら、キスとかもっとそれ以上のことをするはずだっ

て……！」

　すると、九条さんが呆れたように深く溜息をつく。

「手つなぐだけで、びびってるくせに何を言ってんだよ」

「だって、わからないもん。私は九条さんしか知らないから、わからないっ！　全部、九条さんが初めてだからわからない！」

　次の瞬間、深くため息をついた九条さんに、ベンチの上にトンと押された。

　……え？

　とすんとベンチに尻もちをついてキョトンとしていると、九条さんが覆いかぶさってくる。

「あ、あの、九条さん？」

　馬乗りになった九条さんを目を丸くして見上げると、冷たい表情で見下ろされ、するりと制服の中に九条さんの手のひらがすべり込んできた。

　……う、そ。

　どくんと心臓の鈍い音が響いて、そのまま身動きできずにいると、九条さんの指先が素肌に触れて、つつっと滑り、首筋に九条さんの唇が触れる。

　うっ、こ、怖い……。

　強く目をつむって、ぎゅーっと唇をかみしめたところで。

「ったく、こんなに震えてるくせに。なに言ってんだよ、バカ彩梅」

「……あの？」

「脅しただけだよ。こんな場所でやるかよ」

……びっくり、した。

「あのさ、こんなことより、もっと大切なことがあるだろ？」

「……そんなこと、わからないもん」

小さく呟くと、深いため息が頭上で落ちる。

「お前、ホントに手がかかるな。つうか、たぶん俺じゃなきゃ無理だぞ？」

九条さんの腕に引っ張られて起こされると、そのまま頭を九条さんの胸に押しつけられた。

ドキドキと全身に響く心臓の音は、なかなか鳴りやまなくて、九条さんの大きな手のひらが私の背中で優しく弾む。

大きく息を吸って、ぎゅうっと九条さんに抱きついた。

「ごめんな、怖かったよな」

「……怖く、ない」

「ウソつけ」

でも、たぶん、今の私にはこれだけで十分。

……もう愛犬のままでもいいから、ずっとそばにいたいよ。

九条さんに手を引かれて歩いていると、くるりと九条さんが振り返る。

「顔、真っ赤だぞ」

「だ、だって！」

まだ、心臓はバクバクしてるし恥ずかしいし。

「いきなり無理するからだ、バカ」

……ううっ、今日は何度バカって言われたんだろう。

「彩梅、帰りが少し遅くなっても大丈夫か？」

「え？」

「これ、もらったから」

　そう言って、九条さんがポケットから小さなキャンドルを取り出した。

「これは？」

「彩梅を探してる途中で配ってたんだよ。昔は後夜祭でキャンプファイヤーやったり、花火を打ち上げたりしてたらしいんだけど、最近は近隣からの苦情がうるさいとかでキャンドルナイトをやっててさ」

「キャンドルナイト？」

「ん、ジンクスがあって。キャンドルが最後まで燃え続けたら、願いが叶う……みたいなやつ。彩梅、好きそうだなと思って。やってみるか？」

「うわあ！」

　あたりが薄暗くなってくると、敷地のあちらこちらに透明の小さな瓶が置かれていく。

『願いを込めたキャンドルを、近くに置かれた透明の瓶に入れてください。実行委員が順番に点灯していきます。あぶないので瓶の移動はやめてください』

　アナウンスが繰り返されて、キャンドルを手にした人が集まってくる。

　両手でそっと小さなキャンドルを包むと、九条さんが私の両手を包んだ。

「いいよ、彩梅が願い事して」

「は、はいっ」

　固く目を閉じて、心の中で願いを繰り返す。

　願いごとは、ただひとつ。

　ずっとずっと、この先もずっと、九条さんと一緒にいられますように。

　願いを込めたキャンドルを瓶に入れると、キャンドルが点灯されて、あちらこちらで小さな炎が揺らめく幻想的な光景が浮かび上がる。

　じっと九条さんとその炎を見つめていると、明るく灯っていた炎が、ひゅうっと吹き込んだ風にあっさりとかき消されてしまった。

「あ……」

　消えちゃった……。

　そこだけ小さな闇になってしまって、がっくりと肩を落とす。

　すると。

「彩梅、見てみろよ」

　冷たい風に煽られて、消えたと思ったキャンドルの中でくすぶっていた炎がふわっと小さく燃え上がる。

「九条さんっ！」

「よかったな」

　ぼんやりと灯りつづける小さな炎を、九条さんと並んで見つめていた。

　そこに置かれた、すべてのキャンドルの炎が順番に消えていくと、やがて静かな暗闇が訪れた。

　暗闇の中で目をこらしていると、耳たぶに九条さんの唇が触れて、びくっと飛び跳ねる。

「いいか、彩梅。いろいろ整ったら、容赦しないから覚悟しておけよ？　俺が何も我慢してないと思ったら大間違いだからな」

「そ、それは、私がもう少し大人になったら、九条さんに相手してもらえるってことですか？」

　暗闇の中で、じっと九条さんの瞳を見つめる。

「そのときには、もう泣き言なんて聞かないからな。やめてくれって泣いたって、やめないから」

　耳に触れる九条さんの唇にドキドキしすぎて、意味もわからず必死に頷いていた。

　照明がついて明るくなると、キレイに笑った九条さんに、くしゃりと頭が撫でられた。

　結局、九条さんをドキドキさせるどころか、ドキドキさせられて終わっちゃった。

　でも、もうこれで十分。

　すると、九条さんがポケットから車のカギを取り出した。

「彩梅、家まで送るよ」

「学校まで車で来てるんですか？」

「ん。荷物の搬入とかあるし、これから片づけしなきゃだし」

「それなら、ひとりで帰りますよ？」

　萌花ちゃんたちは、後夜祭の前に帰ると連絡があった。

「ダメに決まってんだろ。彩梅を家まで送ったら、また戻ってくるから大丈夫だよ」

半ば強引に車に乗せられて、家の門から少し離れたところに車が止まる。

「彩梅、腕、貸して」

「腕ですか？」

首を傾げて腕を差し出すと、九条さんがするっと私の制服の袖をめくる。

んん？

「さっき、大人のキスがどうとか言ってただろ」

「？」

キョトンとしてると、手首の内側に、ちゅっと九条さんが唇を置いた。

ひょえっ！

次の瞬間ちくっと痛んで、九条さんの唇が触れた場所に、ぼんやりとした赤いあざが浮かび上がる。

「ひとつだけ教えてやる。これがキスマーク。俺のモノっていう印。ホントはまあ、彼氏しか見ないようなところにつけるんだけど」

「あ、あのっ！」

「もう少しお前が大人になって俺にいろいろ追いついてきたら、俺が全部教えてやるから、今はこれで我慢な」

ぽんっと私の頭に手を乗せた九条さんに、甘い笑顔で包まれる。

「おやすみ、彩梅。今日は来てくれてありがとな」

次の瞬間、おでこに九条さんの唇が触れた。

ふ、ふええぇ!?

「彩梅。早く追いついてこいよ」

　そう言って、爽やかに笑って去っていった九条さんを呆然と見送った。

　こ、これ、本当に心臓、爆発しちゃう……。

　九条を悩殺しようなんて、100万年早かった……！

赤いリボンと涙

　翌日、学校に行くと、さっそく萌花ちゃんたちに囲まれた。

「彩梅、おはようっ！」

「おはよう、あの、昨日はありがとう」

「それより、九条さんの悩殺計画はどうだったの!?」

「少しは進展した？」

「う、うーん……？」

　進展したのかな。

　結局、ドキドキさせられてばかりだったような。

「でもさ、彩梅と九条さん、すごくいい感じだったよね！」

「そうそう！　すごく仲良さそうだった！」

「で、九条さんのこと、悩殺できたの？」

　真希ちゃんに聞かれて、苦笑い。

「私が悩殺されてばかりで、全然ダメだった！」

「は？　彩梅が悩殺されてどうすんのっ！」

「で、でも、もう、私にはこれで十分というか！　まだまだ私には早すぎることがよくわかったから、今は愛犬のままでいいかなって」

　昨日の九条さんとのあれやこれやを思い出して、かあっと顔が熱くなる。

「そっか、ま、彩梅だしね」

「うん、彩梅だし」

「でも、彩梅、なんだか幸せそうだね？」

「うん！　いろいろ相談にのってくれてありがとう」

　九条さんの残した手首のあとにそっと触れて、笑顔を返した。

　お昼休み、お弁当を食べ終わったところで、九条さんからメッセージが届いた。

「おおっ、もしや九条さんから？」

「どうしてわかったの!?」

「だって、彩梅、わかりやすいもん！　うれしいーって顔に書いてあるよ」

　は、恥ずかしいっ。

　花江ちゃんに笑われて、顔を伏せる。

　それから先の授業は、すっかり上の空。

　放課後、九条さんに会えると思うと、授業なんて何も頭に入ってこなくなる。

　調理実習で作ったマドレーヌを包んで赤いリボンをかけると、九条さんに渡すために大切にカバンにしまった。

　帰りのHRが終わると、うっすらとグロスを塗って、髪の毛を整える。

「彩梅、グロス、めっちゃ可愛いっ」

「いいねえ、恋しちゃってるねえ」

「おかしくないかな？」

　普段グロスなんて塗らないから、なんだか落ちつかない。

「最高に可愛いよ。頑張っておいで！」

「うん、行ってくるっ」

　九条さんに会えるのがうれしくて、ふわふわした足どり
で駅へと向かう。

　家の最寄り駅の改札を抜けると、すぐに九条さんの姿を
見つけた。

　カッコいいなあ……。

　すらっと背が高くて、キラキラとした透明感があって、
ちょっとした仕草とか表情がものすごく大人っぽくて。

　遠くから見ているだけで、ドキドキする。

「彩梅」

　九条さんに名前を呼ばれて、慌てて駆け寄ると頭を撫で
られた。

　うれしいんだけど。

「やっぱりコタロウくん……だと思ってませんか？」

「ちょっと似てるなって思った」

「……ワン？」

「相変わらず面白いな」

　キラキラ光る九条さんの笑顔に、胸がきゅうっと苦しく
なる。

「あの、急にどうしたんですか？」

「話があって来た。どこか行きたいところあるか？　車で
来てるから多少遠くても大丈夫だよ」

「それなら、九条さんの秘密の場所に行きたいです！」

「秘密の場所って、あの公園？」

「はい！」

　だってあの公園は、九条さんが私だけに教えてくれた特

別な場所。

　助手席に座り、運転している九条さんの横顔をちらり。

　ウインカーを出したり、ハンドルをまわしたり、九条さんの仕草のひとつひとつに心臓が飛び跳ねる。

「……彩梅」

「はい？」

「俺の観察日記でもつけてんの？」

「え？」

「そこまでじっと見つめられると、さすがに事故る」

　わわっ！　バレてた！

「ご、ごめんなさいっ！」

　肩を揺らして笑っている九条さんもなんだか楽しそうで、うれしいな。

　ずっとこうして一緒にいられたらいいのにな。

　昼間の公園は、小さい子が遊んでいたり、お散歩しているお年寄りがいたり、夜の静かな雰囲気とは違ってほのぼのとしている。

　空は高く晴れ渡っていて、吹き抜ける風は透明で心地いい。

「これ、調理実習で作ったんです」

　遠くを眺める九条さんに、赤いリボンを結んだマドレーヌを手渡した。

　みんなで味見したときには、おいしくできてたし、大丈夫だと思うんだけど。

「お、うまそう。調理実習とか懐かしすぎる」

　おいしそうにマドレーヌを食べる九条さんの横顔に太陽の光がキラキラ弾んで、カッコいいなあ、と油断したところで。

「最後の一口は、彩梅に」

　口の中にコロンと転がったマドレーヌは、九条さんの食べかけ。

　こ、これは、間接キス……!?

　かあっと顔は熱いし、味なんて全然わからないっ！

　けれど動揺している私の隣で、九条さんはコーヒーを飲みながら平然としていて。

　ううっ。

　相変わらず私ばかりが意識している。

　すると、九条さんが私の顔を覗き込む。

「彩梅、左手、出して」

　……え？

　キョトンとして左手を差し出すと、九条さんがその薬指に、マドレーヌをラッピングしていた赤いリボンを、ちょうちょ結びで巻きつけた。

　……左手の、薬指？

　こ、これは、どういう意味なんだろう？

　もうドキドキしすぎて、心臓が痛い！

　すると、九条さんがゆっくりと言葉をつむぐ。

「俺はさ、今まで家にも親にも反発することばかり考えて生きてきた。でも、彩梅に出会って、自分の人生を真剣に

考えるようになった」

「九条さん……？」

　突然、どうしたんだろう……？

「彩梅の無邪気な笑顔が好きだった。まわりの人に感謝して生きてるところ、まっすぐなところ、素直なところ、自分の運命を丸ごと受け入れているところ。彩梅と一緒にいるとただ楽しくて、毎日が輝いて見えた」

　うれしいはずの言葉なのに、胸の奥に不安な想いが広がっていく。

　九条さんは口を固く結んだまま、遠くに視線を馳せている。

「……九条さん？」

　困ったように私の頭を撫でると、九条さんがまっすぐに私を見据えた。

「彩梅、俺たちの婚約破棄が、正式に決まった」

　……え？

　頭の中が真っ白になった。

　表情が消えていくのが、自分でもわかる。

「婚約破棄は西園寺家からの申し出だ。だから、これからは、こうしてふたりで会うことも、連絡を取ることもできなくなる。今日はそれを伝えるために来た」

「ど、どうして、急に？　そんな、勝手な……」

「本当に勝手だよな……」

　視線を落とした九条さんは、どこか納得しているようにも見えて、気持ちばかりが焦る。

「で、でも、私は、これからも、九条さんと……その、た、例えば、友達として会うとか、そういう……」

　頭の中は混乱して、喉の奥がかすれて上手く言葉が出てこない。だって、どうして、急に……？

「婚約破棄が西園寺家からの申し出である限り、俺と彩梅がふたりで会うことは許されない。西園寺家から、もう彩梅とは会わないように言われた」

「そんな……‼」

　どうして……そんな大切なことを勝手に決めちゃうの？

　婚約しろって言ったり、会うことを突然禁止したり、どうして私たちの気持ちを全然考えてくれないの⁉

「理由は？」

　震える声で尋ねると、九条さんがゆっくりと首を横に振る。

　勝手に婚約を決められて、今度は勝手に破棄されて。

　その理由も教えてもらえないの？

「彩梅、どこかでこの関係は、終わりにしなきゃいけないんだと思う」

　でも、なんの説明もなく、こんなに……急に？

　九条さんは、どうしてそんなに落ちついてられるの？

「で、でも、例えば、ふたりでこっそり遊びに行ったり、とか……」

　そこまで言って、強く唇をかみしめる。

　そんなことがバレたら、九条さんに迷惑がかかる。

　混乱して、頭の中はぐちゃぐちゃで、もうどうしたらい

いのか全然わからない。

　泣いたら、九条さんを困らせる。

　でも、もう九条さんに会えなくなるなんて考えたくない。

　すると、九条さんが私の薬指に結んだ赤いリボンに触れる。

「ごめんな、彩梅」

　どうして九条さんが謝るの？

　下を向くと涙がこぼれそうで、ぎゅっと唇をかみしめる。

「彩梅、今はちゃんと高校を卒業して、大学に進むことだけを考えろ」

「どうして九条さんは……そんなに落ちついていられるんですか？」

「落ちついてるように、見えるか？」

　怒っているような九条さんの低い声。

　おじいちゃんたちに振りまわされたのは、九条さんだって同じだ。

　ただ、私とは気持ちが違ってただけ。

　でも、それでも……。

「たまに、会ったりとか……」

　その先は、かすれて声にならない。わかってる、そんなの無理だって。

　西園寺家が決めたことに、私たちは逆らえない。

　私たちは家同士が決めて、一緒にいただけ。

　友達でもなければ、本当の恋人同士でもなかったんだから……。

「彩梅、家同士が決めたことに従うっていうのは、こういうことなんだよ」

　辛そうに目を伏せた九条さんに、それ以上わがままを言うことなんてできなかった。

　帰りの車の中では、涙をこらえて流れていく景色をぼんやりと眺めていた。

「彩梅、内部試験、頑張れよ」

　ぽんぽんと私の頭を撫でた九条さんの顔は、もう見ることができなかった。

　頭の中は真っ白で、何がなんだかわからなかった。

　その夜、お父さんから婚約が白紙になったことを告げられた。

　どうして急に婚約破棄が決まったのか、いくら聞いても教えてもらえなかった。

最終章

それぞれの場所で

　その日から九条さんと眠る前に話すこともなくなった。

　学校帰りに待ち合わせをすることも、突然迎えに来てくれた九条さんに驚くこともなくなった。

　毎日の生活の中から、九条さんの姿だけが消えてしまった。

　何度も九条さんに連絡をしようとした。

　九条さんの大学にも、こっそり行った。

　でも、九条さんの困った顔を想像すると怖くて、逃げるように帰ってきた。

　最後に会った日の九条さんはすごく落ちついていて、婚約が破棄されたことを静かに受け止めているようにも見えた。

　もしかしたら婚約破棄が決まって、九条さんはホッとしたのかもしれない。

　やっぱり九条さんにとって、私は足かせでしかなかったのかな……。

　考えれば考えるほど苦しくて悲しくて、それなのに、この先、他の誰かを九条さん以上に好きになれるとはとても思えなくて。

　眠れない夜を重ねて、気持ちの整理がつかないまま内部進学の試験を終えて、学部が決まった。

　時折、アメリカにいるお姉ちゃんから連絡があった。

　心は空っぽなまま時間だけが過ぎて、何を見ても涙が浮かんで、夜には声を殺して泣いて、やがて涙も出なくなった。

　九条さんと会えなくなり、世界から色が消えた気がした。

『いつか偶然どこかで会えたら、メシでも食いに行こうな』

　出会ったばかりのころに九条さんが言っていたあの言葉は、今でも有効なのかな。

　空を仰ぐと、早咲きの桜の花びらがひらりと宙を舞う。

　卒業式も終わり、高校を卒業したけれどなんだか実感がわかなかった。

　大学生になってツツジの花が歩道を彩りはじめたころ、梅の柄の着物が本家から届いた。

「彩梅にはまだ早い」

　会社に行く間際のお父さんが、不機嫌な声を響かせる。

「……お父さん、朝から機嫌悪かったね」

　和室にいるお母さんに声をかけると、お母さんは、その着物を桐の箱にしまっているところだった。

「お母さん、この着物は？」

「この着物はね、あなたにって本家から届いたの」

「すごくキレイな振袖だね」

　淡い若葉と白梅が鮮やかな若草色の振袖。

　どうしてなのか、その振袖を見て九条さんの横顔を思い出す。

「あなたにね、お見合いの話があるの。無理に、とは言わない。あなたが決めればいいと思う」

　そっと着物を手に取ると、正絹の袖がするりと手のひらを滑る。

「お母さんもお見合い結婚だよね」

「そうね」

「お母さんは今、幸せ？」

「ま、ちょっと強引でわがままなところもあるけど、お父さんも悪い人ではないのよ」

　くすりと笑ったお母さんは、すごく優しい顔をしている。

「お見合いも、出会いのひとつよね。運命的ではないかもしれないけど」

　お見合いも出会いのひとつ……。

「本家から来たお話ってことは、西園寺家のためになる縁談なんでしょう？　それなら一度、会ってみる。それでちゃんと考えてみる」

　お母さんはかなり驚いた顔をしていたけど、私は知りたかった。

　本当に私は、他の誰も知らないから、九条さんに惹かれたのか。

　それとも、他の誰でもなく、九条さんがいいのか。

　だって、会えなくなって約半年が過ぎた今でも、九条さんのことを思い出さない日はなくて。

　会いたい気持ちはどんどん強くなって、自分でもその想いに手がつけられなくなっている。

　本家を通して返事をすると、すぐにお見合いの日はやってきた。

　当日は着物を着る気にはなれなくて、シンプルなワンピースを着て約束の場所に向かった。

　お父さんは仕事を理由に同席しないことになり、お母さんとふたりでお見合いの場に向かう。

　3つ年上だというお見合い相手の人は、とても優しそうで穏やかそうな人だった。

「西園寺、彩梅です」

　視線を下げると、ぽつりと涙が一粒落ちた。

　笑顔を作って、相手の人の話に耳を傾（かたむ）けるけど、思い出すのは九条さんのことばかり。

　この人と結婚するなんて、とても想像できない。

　結婚どころか一緒にごはんを食べたり、手をつないだりすることすら、想像できない。

　だって、この人は九条さんじゃない。

　誰でもいいはずがない。

　私は、九条さんの隣にいることを選びたい。

　九条さんに、会いたい。

「ごめんなさい」

　席の途中で立ち上がると、出口に向かった。

　お母さんは、一度私の名前を呼んだだけで、追いかけてはこなかった。

　そのまま建物の入り口を抜けて、駅へと続く歩道を走る。

　ヒールは高いし、ワンピースの裾が足にまとわりついて

走りにくいけれど、それでも九条さんに会いたくて。

　そのとき……。

「彩梅！」

　その声に、ピタリと足を止める。

　この声は……。

「……く、じょうさん？」

　横断歩道の向こうに、九条さんの姿があった。

もう一度ふたりで

　車道を挟んで、九条さんと見つめ合う。ふわりと笑った九条さんが、春の光の中でキラキラと輝いている。

　約半年ぶりの……九条さん。

「彩梅！　今、行くから、そこにいろ！」

「私も、今、行きます！」

　歩道から青信号の点灯している横断歩道へ全速力で走ると、横断歩道の真ん中で、両手を広げた九条さんの胸に飛び込んだ。

　ぎゅぎゅっと強く抱きしめられて、じわりと浮かんだ涙がポロポロとこぼれ落ちる。

　もう涙、止まらない。

　九条さんの懐かしい香りにホッとした瞬間、クラクションの音が鳴り響く。

「赤！　九条さん、赤信号になっちゃう！」

　横断歩道を、九条さんと手をつないで渡りきった。

「……あ、危なかったですね」

「感動的な再会になるはずだったのにな……」

「こ、転ばなくて、よかった！」

「転んでたら、今ごろ……」

「……こ、怖いっ」

　九条さんと目を合わせて吹き出した。

　穏やかな風に包まれて、前を歩く九条さんの髪が揺れる。

「ずっと九条さんに会いたくて、会えなくて……辛かった」

　九条さんが返事をするように、つないだその手に力を込める。

「彩梅、キレイになったな」

「九条さんは、いつもカッコよくて、ずるいです」

「……ずるいってなんだよ」

　懐かしいな、九条さんの少し低くて優しい声。

　また、こうして九条さんと話せる日が来るなんて思わなかった。

　じっと九条さんの背中を見つめて、想いを言葉に乗せる。

「好きです、九条さん。初めて会ったときからずっと。1日も忘れられなかった」

　九条さんに会えなくなってから、自分の気持ちをちゃんと伝えなかったことを、ずっと後悔してた。

　けれど、九条さんは私の精一杯の告白に、くしゃりと私の頭を撫でただけ。

「彩梅、少し時間ある？」

　小さく頷くと、そこから九条さんが向かったのはカフェでも公園でもなく、タワーマンションだった。

「九条さん、ここは？」

「俺の仕事場で、俺の家」

「九条さんの家……？」

　マンションの入り口すらどこにあるのかわからないような、厳重なセキュリティ。

　エレベーターに乗るときには、カードキーのようなもの
を差し込んで最上階で降りる。

「……す、ごい」

　それしか言葉が出てこなかった。

　部屋に入ると、リビングルームからはぐるりと遠く広が
る景色が眺められる。

　奥には広いキッチンと大きなダイニングテーブル。

　テーブルの上には大学のテキストや資料らしきものが山
積みにされている。

　扉の開けられた書斎には、机と壁一面の本棚。

　部屋のあちらこちらに段ボールが積み上げられている。

「ここに、お引越しするんですか？」

「ここは、俺と彩梅の家だよ」

「……九条さんと私の……うち？」

　意味がわからず、キョトンと九条さんを見上げる。

「本当はもう少し形が整ってから迎えに行く予定だったん
だけど、誰かさんが、いきなり見合いなんてするから」

　ムニッと鼻をつままれて、目をぱちくりさせる。

「バカ彩梅。他の男と見合いとか、ふざけんな」

　ぎゅぎゅっと九条さんに抱きしめられて、心臓が大きく
飛び跳ねる。でも、何がなんだかわからない。

「はあ、やっと彩梅に会えた」

　九条さんの体温に包まれて、またじわりと涙が浮かんで
くる。

　で、でも……。

「あ、あの、どうしてお見合いのこと、知ってるんですか？
それに、私の家って……」

「見合いは、彩梅のお父さんから聞いたんだよ」

「うちの、お父さんが？」

　どうして、うちのお父さんが九条さんにお見合いのこと
を？

「それから、ここは俺が彩梅のために用意した家」

　……え？

「彩梅と住むために、俺が自分で用意した家なんだよ」

「私と……住むため？」

「会えない間、彩梅を迎えに行くために、いろいろ準備し
てたんだよ。家だけじゃない、親父の会社で仕事もはじめ
た。自分の会社も本格的に軌道に乗せた」

「自分の会社……？」

　どうしよう、九条さんの話に全然ついていけない。

　何がなんだか、わからない……。

「学生で親に食わせてもらってる立場で、結婚なんて生意
気なこと言えないだろ。だから、この半年近く、彩梅のこ
とを迎えに行けるように必死に準備してたんだよ。九条家
としてじゃない。俺個人として、彩梅のことを迎えに行く
ために」

「で、でも、婚約は破棄されたって」

　九条さんに手を引かれてソファに座ると、九条さんが
まっすぐに私を見つめる。

「彩梅に話してないことがある」

「……話してないこと？」

　大きく頷いた九条さんの瞳を、じっと覗き込む。

「彩梅が友達のOG訪問の付き添いで、うちの大学に来たことがあっただろ。あのとき、俺たちの婚約はもう白紙になってたんだよ」

　で、でも、あのとき、婚約者だって紹介されて……。

　手をつないで、大学を歩いて……。

「俺たちが頻繁に連絡を取り合ってることを知ったじじいたちが、調子にのってすぐにでも入籍させようって騒ぎ立てたんだよ。それに怒った彩梅のお父さんが、婚約破棄を決めた」

　……うちのお父さんが婚約破棄を？

「けど、じーさんたちは入籍に乗り気だったから、婚約破棄はいったん保留になった。もう、めちゃくちゃだったんだよ。婚約破棄か入籍の2択って、どう考えてもおかしいだろ。そのころから、まわりに振りまわされずに彩梅と一緒にいるためにはどうしたらいいのか、ずっと悩んでた」

　私と、一緒にいるために……？

　九条さんの甘いまなざしに包まれて、心臓がどくんと鳴る。

「いきなり彩梅のお父さんから婚約破棄を言い渡されて、身動きが取れなくなってたときに、彩梅が大学に現れた。彩梅に会えて、何も考えられなくなるくらいうれしかったんだよ。あのとき婚約者って公言したのは、俺なりの覚悟だった」

「覚悟……？」

「そうだよ、彩梅を諦めないっていう覚悟」

「……あの、九条さんは、私に会いたいと、思っていてくれたんですか？」

どうしよう。心臓が、破れちゃいそうなくらいにドキドキしている……。

「それも、伝わってなかった？」

「私は九条さんにとって足かせとか、重荷でしかないんだろうなって、ずっと思ってたから」

「そんなこと思うはずないだろ。じじいに言われて彩梅に会いに行ったのは、最初だけだよ。俺が彩梅に会いたくて、会いに行ってたんだよ」

「だって、九条さんに相手にしてもらえるなんて、思ってなかったから……！」

震える声で訴える。

いつも私ばかりが好きで、辛かった。

すると、柔らかく笑う九条さんに抱き寄せられて、ふわっと九条さんの香りに包まれる。

「あのさ」

「はい」

「キスしていい？」

「え？」

次の瞬間、九条さんの唇が私の唇に……触れた。

「……っ!!」

そっと触れた唇は、ほんの一瞬のことなのに時間が止

まってしまったように長くて、甘くて優しくて。

　震える指先をぎゅっと握りしめる。

「好きだよ、彩梅。彩梅が思ってるよりずっと、俺は彩梅のことが好きだよ。出会った瞬間から、気持ち全部持ってかれてた」

　心臓は痛いくらいドキドキしていて、もう言葉なんて出てこない……。

　婚約破棄を受け入れたときの九条さんはすごく落ちついていて、婚約破棄が決まってホッとしているのかなって、ちょっとだけ思った。

　そう思ってしまうことが悲しかった。

　ずっと私だけが、好きだと思ってた。

「この先も彩梅と一緒にいるためには、まわりに振りまわされるような関係じゃダメだと思ったんだよ。家とは切り離して、彩梅とふたりの将来を真剣に考えたかった」

「せめて、教えてほしかった……」

「そしたらタガが外れて、理性なんて保てなくなってた。俺だってそんなに大人じゃない」

「九条さんと会えなくなって、すごく……辛かった！」

　涙目でじっと九条さんを見つめる。

　甘えているのが半分、拗ねているのが半分。

　もう二度と九条さんに会えないと思うと、夜も眠れなくなった。

　他の女の人と歩いている九条さんを想像すると、食事も喉を通らなくなった。

「何も知らない彩梅を、じじいたちに流されるような形で自分のものにすることに罪悪感があった。俺と離れて、それでも俺でいいのか考えてほしかった。彩梅に、自分で自分の人生を選んでほしかったんだよ」

「それでも私は、九条さんと離れたくなかった！」

　じわりと浮かぶ涙を必死にこらえる。

「あー、もう、そんな可愛いことばっかり言うなよ！」

「怒ってるんです！　どれだけ泣いたと、思ってるん……ですか！」

　ダメだ、決壊。

　涙こぼれて、止まらない。

「泣かせてごめんな。でも俺は、彩梅が可愛くてたまんない」

　そんなこと言うなんて、九条さん、ずるいよ……。

「彩梅のお父さんを説得するために、何度も彩梅のお父さんに会いに行った。けど、会ってはもらえなくて」

　そんなこと、お父さん、一言も言ってなかった……。

「婚約破棄が正式に決まったときに、彩梅のお父さんから言われたんだ。彩梅が高校を卒業したときに気持ちが変わってなければ、もう一度会いに来いって。ただし、それまでは完全に離れろ、その間は連絡も取るなって。だから会えなかった間、必死になって彩梅を迎えに行く準備をしてたんだよ」

　九条さんの手のひらが私の頬に触れて、ぎゅっと唇をかみしめる。

「彩梅の左手の薬指に赤いリボンを結んだのは、俺なりの

意志表示だった。いつか一緒になろうなって思いながら、リボンを結んだんだよ。でも、まあ……伝わらないよな」

苦笑いする九条さんを、まっすぐに見つめる。

「それなら、もう一度、結んでください」

「え?」

驚いた顔をしている九条さんに、手のひらに乗せた赤いリボンを差し出した。

「『いつか偶然どこかで会えたら、メシでも食いに行こうな』って、出会ったころに九条さんが言ってくれたから。いつか偶然どこかで会える日を、ずっと待ってました」

「彩梅、頼むから、そんな可愛いことばっかり言うな」

困ったように甘く笑う九条さんが、私の薬指に赤いリボンで蝶結びを作る。

じっとその指先を見つめていると。

「好きだよ、彩梅」

少しかすれた九条さんの声にゆっくりと顔を上げた瞬間、九条さんの唇が私の唇に置かれた。

九条さんの唇から伝わる甘い体温に、もう心臓がドキドキしすぎて苦しくて。

そっと唇を離すと、熱を帯びた九条さんの瞳に囚われる。

「彩梅と離れてる間、どこにいても、いつも彩梅の姿を探してた」

心臓の音がバクバクと全身に響いて、必死に気持ちを落ちつかせる。

「俺はさ、彩梅のことが可愛くてたまんないんだよ。すぐ

に顔を赤くする彩梅も、ムキになる彩梅も、ぐずる彩梅も可愛くてたまんない」

「……ムキになるとか、ぐずるとか、私、子どもじゃないです。っん！」

抗議する間もなく、また唇が重ねられた。

「ずっと彩梅に会いたかった」

何度も重ねられる九条さんの唇に、頭の中はもう真っ白。

涙のにじむ目で九条さんをじっと見上げて、気持ちをつむぐ。

「私は九条さんじゃなきゃ、嫌なんです。私は、九条さんの言うようにまだ広い世界は知らないかもしれない。これからたくさんの人に出会っていくんだと思う。でも、それを九条さんの隣で経験していきたい。もう離れて過ごすのは、嫌……」

「もう離さない」

九条さんの甘い唇が、頬にまぶたに降り注ぐ。

ぎゅっと九条さんにしがみついて、ドキドキしながら九条さんの唇を受け止める。

そっと九条さんに頭を撫でられて。

ううっ。

恥ずかしくて、顔を上げられない……。

すると、むぎゅっと九条さんの胸に顔を押しつけられた。

「彩梅、絶対に顔を上げるなよ」

「……？」

「俺だって、照れる」

　そんな九条さんに、笑いながら抱きついた。

　その夜、九条さんと一緒にお父さんのもとに向かった。

　ニコニコとご機嫌のお母さんに案内された応接間では、険しい顔をしたお父さんがムスッと座っている。

「やはり、あの見合いの席に、彩梅を連れていくべきじゃなかった」

　今さら？と突っ込みたくなる気持ちを抑えて、ブツブツ文句を言っているお父さんに、九条さんと並んで頭を下げた。

「ふたりの想いを尊重する。節度を持って交際すればいい。ただ、九条家と西園寺家を無視するわけにはいかない」

　そんなお父さんを前に、九条さんは堂々としたものだった。

「お互いにとって、九条家も、西園寺家も大切なものです。ただ、彩梅さんを好きになったのは、彩梅さんが西園寺家に生まれたからではありません。ひとりの女性として、彩梅さんとお付き合いさせていただきたいと、お願いに参りました」

　九条さん、カッコいい……。

　九条さんのその姿に惚れ直しつつ、九条さんの隣でお父さんに頭を下げた。

　事情を知ったおじいちゃんたちは、それはもう大喜びで、すぐに両家顔合わせの食事会が決まった。

　月明かりに白く照らされた梅の木の下で、九条さんと向

かい合う。

「でも、食事会って何をするんだろう？」

「要は、じーさんたちの酒盛りだろ？」

「……行きたくないな」

　酔っぱらったおじいちゃんたちと一緒に食事するなんて、気が重すぎる。

　また、勝手なことを言い出したらどうしよう。

「まあ、じじいたちの昔からの悲願だったらしいから。それに会食ひとつで、誰からも口出しされずに、堂々と彩梅と付き合っていけるなら、なんだってするよ」

「九条さん、前向きですね」

「あのさ、20歳過ぎた男が好きな女と一緒にいて、手つなぐだけで我慢しろとか、拷問に等しいからな。彩梅はもう少し、俺の理性と忍耐力に感謝したほうがいい」

　感謝の言葉の代わりに、九条さんのシャツにしがみつき、勇気を出して、そっと九条さんに唇を合わせた。

　くっ、心臓が飛び出しそう……。

「び、っくりした……」

　九条さんは、目を見開いて驚いている。

　ううっ、こ、これは恥ずかしいっ！

　真っ赤に染まっていく顔を両手で隠すと、九条さんが視線を尖らせる。

「……彩梅のくせに、生意気なんだよっ！　もう容赦しないからな！」

「ひゃあっ！」

　九条さんに捕獲されそうになって、するりと九条さんから逃げ出すと、笑った九条さんにぎゅっと抱きしめられて、そっと抱きしめ返す。

「九条さんが西園寺の家も大切だって言ってくれて、すごくうれしかったんです。西園寺の家に生まれたから、九条さんに出会えたのだと思うと、やっぱり私にとって西園寺家は大切だから」

「そういう彩梅が好きだよ」

「私はどんな九条さんも大好きです！」

　明るい月の光に照らされて、甘い九条さんと笑い合った。

何度生まれ変わっても

「九条千里です」

「西園寺彩梅です」

　ゆっくりと顔を上げると、九条さんの柔らかなまなざしに包まれる。

「よろしくお願いいたします」

　あの日、九条さんと出会った料亭で、改めて九条さんと向かい合う。

　簡単な食事会とはいえ、これからのお付き合いを正式に認めてもらう場になるのかと思うと、緊張で顔が強張る！

　ちらっと和装の九条さんを見て、ほうっとため息。

　なんて、素敵なんだろう……。

　着物も似合うなんて、ホント、九条さんはずるい。

「今後のことはふたりの意志に任せるとして、今日はふたりに見てもらいたいものがある」

　おじいちゃんが差し出したのは1枚の古い写真だった。

「写真に写っている女性は西園寺小梅さんだ。彩梅もよく知ってるだろう？」

　突然出てきたその名前にキョトンとしつつ、小さく頷く。

　独身を貫き、西園寺家にその一生を捧げた小梅さんには、10代のころに結婚を約束した人がいたという。

　その相手の人の名は、九条万里さん。

「もともと万里さんと小梅さんは年の離れた幼なじみで、

ふたりの想いを叶える形での縁談だったらしいの。でも、
万里さんは、結婚の直前に命を落としてしまって、ふたり
の想いが叶うことはなかったの」

　そう言って、お母さんが目を伏せた。

　小梅さんが独身だったのは、ずっとひとりの人を想って
いたからだったんだ……。

　セピア色の古い写真には、若いころの小梅さんと、どこ
となく九条さんと似ている男の人が映っている。

　その古い写真の裏に残された短い一文に、九条さんと並
んで視線を落とす。

『何度生まれ変わっても、ともにありましょう』

　達筆なその文字は、力強く、祈るように添えられている。

「小梅さんは亡くなるその日まで、その写真を胸元に入れ
て大切にされていたそうよ」

　じっとその写真を見入っていると、九条さんがぎゅっと
私の手を握った。

　会食を終えて、料亭の日本庭園を九条さんと並んで歩く。

　煌めく春の日差しが若葉を輝かせ、時折、名残の桜の花
びらがちらちらと舞う。

「やっぱり、彩梅は着物がよく似合うな」

「九条さんこそ、こんなに和装が似合うなんて、反則です」

「惚れ直した？」

「当たり前です」

　恥ずかしくて、まっすぐに九条さんの顔を見られないほ

どよく似合っている。

　こういうときの九条さんは本当にずるい。

　私ばっかりが、どんどん好きになっていく。

　太鼓橋にさしかかると、くるりと九条さんが振り向いて、意地悪な顔をして手を差し出した。

「転ぶ？」

「転びません！」

　ふたりで同時に吹き出した。

　九条さんの腕に手を添えて、太鼓橋の真ん中で足を止める。

「九条さんは生まれ変わりとか、信じますか？」

「どうだろうな。万里さんと小梅さんの話を聞くと、そうなのかなとも思うし。でも、俺はきっと世界のどこかにいる彩梅のことを見つけてたよ」

「私も、九条さんのことをきっと見つけていたと思います」

　見つめ合い、絡み合う視線は穏やかに春の光に溶けていく。

「でも、もし生まれ変われるなら、私はまた九条さんに会いたいです」

「俺も、また彩梅に会いに行くよ」

　九条さんと笑顔を交わすと、柔らかな風に包まれる。

「万里さんと小梅さんもこの日本庭園を一緒に散歩してたんだってな」

　この橋の上に佇む九条さんを、見つけたときのことを思い出す。

　運命だとしても、偶然だとしても、九条さんの隣にいられる奇跡（きせき）を大切にしたい。

　すると、いたずらに笑う九条さんが私の顔を覗き込む。

「あのさ、小梅さんもこの橋の上ですっ転んでたのかな？」

「へ？」

「それを万里さんが支えてたりして」

「ええっ!?　小梅さんはしっかりしてたと思いますよ？」

「そうだよな、こんなところで転ぶのなんて、彩梅くらいだよな」

　む、むう。

「けど、迷子にならずに俺のところに戻ってきてくれてよかった」

　甘く笑った九条さんの胸に抱き寄せられて、思わずぽつり。

「離れてる間、九条さんも少しは、その、私に会えなくて寂しいなって……、思ってくれましたか？」

　ドキドキしながら、聞いてみる。

「当たり前だろ。彩梅が変な奴に引っかかってないか、気が気じゃなかったよ」

「もし……もし万が一、私が他の人とお見合いして、その人と一緒にいたら……」

「彩梅のことを、奪いに行くつもりだった」

　真剣な声色で答えた九条さんにびっくりして顔を上げると、優しいキスが降り注ぐ。

「俺は彩梅ほど可愛い女を知らない。だから、来世（らいせ）でも来

来世でも絶対に彩梅のことを見つけに行くよ。って、どう
した？」

　九条さんの手のひらに頬を包まれて、もう顔が熱くてた
まらないっ。

「九条さん、あの、さすがに恥ずかしいです！」

「そうしないと、彩梅には伝わらないからな。察する、と
か苦手みたいだし、肝心なセリフを言ったときに限って、
耳が遠くなるし」

「耳、遠くなったりしませんよ!?」

「はあ。これまで何度、俺の本気の告白を聞き流されたこ
とか」

　ため息交じりの九条さんの顔を覗き込んで、宣言する。

「これからは察することができるように、頑張ります！」

「特訓する？」

「また、特訓ですか？」

「そう、本格的なやつ。もう怖がっても止めないからな？」

「はい！　お願いします！」

　笑って答えた瞬間、九条さんの唇に、続きの言葉をさら
われた。

　ぎゅぎゅっと優しく抱きしめられて、ついばむように唇
が落とされて。

「彩梅、全然足りない」

　ふぇっ!?

　九条さんの熱っぽい唇と甘い吐息が絡み合って、強引に
攻め立てられる。

「……っ!!　く、く、じょうさんっ!?」

「特訓するんだろ？　これくらいでへばってたら、これから大変だぞ？」

　ううっ……。

　卒倒寸前です……。

　九条さんから解放されて呼吸を整えていると、九条さんが首をかしげる。

「そういえば、彩梅のお姉さんって、このこと知ってる？」

「あ、そういえば最近忙しくて、全然連絡してなかった！」

「彩梅のお姉さん、このこと知ったらびっくりするだろうな。自分の許婚が、妹の婚約者になってるんだから。俺、殴られたりしてな」

　九条さんとくすくす笑い合うと、季節外れに咲いた梅の花がふたつ、太陽の光を柔らかく弾いた。

お試し同居!?

　スーツケースに荷物を詰め終えると、険しい顔をしたお父さんがやってきた。

「本当に九条くんと一緒に暮らすのか？」

「『花ヨメ修業として九条くんのマンションでしばらく一緒に生活したらどうか』っておじいちゃんが言ってる隣で、お父さん、頷いてたよね？」

「あれは、対策を講じていてだな……」

「もう決まったことだよ？」

　九条家に甘えることなく、結婚の準備を進めていた九条さんの男気とその手腕に、うちのおじいちゃんがすっかりと惚れ込んでしまって、夏休みの1週間、九条さんのマンションで花ヨメ修業として、一緒に暮らすことになった。

　お父さんとお母さんは、おじいちゃんの命令でアメリカに行くことになり、当然お父さんの機嫌は猛烈に悪い。

「視察なんて、若手に行かせればいいものを！」

「あら、真桜の顔だって見たいし、私は楽しみよ」

「だからって、どうして彩梅が九条くんと一緒に暮らさなきゃならないんだ！　もう子どもじゃないんだからひとりで留守番できるだろう!?」

「どうせそのうち結婚して、彩梅は九条さんに取られちゃうんだから、いい加減諦めたら？」

「ぐっ……」

無限ループ……。

何度、この会話を繰り返せば気が済むんだろう？

がっくりとお父さんが肩を落としたそのとき、玄関のチャイムが鳴って、お母さんが立ち上がる。

コロコロとスーツケースを転がして門まで行くと、九条さんが現れた。

夏の光に目を細める九条さんに、ぽーっと見惚れる。

半袖の九条さんも、やっぱりカッコよくて、キラキラとさわやかに眩しくて！

「それじゃ、九条さん、彩梅のことよろしくね。私たちは夜の便で出発するから」

すると、九条さんが家の奥を覗き込む。

「あの、彩梅さんのお父さんは？」

「いいのよ、いじけてるだけだから」

お父さん、いじけてるって言われちゃっている……。

「それでは、俺からまた改めてメールで連絡しておきます」

「ごめんなさいね、意地張ってて」

「彩梅さんの見合いが決まったとき、彩梅さんのお父さんがすぐに連絡くれたんです。他の奴と見合いが決まった、それでいいのかって。だから、彩梅さんのお父さんには感謝しかないです」

お母さんと笑顔で話している九条さんに、夏の日差しがキラキラ輝く。

助手席に座ると、ハンドルを握る九条さんに頭を下げた。

「どうした、彩梅？」

「お父さんが失礼な態度ばかりとって、本当にごめんなさい」

　挨拶もしないなんて、さすがに情けない。

「彩梅のことが可愛くて仕方ないんだろ」

「九条さんのほうが、うちのお父さんよりずっと大人ですね……」

「……あんまりそういうこと言うなよ」

　目をそらした九条さんを、じっと見つめる。

「照れるから……？」

「そうだよ！」

　照れている九条さんも、すごくカッコいいのにな。

　くすくす笑っていると、あっという間に九条さんのマンションに到着した。

「すごく、キレイ……」

　広いリビングルームの窓の外には、青い空がどこまでも広がっている。

「気に入った？」

「はい！」

　でも、1週間、ふたりきりで生活するなんて、ドキドキしちゃって本当は景色どころではなかったりする。

「えっと、荷物はこっちの部屋でいいですか？」

　九条さんが普段使っていない部屋に、荷物を置くと。

「あ、それ、子ども部屋」

「え？」

「いつか、子どもができたときのための子ども部屋。もし
彩梅が庭つきの家が欲しいなら、またそのときに考えれば
いいし。彩梅と俺の部屋はこっちだよ」

　そう言って、九条さんが自分の部屋を指さした。

　そこにはドーンと大きなベッドがあって……。

「い、一緒に寝るんですか？」

「そりゃそうだろ？」

　そ、そっか、花ヨメ修業っていうことは……そ、そうい
うことなんだ！

　今さらながら、かーっと顔が熱くなる。

　で、でも……。

　部屋の真ん中に立ち尽くして硬直していると、くしゃり
と頭が撫でられた。

「くくっ。冗談だよ。いつかの子ども部屋で用意したのは
ホントだけど、とりあえず今回はそっちの部屋で寝ろ」

「あ、あの」

「ドア開けておけば寝るまで話せるし。彩梅がまだお子様
だから、子ども部屋でちょうどいいだろ？」

　うっ……。

「次はこっちで寝てもらうけど」

　……っ！

「くくっ、顔、真っ赤だぞ。それから、そっちの部屋は書斎。
俺の仕事と、彩梅の勉強が一緒にできるように机がふたつ
並んでる。パソコンも自由に使っていいよ」

「一緒に勉強……？」

「ん、一緒に」

　わわっ！　うれしい！

　九条さんに勉強を教えてもらえて、すごくうれしかったことを思い出す。

　あのときは、ドキドキしちゃって、とても勉強どころじゃなかったけれど……！

　その後、ふたりでキッチンに並んで、夜ごはんの準備をはじめたものの、うろうろしている私の隣で九条さんがてきぱきと野菜を刻んでいく。

　すごい……。

　慣れた手つきでフライパンを扱い、調味料を加えていく九条さんをじっと見つめる。

「あの……」

「あ、彩梅、辛いの大丈夫だったよな？」

「は、はい」

「もうすぐできるから、彩梅は座ってていいよ」

　ダイニングチェアに座って、手際よく夕飯を仕上げていく九条さんをじーっと観察。

　うん、カッコいい。お料理ができる男の人って、すごい。

　……でもね。

「あの、これ、九条さんの花ヨメ修業みたいになってませんか？」

「ん、俺もちょっとそう思った」

　ううっ。

　お料理、本気で頑張ろう。

　これじゃあ、花ヨメ修業にならない。むしろ、ただのお荷物！

「九条さん、苦手なことってあるんですか？」

「あるよ。例えば……」

　無言になった九条さん。

　あ、ちょっと心の中が読めたかも。

「うちのお父さん……とか？」

「それ、答えにくいからやめろ」

　ふたりで顔を見合わせて、吹き出した。

　そのとき、スマホが鳴って手に取ると、ものすごく鋭く視線が突き刺さる。

　夏休みに入ってから、サークルのイベント関連のお誘いが多い。

　すると、隣にやってきた九条さんが目を光らせる。

「……友達？」

「大学のお友達です。水島アキラさんっていう」

「……アキラ？」

「女の子です！」

　女子大だし！

「あの、九条さん、もっと広い世界を見ろって、私に言いましたよね？」

「そうだったか？　彩梅、冷蔵庫からバター出して」

「はい……じゃなくて！　もっと広い世界を知っていろいろな人に出会えって言ってたのに。サークルも飲み会もダ

メって……！」

　最近の九条さんは、お父さんより厳しい気がする。

「うちの奥さんは危ないからなー。ぼけーっとしてて、『彼氏、いるの？』って聞かれて、『彼氏はいません』って答えそうだし。いるのは旦那だし、みたいな」

「そんなことないです！」

「とにかく、絶対に他の男に近づくなよ」

　九条さんがこんなに心配症だとは思わなかった。

　九条さんこそ、モテモテなのに！

「つうかさ、女子大なのに、なんであんなに男子が出入りしてんの？　男子禁制なんじゃねえの？」

　ど、どうしよう、もう我慢の限界。

　こんなに心配してくれるなんて、うれしすぎて頬っぺたが緩む。

「……どうした？」

「九条さんが心配してくれて、うれしいなーって！」

　すると、ふわりと唇に甘い違和感。

　……び、っくりした。

「今のは、彩梅が悪いよな？」

　頬っぺた、熱い……。

「やっぱり、さっさと入籍するか」

「大学卒業まで、待つんじゃなかったんですか？」

「もういいじゃん、九条彩梅で」

「ダ、ダメですよ」

「なんで？」

「恥ずかしいからです！」

　入籍して『九条彩梅』になったら、自分の名前を呼ばれるたびに、きっと赤面しちゃう……！

　もう少し、心の準備が必要です……。

「……あのさ、いつかは九条になってくれんだよな？」

「それは、はい、あの……ぜひ！」

「くくっ、ぜひってなんだよ」

　楽しそうに笑う九条さんに、ぎゅっと後ろから抱きしめられる。

「彩梅、好きだよ」

　耳元でささやく九条さんに必死で頷く。

　ドキドキしすぎて、心臓が壊れそうです……。

　しばらく、九条さんの胸の中に閉じ込められた。

　こ、こんな状態で1週間も一緒に暮らすなんて大丈夫かな……。

　その夜は別々の部屋で横になって、ドアを開けて夜中まで九条さんと話していた。

　修学旅行みたいで、ちょっと楽しい。

　翌日は、大学に用があるという九条さんを玄関でお見送り。

「いってらっしゃい！」

「ん、行ってくる」

　よく見る朝の光景……のはずなんだけど、こ、これは恥ずかしい！

ふたりで顔を真っ赤にして、立ち尽くす。

「……こ、これ、ものすごく照れますね」

「ヤバいな。予行練習って感じがものすごい」

「は、はい」

照れまくりながら九条さんを送り出して、広いリビングでひとりきり。

さて、どうしよう。

お料理はまだまだ九条さんのほうが上手だけど、片づけは嫌いじゃないし、頑張ろうっ。

洗濯して、掃除を終わらせると、玄関から物音がする。

まさか、九条さん!?

思っていたより早くてびっくり！

「ただいま」

「おかえりなさい。早かったですね！」

九条さんが出かけてから、まだ３時間！

「顔を出すだけでよかったから、彩梅に会いたくてすぐ帰ってきた」

次の瞬間、チュッと九条さんの唇が甘く跳ねる。

「……っ！」

「ただいま、奥さん」

「お、奥さん？」

「ちょっと言ってみたくなった」

九条さんはいたずらな顔をして笑っているけれど、もう、顔が熱くてたまらない！

すると、私を見た九条さんが首をかしげる。

「あのさ、彩梅、そういう服しか持ってきてないの？」

「え？」

「出かけるときに着てくような服。家でそんなの着てたら疲れない？」

「でも、パジャマと外出用の服しか、持ってきてなくて」

「ジャージとか、スウェットって持ってきてないの？」

「そういう服はお父さん嫌がるし、来客も多い家なのであんまり持ってなくて」

「そっか、お前、超お嬢様なんだよな……」

「でも、これで全然大丈夫ですよ？」

「じゃあさ、家にいるときは俺の服、着てたら」

「え？」

「パーカーとかトレーナー、クローゼットに入ってるから適当に使っていいよ」

　……九条さんのパーカー？

　かあっと顔が熱くなって下を向くと、九条さんの両手に頬っぺたをすくわれた。

「……あのさ、今の話のどこに沸点があんの？　顔、真っ赤だけど」

「想像したら恥ずかしくなって……」

「じゃ、想像じゃなくて実際に着てみたら？　くつろげないだろ、そんな服じゃ」

　言われるままに九条さんから、パーカーを借りたものの。

　やっぱり、こ、これは恥ずかしいっ。

　九条さんにくるまれているみたいで、倒れそう……！

「ん、いいじゃん。意外と似合う」

　ぶかぶかで、とても外出できる格好ではないけれど。

「俺のものって感じがして、ちょっとうれしい」

「……私はかなり恥ずかしいです」

「うん、そういう彩梅も猛烈に可愛い」

　しゅーっと頭から湯気が出そうになりながら、九条さんの両腕に包まれた。

　その日の夕方、コタロウくんの散歩に出かけた。

「久しぶりだね、コタロウくん！」

　大きく飛び跳ねるコタロウくんを両手で受け止める。

　おおっ、すごい勢い！

「コタロウも彩梅に会いたかったんだな」

「私も会いたかった！」

　潤んだ瞳でコタロウくんに見つめられて、たまらない。

　あー、もう、ホントにコタロウくんは可愛い！

　すると次の瞬間、九条さんの唇が私の頬っぺたに触れた。

「く、九条さんっ！」

「コタロウにやきもち。だって、彩梅は俺のヨメさんだし」

　ううっ……。

　最近の九条さんはやっぱりちょっと甘すぎます……！

　コタロウくんを挟んで河原に座って、九条さんと夕陽を眺める。

「夕陽がキレイですね」

「彩梅もすごくキレイだよ」

　もう勘弁してほしい……。

　コタロウくんを撫でる手を止めて、九条さんをちらり。

「あ、あの、く、九条さん、そんなこと言う人でしたっけ？」

「彩梅にははっきり伝えておくことにしたんだよ。彩梅の鈍感さは、かなりヤバいレベルだから」

「……私、鈍感ですか？」

「うん。でも、そんな彩梅も可愛いし」

　もうどんな顔したらいいか、わからないよっ……！

　ちらりと見上げると、九条さんの優しいまなざしに包まれて、じわりと涙が浮かぶ。

「九条さんとコタロウくんと一緒に過ごせるこの時間が、すごく楽しかったんです。でも、いつか九条さんと離れなきゃいけないって覚悟していたから。今、こうして九条さんの隣にいることができて……すごくうれしい」

「一緒にたくさんの思い出、作っていこうな」

　泣き笑いの顔で返事をすると、九条さんにくしゃりと頭を撫でられた。

　夜中、喉が渇いて目が覚めた。

　窓の外は真っ暗で、時計を見ると夜明けまでまだ時間がある。

　九条さんの寝室をこそっと覗くと、九条さんはぐっすりと眠っていて。

　ちょっとだけ、寝顔を見てもいいかな……？

　ドキドキしながら、そっと九条さんの眠っているベッド

に近づいて、しゃがみ込む。

　髪の毛はさらさらだし、まつげは長いし。

　キレイな寝顔だな。

　すっとした鼻筋に、薄く整った形の唇。

　眠っていても、涼やかな透明感が漂っている。

　わずかに開いた九条さんの唇に、その甘い感触を思い出して、ドキリ。

　こうして九条さんと一緒に過ごせるなんて、夢みたい。

　九条さんの寝顔なら、ずっと見てられる……。

　ふわあ……。

　静かな夜更けに、九条さんの寝息が心地よく響いて、あくびがこぼれた。

「う、うわあっ!!」

　……ん？

「な、なんで彩梅が!?」

　……あれ、九条さんの声？

　……んん……夢？

「……彩梅？」

　どこか遠くで響く、九条さんの甘い声。

　九条さんはいつもあったかくて、すごく優しい。

　それに、いい匂いがする……。

　ぎゅっと、しがみつくと、こうしてトントンと背中を叩いてくれて、頭を撫でてくれる。

　夢の中でも優しいな……。

　幸せだな……。

　ぎゅぎゅっと九条さんに抱きついて、ホッとする。

　夢の中なら、たくさん甘えても、きっと大丈夫……。

「……彩梅、そろそろ起きないか？」

「……ん？」

　まだ、夢、見ているのかな？

　うっすらと目を開けば、すぐ目の前に九条さんの……顔？

　……なぜ？

「おはよ、彩梅」

　ぼーっとしていると、甘い笑顔と一緒に、甘いキスが降ってきた。

　こ、これは……夢……じゃない！

「……ひ、ひやあっ！　ど、ど、どうして!?」

「それ、俺のセリフ。朝起きたら、隣に彩梅が寝てたっていう」

「……び、び、びっくりした！」

「うん、俺がな」

「あ、あ、あ、あ」

　まさか、九条さんの腕の中で目を覚ますなんて！

　でも……どうして？

　すると、九条さんが肩を震わせながら笑っている。

「……く、九条さん？」

「いや、相変わらずだなと思って。で、彩梅はなんでここで寝てんの？」

「あ……夜中に目が覚めちゃって、ちょっとだけ九条さんの寝顔を見たいなと思って、こっそり見てたら……そのまま寝ちゃった、みたいです」

こ、これは笑われても、仕方ない……。

情けないし、恥ずかしい……。

がっくりと、うなだれたところで九条さんの両手にくるまれた。

「彩梅、今日は学校行くって言ってたよな？」

「はい」

「残念。学校がなかったら、このままイチャイチャできたのにな」

九条さんの胸に顔を押しつけられて、ぎゅぎゅっと抱きしめられた。

「ぎりぎりまで、こうしてる？」

九条さんを見上げて頷くと、九条さんが私の頬に、唇に、額に、首筋にいくつものキスを落とす。

くすぐったくて体をよじって逃げていると、両腕でさらにぎゅっと抱きしめられる。

「彩梅、ヤバい。幸せすぎて怖い」

返事をする代わりに九条さんに、しがみつく。

くすぐったくて、うれしくて、朝日を浴びながら、時間ぎりぎりまで九条さんとじゃれていた。

俺の彼女はとにかく可愛い

【九条side】

「はあ」

「なんだよ、幸せのため息かよ」

　大学近くのカフェで、レポートをまとめている琉人が顔をしかめる。

「そんなとこ」

「怖えよ、マジで。お前、誰だよ、ホントに」

　俺のＴシャツだけを着て、朝メシを用意している彩梅を思い出して目を伏せる。

『ふたりきりなんだから、それでいいじゃん』

　まさか、あの一言を彩梅が本気にするとは思わなかった。

　普段、あんなに丈が短い服なんて絶対に着ない彩梅が、下着の上に俺のＴシャツだけを着て部屋を歩きまわっていて……直視できなかった。

「千里、顔、赤いぞ」

「いや、無邪気って怖えな。無邪気で無自覚って、理性なんて一瞬で木っ端みじんにされるからな」

「ふーん？　いつもの惚気？　で、なんで最近シェアスペース来ねえの？」

「あー……」

　普段は琉人と一緒にシェアスペースを使って仕事をしているものの、彩梅がマンションに来てからは、ほとんどの

仕事を家でこなしている。

「なんで？」

「……なんでだろうな」

「今さら隠すなよ、彩梅ちゃんがいるからだろ」

「そうとも言う」

「可愛くて仕方ないんだな」

「まあな。たまにコタロウに似てるなって、思うときはあるけど」

　玄関を開けると駆け寄ってくる彩梅を思い出して、吹き出した。

「ただいま」

「おかえりなさいっ！」

　扉を開けると、パタパタと彩梅の足音が響く。

　彩梅を片手で抱き寄せて軽くキスを落とすと、彩梅の頬っぺたがほんのりと赤くなる。

　するとふわりとシャンプーの香りがして、どくんと心臓がなる。

　なんていうか、すさまじい勢いで予想していなかった支配欲が満たされていく。

　好きな女が自分のTシャツ着て、普段見せない生足を俺だけに見せて、自分と同じシャンプーの香りがするとか、ちょっとヤバすぎる。

　仕事が一段落してパソコンから顔を上げると、隣に座って本を読んでいる彩梅の左手が、俺の服の裾をつかんでい

る。

　たぶん、彩梅は無意識。

　家で仕事をしていると、気がつけば隣に彩梅が座っているようになった。目が合うと照れたように笑って、手元の本に視線を戻す彩梅。

　背中にこつんと彩梅の額がぶつかったので、振り向くと。

「ちょっとだけ、充電です」

　はにかんで笑う彩梅に、理性が崩壊しかける。

　気がつけば、背中に寄りかかって甘えてきたり、肩にもたれてきたり。彩梅が近くにいると、甘いバニラみたいな香りに包まれる。

　頭を撫でると、目をつむって幸せそうに笑う彩梅は、やっぱり、ちょっとだけコタロウに似ている気がする。

　じゃれてくる彩梅が可愛すぎて、気がつけば書斎じゃなくてソファで仕事をするようになった。

「あー、疲れた」

　一区切りついたところで、大きく伸びをする。

「何か、飲みますか？」

　立ち上がった彩梅の腕を引っ張り、隣に座らせる。

「ちょっと休ませて」

　そう言って彩梅の膝に頭を置いた。

　軽い気持ちで膝枕と思ったものの、彩梅からものすごい緊張が伝わってきて、こっちまでなんだか変な気分になってくる。

　すると彩梅の指先が前髪に触れて目を閉じる。

「ずっと、こうしていられたら、いいですね」

「……だな」

　夫婦として彩梅と暮らせるようになるまで、あと何年かかるんだろう。

　少なくとも、彩梅の大学卒業を待って、自分の仕事を軌道に乗せつつ、親父の会社に正式に入社して……。

「早く一緒に、暮らしたいな」

「私はいくらでも待てますよ？」

「ごめんな、俺が待てない」

　くすくすと笑う彩梅は、その意味には当然気がついていない。

　手を伸ばし、彩梅の顔を自分に引き寄せる。

　すると、唇を離した彩梅がぽつり。

「今夜は、九条さんと一緒に寝てもいいですか？」

「は？」

「せっかく一緒にいるのに、別々に寝るのは寂しい」

　そんな顔で甘えてくるな。

「あんまり安心すんなよ、俺だって男なんだから」

「でも、その、いつかは……」

　はい、その上目づかい、反則。殺す気か、ホントに。

「彩梅のこと、大切にしたいんだよ」

「いっぱい、大切にしてもらってますよ？」

「怖がらせたくないし」

「九条さんのこと、怖いなんて思いません」

　マジでその顔、やめろ。可愛すぎて、頭がおかしくなる

から。

　夜になり、俺の寝室に転がり込んできた彩梅を引き寄せて、その額に唇を落とす。

「おやすみ、彩梅。自分の部屋で寝ろ」

「え？」

「俺があっちの部屋で寝てもいいし」

「別々、ですか？」

　そんなしょんぼりした顔してもダメだから。

「俺も男だから。そんなカッコしてる彩梅と一緒にいて、手を出さない自信が正直ない」

　風呂上がりの彩梅は、俺のだぼだぼのパーカー1枚しか着ていない。

「私は、九条さんと一緒にいたいです」

　目を潤ませて、そんなこと言うなっつうの。

「ダメ、ですか？」

　じっと彩梅と見つめ合って、はい降参。

　頬を膨らませて意地になっている彩梅に、勝てるはずがない。

「……いいよ、おいで」

　ふにゃっと笑って、うれしそうにベッドに入ってきた彩梅を両腕で包む。

　こうなると、彩梅の甘い香りにぶっ飛びそうになる理性を保つのに精一杯。

　ホント、勘弁してくれ……。

「……今日からここで一緒に眠ってもいいですか？」

「いいけど、知らないよ？」

「特訓しますっ。そのための花ヨメ修業なので！」

　はあ。

　天然爆弾め！

「いい子にしてろよ？」

「はいっ」

　無邪気に笑った彩梅を引き寄せて、彩梅のわがままな口をいつもより長く、甘く、深くふさいだ。

　すると、しばらく真っ赤な顔して俺の胸に顔をうずめていた彩梅が、ちょこんと顔を出す。

　大きな瞳を潤ませ、甘えた顔で何を言うのかと思えば。

「九条さん、大好きです」

　これ、俺の理性がぶっ飛ぶのも時間の問題だよな……。

　かわいすぎるだろ。

「彩梅、頼むからもう少し手加減してくれ」

「え？」

　無邪気に笑って、俺の心臓をひねり潰すな。

「つまり、俺の未来の奥さんが可愛すぎて困るってこと」

　余裕のない自分を見られたくなくて、はにかむ彩梅にキスの雨を降らせる。

　きっと、彩梅には一生かなわないんだろうな。

☆
☆ ☆
☆ ☆

書籍限定番外編

甘くてキケンなふたりきり

　私の20歳の誕生日に九条さんと婚約して、一緒に暮らしはじめた。あれからもう3か月。
　あっという間の3か月だった。

「おはよ、彩梅」
　布団（ふとん）の中で丸くなっていると、ぎゅぎゅっと九条さんの両腕にくるまれる。
「……ん」
「彩梅、起きられる？」
「起き……れ……な、い」
　ううっ、眩しい……。
　差し込む朝日に、ぎゅっと目をつむる。
「じゃ、もう1回する？」
「……ん？……ね、むい」
　まぶたが重たくて、目が開かない……。
　うとうととまぶたを閉じると、九条さんの重みを感じて。
　起きなきゃ、いけないんだけど……。
　なんだかだるいし、頭はぼーっとするし。
　すると、首筋に顔をうずめた九条さんが何やら怪しげに動き……。
「彩梅、起きないならこのまま続けるけどいいの？」
「んん……続ける……って？　うわわわわっ！　く、九条

さん！　な、何をしてるんですか!?」
「彩梅が起きないから、昨日の続きをしてるとこ？」
　九条さんの手のひらが、つつつっと背中を伝う。
「お、起きた、起きましたっ！　目が覚めた！　……だから……きゃあああっ！」
　がばりと起き上がった瞬間、気がついた。
　私、何も着てない！
「今さら照れなくても。朝ごはん、できてるよ」
「ううっ」
「とりあえずシャワー浴びておいで」
　甘いキスをひとつ落として立ち上がった九条さんを、ぼんやり見つめる。
　九条さんは恥ずかしくないのかな……。
　するとキッチンから響く九条さんの声。
「彩梅、着替えるの、手伝ってやろうか？」
「だ、大丈夫ですっ！」
　慌てて布団をひっくり返して、パジャマを探す。
　この前なんてワンピースの背中のボタンを留めてもらうはずが、気がついたらすべて脱がされていて、さらに押し倒されていて……！
　うっ、思い出すだけで、顔が熱くなる。
「メシ、用意してるからゆっくり支度しておいで」
「は、はい」
　と、返事をしたものの。
　……あれ？

　私の、パジャマはどこだろう？

　着ていたものが、何ひとつ見当たらない……。

　こそこそとリビングへ顔を出すと、九条さんがぽかんと口を開けている。

「……彩梅、そのカッコは？」

「ご、ごめんなさい」

　恥ずかしくて、必死に九条さんのトレーナーの裾を引っ張るけれど。

　逃げるようにシャワー室へと向かったところで、後ろからがっつりと九条さんに捕獲された。

「あのさ、トレーナーの下、何も着てないよな？　誘ってんの？」

「さ、誘ってません！　私の、その、着てたものが、どこにも見当たらなくて」

　泣きそうになりながら呟いた。

　手に届くところにあったのは、九条さんが脱ぎ捨てたトレーナーだけ。シーツにくるまってリビングを走り抜けるわけにもいかなくて。

　九条さんの目を盗んで、さっとバスルームに駆け込んで、ごまかすつもりだったのに！

「あー、彩梅のパジャマか。布団にからまってんのかな。つうかさ、ごめん。先に謝っておく。ちょっと無理だろ、これ」

「無理って……？」

「理性なんて、とっくに木っ端みじんに弾け飛んでんだよ。

どんだけ我慢してきたと思ってんだよ。ほら、寝室に戻る
ぞ。メシはあとで。今日は1日予定ないし」

「え？　で、でもシャワーを浴びようかと……」

「それもあとでいい。どうせ汗かくんだし」

「え、え、ええぇ〜〜〜〜〜!?」

　ガシッと九条さんに捕獲されて、そのまま寝室まで強制
連行されました……。

　うとうとしていると、九条さんの手のひらが頭を撫でる。

「彩梅、結婚式どうしたい？」

「……結婚式、ですか？」

「ブライダルフェア行ってみるか？　ウエディングドレス
とか見たいだろ？」

「ウエディングドレス……！」

　ぱちりと目が覚めた。

「結婚するのは卒業を待ってからになるけど、先に見てお
いたほうがいいだろ？　でも、彩梅は白無垢も似合いそう
だよな」

「白無垢……あの、真っ白な着物ですか？」

「そう」

「うわあ、着てみたい！」

　何より、紋付き袴を着た九条さんを見てみたい！

「けど、今週末はたしか仕事関係のレセプションパーティ
があるんだよな」

「レセプションパーティ？」

　なんだか華やかな響き。

「ん、実業家とか起業家ばっかりが集まるやつ。公式なパーティだと夫婦で出席しなくちゃならないことも多いから、練習だと思って彩梅も一緒に行くか？」

「で、でも、私、そんな場所行ったことなくて」

「俺が彩梅に似合うドレスを選ぶよ」

　九条さんは楽しそうに笑っているけど、そんな場所にドレスを着て九条さんと出席するなんて……ハードルが高すぎるっ！

「九条さんはお出かけ用のスーツを着るんですか？」

「俺のスーツ姿なんてもう見飽きただろ？」

「絶対に見飽きたりしませんっ。九条さんのスーツ姿は、毎日見ててもドキドキしちゃって大変なんですから！　九条さんは、何を着てもカッコいいから、どれだけ一緒にいても全然慣れなくて、ちょっと触られるだけで心臓がバクバクしちゃって、いつになったら私……」

　って、私はいったい何を語っているんだろう？

「あのさ、そんな可愛いこと言ってると、メシ、食えなくなるけどいいの？」

「え？」

　言いながら、素肌に顔をうずめる九条さん。

「九条さん、もう、ダメ！　もう終わり！」

「嘘だよ。メシにしよう。それとも、もう少しだけ寝てる？」

「も、もう起きます、起きられます」

「じゃ、メシ、用意してるからシャワー浴びておいで。そ

れとも、ここで食うか？　起きるの辛いだろ？」

「だ、大丈夫です。シャワー浴びてきますっ」

　甘いキスを全身に落とされて、しびれる体をゆっくりと起こす。

「ごめんな、さすがに無理させすぎたよな」

　柔らかく笑う九条さんに、ふるふると頭を振る。

「しんどかったら、俺が抱き上げてリビングルームまで連れてくけど？」

「だ、大丈夫ですっ！」

　今の九条さんならやりかねない！

　キッチンで食事の支度をはじめた九条さんを追いかけようと立ち上がったところで、九条さんのスマホが光る。

　何気なく視線を落として、目に飛び込んできたのは。

【千里、いつ会える？　連絡待ってる。エリカ】

　『エリカ』？

　エリカって、誰だろう……？

「彩梅、考え事？」

　シャワーを浴び終えて、ダイニングチェアに座ったところで九条さんに顔を覗き込まれた。

「あの、エリ、エリ……」

「えり？」

「いえ、あの、九条さんのえり……え、えり足、素敵だなーって」

　すると、怪訝な顔をした九条さんに、両手で頬っぺたを

すくわれた。

「どうした、彩梅？」

「あの、えっと、お腹がすきましたっ！」

「だよな。もう昼になるしな」

　九条さんにだって、女友達のひとりやふたりはいるだろうし。

　親戚の人かもしれないし。

　でも……エリカさんなんて、聞いたことないけど。

　ちょっとだけモヤモヤしながら、九条さんの用意してくれたサンドイッチをぱくり。

「んー……おいしいっ！」

　プロ顔負けの九条さんの絶品サンドイッチ。

「お前、本当にうまそうに食うよな」

　目を細める九条さんに、サンドイッチを頬張りながら大きく頷く。

「こんなにおいしいサンドイッチ、絶対に他では食べられません！」

「サンドイッチなんて誰にでも作れるよ。けど、さすがに腹ペコペコだよな」

「そ、それは九条さんが……」

　ごにょごにょごにょ……。

「ん、そうだな、俺が悪いよな」

　そう言ってキレイに笑う九条さんは、全然、悪いと思っていませんね？

　……でも、エリカさんって、誰なんだろう。

やっぱり気になる……。

「どうした?」

「な、なんでもないです!　おいしすぎて、ぼーっとしちゃって」

「油断してると、抱き潰すよ?」

「も、もう、さすがに……限界です……」

明日、学校行けなくなっちゃう……。

「冗談だよ。お前の反応が可愛すぎて、ついつい」

さわやかに笑っているけど、九条さんが半分本気で言っていることを知ってます!

ちらりと九条さんを見ると、頬っぺたを緩めて甘ーく笑っていて。

くう。

一緒に暮らしていても、やっぱりドキドキしちゃうよ。

午後から仕事が入った九条さんに代わって食器を洗っていると、スーツに着替えた九条さんがやってきた。

「彩梅」

「わわっ!」

後ろから、ぎゅうっと九条さんに抱きつかれる。

「今日、寒いよな」

「九条さん、寒がりですよね?」

「ん、彩梅、あったかい」

「そんなにくっついたら、スーツが濡れちゃいますよ?」

「……今日は仕事を休んで、彩梅とこうしてる」

「ダメです!」

「じゃ、すぐ帰ってくる……」

「すぐ帰ってきちゃダメです! ちゃんとお仕事してください!」

「……行きたくねえな」

「待ってますから!」

「ん」

　でも、甘える九条さんも大型犬みたいでちょっとだけ可愛い。

　食器を洗い終えると、支度を終えた九条さんを玄関でお見送り。

「行ってくるな」

「はい! いってらっしゃい!」

　九条さんのネクタイを直していると、チュッと頬っぺたに触れる九条さんの唇。

　うん、顔、熱い。

　九条さんは楽しそうにしているけど、恥ずかしくてたまらない。

　そういえば九条さん、『エリカ』さんからのメッセージに返事を送ったのかな。

　やっぱり、気になる……。

「彩梅、どうした?」

「え?……あっ!」

　無意識のうちに、九条さんのスーツの裾を握っていた。

「わわっ、ごめんなさいっ」

「彩梅？」

　じっと瞳を覗き込まれてハッとする。

「な、なんでもないです！　いってらっしゃい！」

「ん、いい子にしてろよ」

　頭を撫でられて、笑顔を返した。

　大学で講義を受けながら、ぼんやりと九条さんのことを考える。

　昨日は九条さんの帰りが遅くて、結局エリカさんのことは聞けなかった。

　九条さんは、大学院を卒業してからますます忙しそうにしている。だから、仕事関係の人かもしれないし。

　昔のお友達かもしれないし。昔の……。

　ふるふるふる。

　余計なことを考えるのはやめよう。

　お昼休みにカフェテリアに行くと、花江ちゃんと真希ちゃんが手を振っている。

「彩梅、こっち、こっち！」

「昨日、萌花がバイト先に遊びに来てね、彩梅に会いたがってたよっ」

「うわあっ、萌花ちゃん！　会いたいなっ」

　ざわざわと賑やかなカフェテリアで、丸いテーブルを囲んで座る。

「なんだか今日は、いつも以上に賑やかだね？」

「ね、どうしたんだろうね？」

　すると、花江ちゃんが私のトレイを見て目をぱちくりさせる。

「あれ、彩梅、サラダだけ？」

「う、うん」

「もしや、ダイエットとかしちゃってるの？」

「ウエディングドレスに備えて、とか言ったらグーで殴るから」

「そうだよ、私なんて彼氏すらできないんだから！」

　眉を寄せる真希ちゃんに、苦笑い。

「結婚はまだまだ先の話だから」

「婚約して一緒に暮らしてるなら、もう結婚してるようなものでしょ！」

「あー、もう、羨ましい！」

　そう言って明るく笑う花江ちゃんと真希ちゃんに、思わず本音をぽつり。

「ホント、早く結婚したい……」

　だって、九条さんが私と婚約してくれたなんて、奇跡みたいなこと。

　何より婚約は、破棄されたらそれで終わりだってことを、痛いほど知っている。

　やっぱりあのメッセージが気になって、落ちつかないよ。

　結婚したら、こんなに不安になることもないのかな。

　もし、今ごろ、九条さんが『エリカ』さんに会ってたらどうしよう……！

「ちょっ！　彩梅！」

　ん？

「彩梅！」

　バシバシと真希ちゃんに叩かれて顔を上げると。

「昼メシ、サラダだけ？」

「……ほえ？」

　そこにいるのは、スーツ姿の九条さん。

　ま、まさか、九条さんのことを考えすぎて、幻が？

「彩梅、驚きすぎだろ！」

　楽しそうに九条さんは笑っているけど。

　ほ、本物っ!?

「ど、ど、どうしてこんなところに!?　だ、だ、だって、こ、ここ、私の大学で……！」

「世話になった教授がここで教えてて、臨時講師を頼まれたんだよ。で、さっきまでその人と一緒に昼メシ食ってたら、彩梅を見つけた」

「そ、そんなこと、一言も言ってなかったのにっ！」

「彩梅のこと、驚かせようと思ったんだよ」

　甘く笑った九条さんに、ざわりとカフェテリアが賑やかになる。

　うわっ、九条さん、カフェテリアにいる人たちの全視線を集めているっ！

　も、もしや、さっきから、カフェテリアが騒がしかったのは九条さんのせい!?

　こんなところでも、注目を浴びているなんて！

「それにしても、女ばっかりだな」

「じょ、女子大なので」

　突然の九条さんに慌てふためいていると、真希ちゃんたちがぺこりと頭を下げる。

「ご無沙汰してます」

「ここ、座ってくださいっ」

　真希ちゃんが差し出したイスに、九条さんが座ったものの、びっくりしすぎて、心臓が破裂する……。

「で、なんで彩梅はサラダだけなの？」

「あ、あの、ちょっと、食欲がなくて」

　そのとき、数人の先輩が近づいてきて九条さんを取り囲む。

「あの、九条先生、ちょっといいですか？」

　……九条先生!?

「さきほどの講義、ものすごく勉強になりました！」

「それで、私たちも起業すること考えていて」

「いろいろ相談させていただきたくて」

「連絡先を教えてもらっていいですか？」

　……ダメです。ごめんなさい。

　こっそりと、心の中で即答したものの。

　九条さんを囲んでいる先輩たちは、みんな頬っぺたを赤くして、九条さんをキラキラした目で見つめている。

　ううっ、連絡先、交換しちゃうのかな。

　九条さんが、先輩たちと仲良くなっちゃったらどうしよう。

　でも、こんなこと考えちゃう私は心が狭すぎるのかも。

　サラダをつつきながら、ぐるぐる悩んでいると。

「ああ、悪い。そういうのは、うちの奥さんに聞いて」

「……うちの、奥さん？」

「そ、俺の奥さんの彩梅」

　ぽんぽんと、九条さんに頭を撫でられて、びくっ。

　唖然としている先輩たちに、体を縮める。

　九条さんと、釣り合っていなくてごめんなさい……！

「あのさ、本気で起業を考えてるなら俺じゃなくて教授に聞くといいよ。俺も何度も相談に乗ってもらったから」

　さわやかに答える九条さんに、先輩たちが頭を下げて去っていくと。

「……カッコいい」

　花江ちゃんがぽつり。うん、私もそう思う。

　私も九条さんの授業、聞いてみたかった。

　でも……。

「九条さん、よく連絡先とか聞かれるんですか？」

　真希ちゃんの質問に、ドキリ。

「聞かれても教えないけどな。仕事上必要なときには、会社の名刺を渡すし」

　よ、よかった……！

　ホッとして、全身から力が抜けていく。

　でも、私って、なんて余裕のない婚約者なんだろうっ！

「で、うちの彩梅は最近、どう？」

　にっこりと笑った九条さんは、何度か家に遊びに来たこ

とのある花江ちゃんと真希ちゃんとすっかり仲良くなって
いて。

「相変わらず彩梅はモテモテですよ。よく誘われてるし」

　ふえっ!?

「さ、誘われてないよっ!?」

「この前なんて、婚約者がいるんですって彩梅が断ってる
のに、『それなら結婚は俺として』って。あの人結構、し
つこかったよね?」

「そうそう、学校帰りに彩梅のこと待ち伏せてたし」

「へえ……そうなんだ」

　ちらりと九条さんに睨まれて、びくり。

　そ、そんなこと、あったかな?

「もしかして、九条さん、彩梅の身辺調査のためにうちの
大学に?」

「正解。うちの奥さん、ぼけーっとしてて危なっかしいか
らさ」

「あ、それ、ちょっとわかります!『結婚は俺として』っ
て言われたときも、彩梅ったら『私は九条さんと結婚した
いんです』って笑顔で答えてたよね」

「そうそう。それで、余計に惚れられてた」

「ふーん、そうなんだ。他には?」

　ニコニコ笑っている九条さんが、ちょっと怖いのは気の
せいでしょうか……?

「そういえば、この前、彩梅ったら道に迷っちゃって、道
案内してくれた人に気に入られちゃって大変だったよね」

「あの人、お店までついてきたもんね」

「それなのに、彩梅は『もう大丈夫ですよ』って、全然気づいてないし」

　すると、深ーいため息をついた九条さん。

　そんな九条さんに、花江ちゃんと真希ちゃんは同情のまなざしで。

「九条さんも大変ですね」

「気が休まらないですよね」

「だろ？　彩梅は相変わらずだし。やっぱりリードでつないでおかないとダメかもな」

　リ、リード!?

「九条さん、じょ、冗談ですよね？」

　おそるおそる尋ねると、九条さんは意味深に笑っていて。

　……ま、まさか婚約者から愛犬に逆戻り!?

「とりあえず、おしおきな」

　私の耳元でそう言ってキレイに笑った九条さんに、ひやり。

　ううっ、今夜は眠らせてもらえないかも……。

　翌日から仕事が立て込んで、九条さんはバタバタと忙しそうにしていて、すぐにレセプションパーティのある週末がやってきた。

　ウォークインクローゼットで、スーツに着替えた九条さんがネクタイを選んでいる。

　光沢のある細見のスーツを着た九条さんは、ネクタイを

結ぶ手つきもなんだか色っぽくて。見ているだけでキュン
キュン胸が弾む。

「彩梅、また俺の観察してんの？　よく飽きないよな。そ
れより彩梅もこっち来て、俺にも見せて」

「あ、あの、えっと、ちょっと」

　こ、このドレスには大きな問題が……！

「く、九条さん、あの、このドレスはちょっと私には早す
ぎるような……」

　九条さんが選んでくれたワンショルダーのワンピース
は、肩や背中が大胆（だいたん）に開いていて。

　こ、これは、少し、肌を見せすぎです！

　おずおずと九条さんの前に姿を見せると、大きく目を見
開いた九条さん。

「彩梅、ヤバい……」

「そ、そうですよねっ。私もそう思います！　すぐに着替
えてきます〜〜っ」

　こんなに大人っぽいドレス、とてもじゃないけど私には
着こなせないっ！

　たしかシンプルなワンピースを持っていたはず！

　クローゼットの中をガサゴソと探していると、九条さん
にぐいっと手首をつかまれて胸の中に閉じ込められた。

「彩梅がキレイすぎてヤバいんだよ。そろそろ気づけ。そ
れにしても、着物でもいいかなと思ったけど、ドレスにし
てよかった」

「こ、これで大丈夫、ですか？」

「ん、最高」

「……って、どうして脱がしてるんですか？」

「ん？」

「ん、じゃなくて！」

　私の肩に唇を落として、するりとドレスを脱がせている九条さんに全力で抵抗！

　滑り落ちそうになっているドレスを必死に胸の前で抱えるけれど。

「彩梅がキレイすぎるのが悪い」

「何を言ってるんですか!!」

「つうか、行きたくなくなった」

「え？」

「カクテルドレス、ヤバい」

「く、九条さんっ！　本当にダメ！　ダメですっ！　時間！　時間がなくなっちゃう！」

　首筋に唇を滑らせている九条さんを、全力で制止する。

「痕、ついちゃうし、ダメっ！」

「痕、つけてるんだよ」

　ひょえっ!!

「もうっ！　本当に遅刻しちゃうっ」

「……今日は彩梅とこのまま家にいる」

　わがまま!?

「ダメですっ！」

　困りきっていると、甘い笑顔を浮かべた九条さんにチュッと唇をふさがれた。

「それなら、俺をもうちょっと満足させろよ？」
「ふえ？　ええええっ!?」

　タクシーに乗ると、九条さんが澄ました顔で私の顔を覗き込み、首をかしげる。
「彩梅、顔、赤いけどどうした？」
「だ、誰のせいだと思ってるんですか！　九条さんがあんな、あ、あんなことしてくるから……！」
「帰ったら、もっとすごいことするけどな」
　そんなこと、さわやかな顔して言わないでください！

　なんとか、気持ちを立て直してホテルに到着。
　パーティ会場には、壁に沿って色鮮やかな料理が並べられていて、トレイの上にはキラキラ輝くシャンパングラス。
　会場を訪れる人々も華やかなオーラをまとっていて、まるで別世界。
「経営者ばかりの集まりって、なんつうか、派手だよな」
　肩をすくめた九条さんが、慣れた様子で会場をぐるりと見まわしているけれど。
　一番目立っているのは九条さんですよ……？
　九条さんは会場にいる女の人の視線を一斉に集めていて、いつものことだけど、九条さんの隣にいるのはちょっとだけ居心地が悪い。
　すると、パッとスマホを取り出した九条さんが、顔をしかめる。

「ごめんな、彩梅。仕事の電話が入ったからこの辺で待ってて。すぐ戻る」

　会場の隅でぼんやりと九条さんを待っていると、高い笑い声が響く。

　華やかな笑顔を振りまいているのは背の高い女の人。たくさんの外国人に囲まれていて、聞こえてくる会話は英語だったりフランス語だったり。

　青いドレスから覗く足は、すらりと長くて美脚（びきゃく）！

　……素敵な人だなあ。

　その華やかな雰囲気に目を奪われていると。

「よろしければ、いかがですか？」

　スーツを着た見知らぬ男の人が、シャンパングラスを差し出してきた。

「あ、あの、お酒は……」

　そう答えた瞬間。

「ありがとうございます。いただきます」

　目の前に仁王立ち（におうだ）した九条さんがそのシャンパングラスを受け取って、一気に飲み干す。

「ご無沙汰しております。渡辺社長（わたなべ）」

　さわやかな笑顔を張りつけながらも、濃いめの殺気を漂わせている九条さん。

　うん、怖い。

「九条さん、お久しぶりです。こちらの女性は、九条さんのお知り合いでしたか？」

「妻の彩梅です」

　妻!!

　びっくりして肩を抱く九条さんを見上げると、ゆったりと微笑む九条さん。

「入籍したら、もうお前は西園寺じゃなくなるんだよ。九条になるんだろ」

　そ、そっか!

「西園寺……ということは、まさか、あの西園寺さんのところのお嬢さんですか?」

「はい、今はまだ彼女が学生ですので婚約者という立場ですが」

　にこりと笑った九条さんの瞳は、なんだか苛立っていて。

　うん、とっても怖い。ものすごーく怖い。

「これは、大変失礼しました。いや、でも残念だな、西園寺社長にこんなキレイなお嬢さんがいらしたなんて。西園寺社長、一言も言ってなかったのに」

「義父は彼女のことをとても可愛がっておりまして」

「なるほど。それでは、もし九条くんと破談になったら、ぜひ次は僕に立候補させてくださいね?」

　ぐぐっと顔を寄せられて、慌てて一歩後ずさる。

「いえ、あ、あの……」

　強引っ!!

「入籍も決まっておりますので」

　く、九条さんが、ちょっと怖いっ。

　その人が去っていくと、怖い顔をした九条さんが近くにあったワインをぐいっと飲み干した。

「く、九条さん、ちょっとペースが早すぎるような……」

　普段、こんな飲み方しないのに。

「入籍するっつってるのに、なんだよ破談って。破談になんて、するか」

　その瞬間、ポッと頬っぺたが熱くなる。

「ん？　彩梅、顔が赤いぞ。まさか酒、飲まされてないよな？」

「いえ、破談にされないんだと思って、ちょっと安心したというか。その……すごくうれしい……」

「そっか、よかったな。……つうか」

「はい？」

「……やっぱ、このまま帰るか」

「え？」

「やっぱり彩梅のこと、連れてこなきゃよかった」

　イライラしている九条さんに、しゅんと肩を落とす。

　たしかに私はさっきの女の人みたいに華やかじゃないし、おどおどしてばかりで、全然、場に慣れてないけど。

「こうなったら、帰りに入籍して帰るぞ」

　ほえっ!?

「ダ、ダメですよっ！　勝手に入籍したらさすがに怒られますっ！」

　同居を認めてもらうだけでも、大変だったのに！

「ちっ」

　舌打ち!?

　九条さん、どうしたんだろう？

　九条さんの様子が、いつもと少し違うような。

　すると、ぐいっと腰を引き寄せられて九条さんにぴったりと密着！

「く、九条さん!!　こんな場所で、こんなにくっつくのはさすがに恥ずかしいっ」

「嫌なんだよ、他の男にお前が狙われてるのを見るのは。いい気がしないんだよ。俺の彩梅だろ」

　お、俺の彩梅!?

　顔が、あ、熱い！

　こ、これはもしかすると、お酒が入ったせいかも!?　九条さん、酔っているのかな？

「とにかく俺から離れるなよ」

「こんな場所で迷子にはなりませんよ？」

「これ以上、他の奴に声かけられたら困るからだよ。彩梅を自慢したくて連れてきたのに、なんだよこれ」

　や、やっぱり九条さん、酔ってる！

「他の男が彩梅のこと見てるのかと思うと、ムカつくんだよ。さっきみたいなの、マジで腹立つし。経営者やってる奴って、自信過剰な奴が多いんだよ。俺のヨメだっつってんのに、ふざけんなよ」

「あ、あの、九条さん？」

「俺の可愛いヨメさんですって、自慢したかったんだよ」

　……ううっ、うれしすぎる！

　あー、もう、九条さんに飛びついて、ぎゅってしたい！

　酔っている九条さん、最高ですっ！

　この際、もっと聞きたい！　言ってほしい！

「ああ、もう、こんなドレス、選ぶんじゃなかった。次からはやっぱり着物だな。彩梅の肌なんて1ミリも見せねえ」

　うれしくて頬っぺた緩む！

　やっぱりここに来てよかった！

　そのとき、すっと九条さんに近づいてきたのは、さっきのキレイな女の人。

　九条さんのお知り合いなのかな？と思った瞬間、その女の人が九条さんの腕に自分の腕をするっと絡めた。

　……へ？

「やっと千里に会えた」

　長いまつ毛をくるんとさせて九条さんをじいっと見上げる目つきは、すごく親しげで。

「エリカ、いつ日本に帰ってきたんだよ？」

　そう言いながら、腕をほどいている九条さんにちょっとだけホッとするけれど。

　今、エリカって言ったような……。

　ま、まさか、この人が、エリカさん……？

　想像以上にキレイな人で、さーっと血の気が引いていく。

「何度もメッセージ送ったんだけど？」

「そうだったか？」

「相変わらずね。それより、いつあいてる？　ふたりで飲みに行こうよ」

「無理」

「久しぶりに日本に帰ってきたんだから、一晩くらい付き

合ってよ。温泉にまた泊まりで行ってもいいし」

　……温泉に、泊まり？

「エリカ、紹介する。俺のヨメさんの彩梅。ってことで、ひとり身じゃないからふたりで飲みには行かない」

　すると、エリカさんがキレイな瞳を丸くする。

「ヨメさんって、まさか……結婚したの？」

「こいつが学生だからお預けくらってるけど、できることなら今すぐにでも入籍したい」

「千里が結婚なんて、冗談でしょ？」

「驚きすぎだろ」

「そりゃ驚くわよ、自分以外の人間には興味ありません、って顔して生きてたのに？」

「いつの話だよ」

「でもよく考えたら、こんな場所に女の子を連れてくるなんて、昔の千里からは考えられないわよね」

　ゆったりと微笑まれて、ずしりと心が重くなる。

　九条さんと釣り合いが取れていないことは、重々承知しております……。

「彼女も、千里の相手するのは大変でしょう？」

「お前、久しぶりに会ったのに、ボロクソ言うよな……」

「褒めてんのよ」

「どこがだよ」

「冷めきってた千里が、人間らしくなっちゃって」

「うるせえよ。それに彩梅は彼女じゃなくて、ヨメさんなんだよ」

「あら、あなたが他人と暮らすことなんてできるのかしら？」

　テンポのいいふたりの会話を聞きながら、ちくっと胸が痛む。

　これは、さすがに私でもわかる。

　ふたりがどんな関係だったのか。

「向こうのテーブルに千里の好きそうなものがあったわよ」

　エリカさんが奥のテーブルを指さしているけど。

　……九条さんの好きそうなものって、なんだろう？

　私、九条さんのこと、何も知らないんだな。

　エリカさんのほうが、九条さんのこと、詳しいのかもしれない……。

　視線を落とすと、ぽんぽんと頭を叩かれて。

「俺の好きなものは、ここにあるからいいんだよ」

　キョトンと見上げると、おでこに九条さんの唇がぶつかった。

　ひょえっ！

「これが、俺の好物の彩梅。可愛いだろ？」

　く、九条さん、やっぱり酔ってる！

　慌てふためく私を見ながら、九条さんは余裕の笑顔。

「ってことで、エリカ、もう連絡してくんなよ。で、俺の奥さんは、なんで顔が真っ赤なんだ？　いつになったら慣れるんだよ」

　だ、だって、こんな場所で、あんなことするなんて！

　こんなの、いつになったって、な、な、慣れないよっ！

「彩梅、どうした？」

　動揺している私に、楽しそうにぐぐっと顔を近づけてくる九条さん。

「し、心臓が、止まりかけました」

「特訓が足りないのかもな」

「違いますっ！」

　そのとき、九条さんの向こうにスタスタと去っていくエリカさんの姿が見えて、思わずぽつり。

「あ、あの、エリカさん、すごくキレイな人、ですね」

「ダメだよな」

「ふえ？」

　キョトンと九条さんを見上げると、むぎゅっと両手で頬っぺたを挟まれた。

「彩梅は俺のことだけ、見てればいいんだよ」

「……く、九条さん、他の人が見てます！」

「だから、どうした？　俺には彩梅しか見えないけど？」

「顔、近すぎますっ！」

「ほら、彩梅リンゴの出来上がり。顔、真っ赤だぞ。ここで食っとくか？」

「ダ、ダメです！」

　冗談じゃなさそうなのが怖い……！

　九条さんから解放されて、ホッとしていると。

「彩梅も何か飲むか？」

　九条さんがワイングラスに手を伸ばす。

　少し離れた場所ではエリカさんがワイングラス片手に微

笑んでいる。

　思わず近くに置いてあるワイングラスに手を伸ばすと、九条さんに取り上げられた。

「ダメだよ。彩梅は酒、飲めないだろ」

「でも、少しくらいなら」

　もう20歳になったし。

「ほら、ジュース」

　九条さんからジュースを受け取って、ごくり。

　すごくおいしいけど、ワインも飲めないなんて、九条さんのパートナー失格だ……。

　帰り際に九条さんが席を外すと、エリカさんが九条さんを探しにやってきた。

「あら？　千里は？」

「仕事の電話で今、外に……」

「あなた、千里と付き合ってて、つまらなくないの？」

「え？」

　つまらない、というより、刺激的すぎて心臓に悪いというか！

　最近の九条さんは、油断も隙もあったもんじゃないというか！

「千里って甘い言葉や態度で楽しませてくれるわけでもないし、クリスマスとか誕生日とか、イベントごとにも興味がないし。甘い会話なんて皆無（かいむ）でしょう？」

「誕生日……？」

エリカさんの言葉に、20歳の誕生日を思い出す。

九条さんとレストランで食事をした帰りにケーキを買って、九条さんの部屋でふたりでお祝いした。

そのときに婚約指輪をもらって、一緒に暮らそうって言われて。そのまま九条さんの部屋に泊まって、その夜、初めて九条さんと……。

「ねえ、聞いてる？　顔、赤いけど大丈夫？」

「……へ？」

うわわっ！

私ったら、こんな場所で何を思い出しているんだろう！

「それにしても、まさか、あんなにニコニコ笑ってる千里を見る日が来るなんてね。あなたのことが可愛くてたまらなーい、他の男に見せたくなーいって感じだものね」

「そ、そんなことは、ないかと」

こんなキレイな人に可愛いって言われるのは、なかなかの地獄。

「昔は寝てるときでさえ、険しい顔してたのに。ホント、びっくり」

……寝ているとき？

それは、どんな状況？

「そういえば、あなた、西園寺社長のお嬢さんなんですってね。さすが千里よね。計算高いっていうか。ほら、彼、かなりの野心家だから。千里、入籍を焦ってるみたいだけど、よく考えたほうがいいんじゃない？　あなたも西園寺家も千里に利用されて、ポイっと捨てられちゃったりして」

「あ、あの、九条さんはそんな人では……」

「千里がどんな人間か、私が一番よく知ってるわよ」

　そう言って肩をすくめるエリカさんを、まっすぐに見つめる。

「私は……どんな九条さんでも、大好きです。九条さんに出会うために、生まれてきたんだと、思っています」

「へえ、可愛い顔して、ずいぶん強気じゃない」

「九条さんに釣り合っていないのは、わかってるんですけど……」

「ま、日本にいる間に一晩くらいは千里のことを借りるかもしれないけど、そのときにはよろしくね」

「え？　あの、それって」

「じゃ、千里によろしく」

　エリカさんがそう言い残して去っていくと、入れ替わりで九条さんが戻ってきた。

　一晩だけ、借りるって……？

　頭の中でエリカさんの言葉がぐるぐるとまわる。

「彩梅、どうした」

　ふるふる。

「なんでもないです」

「嘘つけ」

「あ、あの、おいしいもの食べすぎたせいか、ちょっと、眠くなっちゃって」

　笑顔で応えたものの、気になる。

　ものすごーく、気になる。

　また、九条さんはエリカさんに会うのかな……。

　一晩だけ借りるって、どういうことなんだろう。

　次の瞬間、ムニッと触れた唇。

「……え？」

　今……唇同士がぶつかったような？

　ま、まさか、こんな場所ではさすがに……。

　おそるおそる九条さんを見上げると。

「目が覚めただろ？」

「あ、あの、今、キス、しました？」

「うん」

　……そ、そんな平然と!!　こ、こ、こんな場所で!!

「海外からのゲストはみんなこんなもんだよ」

　九条さんはさわやかに笑っているけど、私たちは生粋の<ruby>生粋<rt>きっすい</rt></ruby>の
日本人です！

「あ、あの、九条さん、酔ってますか？」

「いや、酔ってないよ。でも、めちゃくちゃ気分がいい」

　それは、エリカさんに会えたから？

　ダメダメ。そんなこと考えちゃダメだ。

「彩梅のことをヨメって紹介できて、めちゃくちゃうれし
い。彩梅、すげえキレイだし。つうか、彩梅が一番キレイ」

　九条さん、ホントにそう思ってくれているのかな……？

　無理させてないかな……。

　じーっと九条さんを見つめると。

　チュッ。

　ふええっ！

「く、九条さん!!」
「誰も、見てないよ。つうか、ここ、死角になってるから
まわりからは見えない」
「そ、それでも、こんな場所では、ダメですっ」
　それでも九条さんはニコニコご機嫌で。
　やっぱり、少し酔っているのかも……!
「あの、お水もらってきますか?」
「そんなに酔ってないよ。それより、いつまで、俺のこと
を『九条さん』って呼ぶつもり?　お前も九条になるんだ
から、そろそろ変えない?」
　こ、こんな場所でいきなり?
「で、でも、なんて呼んだらいいか、わからなくて……」
「うーん、『あなた』……とか?　呼ばれてみたい」
　あなた!!　ハードル高い!!
「はい、どうぞ。言ってみて」
　にっこりと笑っている九条さんの瞳は、どこか意地悪で。
「どうした、彩梅?」
　こ、これは、からかわれているっ!
　九条さん、全然、酔ってない!
　酔ったふりしているだけだ!
「ほら、彩梅。言ってみて」
　う、うう……。
「あな、あ、あな、あな……」
「ん、頑張れ、彩梅」
　にっこりと笑っている九条さんをじっと見つめて。

「あ、な……穴があったら入りたいくらい、恥ずかしいです〜！　やっぱり、無理ですっ」

「ぷはっ！　全然ダメじゃん！」

「せ、千里さん、じゃダメですか？」

　じっと見つめると。

「……許す」

　ホッとする間もなく、ぎゅっと捕獲されて耳元に九条さんの唇が触れる。

「家に帰ったら、すぐ脱がすから覚悟しておけよ」

　ふええええ……！　ここは、パーティ会場です〜！

　顔、熱い！

　近くに置いてあるジュースを手に取ると、ごくごくと一気に飲みきった。

　ちらりと背の高い九条さんを見上げて、心の中でため息をつく。

　はあ。どこにいても、女の人はみんな九条さんのことを見ている。

　だって、カッコいいもん。

　背が高くてモデルさんみたいにスタイルがよくて、抜群に整った顔立ちで、キラキラしていて。そのうえ、さわやかで洗練されていて。

　釣り合っていないのはわかるけど、やっぱり私は、九条さんのことが大好きで。

　ぎゅぎゅっと九条さんの手を握る。

「ん？　どうした彩梅？」

　もともと、私なんて愛犬のコタロウくん的な立ち位置
だったし。

　それでも、九条さんがすごく優しくしてくれるから。つ
いつい甘えてばかりで。

「彩梅、顔、赤いけど大丈夫か？」

「大丈夫じゃ……ないれす」

「……は？」

「九条さんだけ、ずるい」

「ずるいって？」

「だって、いつも私ばっかりが、大好きで、いつもやきもち、
ばっかり、焼いてて」

「……は？」

　じっと九条さんを睨みつける。

「九条さん、カッコよすぎて、ずるい」

　ごくりと、ジュースを飲むと甘くて、ふわふわ楽しくて。

　すると、眉を寄せた九条さんがハッとする。

「おい、彩梅。それ、酒だ！」

　ひょいっと、グラスを取り上げられた。

「ほえ？　甘くておいしいですよ？」

「ダメだ。帰るぞ」

「大丈夫ですよ？　だって、もう20歳だし」

「ダメだろ。撤収。そんな彩梅、他の奴に見せてたまるか」

「私、酔ってないれすよ？」

　ちょっとふわふわしているくらい。

「いいから、行くぞ」

　ぐいぐいっと、九条さんに引っ張られて家に帰った。

　家につくと、ソファに座って九条さんを見つめる。

　九条さんは私のなのにな。

　いつもいろいろな女の人が九条さんのことを見ていて、本当はすごく嫌。

「ほら、水、飲んで」

「大丈夫れすよ？」

「どう見ても、大丈夫じゃないよな……」

「だって……」

「ん？」

「……九条さん、大好き」

　ぎゅぎゅっと抱きつき、九条さんの胸に顔をうずめる。

「九条さんは、私の……なのにな」

「そうだよ」

「すごく、好きで……好き……で、たまに、辛い」

「辛いって？」

「だって、不安、になる、から。好きすぎて、辛い……」

　次の瞬間、ふわりと体が浮いてキョトンとしていると。

「ったく、俺がどんだけ我慢してるか知りもしないくせに。ほら、いいから少し眠れ」

「……ここ、ベッド？」

「そうだよ、一緒にいてやるから」

「……ん」

　九条さんの香りに包まれて、ぎゅぎゅっと九条さんに抱

きつく。

「外で酒を飲むのは禁止な。彩梅、びっくりするくらい酒
に弱いぞ」

「九条さんが、ずっと一緒にいて、くれるなら……もう、
飲まない……」

「お前こそ、迷子になってどっか行くなよ？」

「じゃ、ずっと手つないで……？」

　ぎゅうっと九条さんの手を握ると、抱きしめられた。

「ったく、いくらなんでも、酒、弱すぎるんだよ」

「……九条さん、好き」

「甘ったれ」

「……好き」

「あほ」

「……す、き」

「バカ彩梅。……けど愛してる」

「ん、アイス……食べたい」

　気がついたときには、深い眠りに落ちていた。

　うっすらとまぶたを開けると、九条さんはスマホを置い
たところで。

「ごめんな、起こしたか？」

　ふるふると頭を振って、首をかしげる。

　……あれ？

　どうして九条さんのスウェットを着ているんだろう？

「ごめんな、勝手に着替えさせた」

「ふええっ!?」

「絶対に酒を外で飲むなよ。あんな軽いカクテルで酔っぱらうとか、ありえない」

「ご、ごめんなさいっ」

「けど、可愛かったから、まあ、許す」

　甘く笑う九条さんに、ちょっとだけ不安になる。

「あ、あの、私、お酒飲むと、タチが悪いですか?」

　ぼんやりと覚えているような、いないような。

　最近、エリカさんのことが気になって寝不足だったこともあって、すぐに眠たくなっちゃって……。

「うーん、200回くらい好きですって告白された」

「……うわっ!　私、ものすごく面倒くさいっ!」

「面倒くさいっつうか……まあ、可愛すぎて他の男には見せたくない。とにかく、外では絶対に飲むなよ?」

「は、はいっ」

　すると、スマホを手に、九条さんが小さくため息。

「お仕事ですか?」

「ん、まあ、仕事ではないんだけど。ごめんな、明日の夜は遅くなる。つうか、帰れないかもしれない。電話は入れるな」

　も、もしかしたら、エリカさんに会うのかな……。

　明日、九条さんが帰ってこなかったらどうしよう。

「おいで、彩梅」

　九条さんの胸の中で、悪い想像を必死に振り払った。

　大学帰りに、家に帰りたくなくてぶらぶらと駅ビルで買い物をしているとぽんっと肩を叩かれた。

「彩梅ちゃん？」

　振り返ると、コーヒー片手に小鳥遊さんが立っている。

「小鳥遊さん……！　お久しぶりです」

　まさか、こんな場所で小鳥遊さんに会うなんて！

「千里と正式に婚約して、一緒に暮らしはじめたんだって？　めずらしく千里が浮かれててキモかった」

　いつもどおりの小鳥遊さんに、ちょっとだけホッとする。

「小鳥遊さんは、お仕事中ですか？」

「そうそう。ん？　彩梅ちゃん、元気ない？」

「いえいえ、そんなことないです！　元気ですよ！」

「千里と何かあったの？」

「いえいえ」

　ふるふると頭を振る。

「ケンカでもした？」

「いえいえ」

「ぷっ。彩梅ちゃん、思ってること全部顔に出ちゃってるから無理しないほうがいいよ」

　九条さんにも同じことを言われたような。

「そんな顔してないで、千里に思ってることを話してみればいいのに。仕事なんて放り出して、全力で彩梅ちゃんのことを甘やかしにかかるよ。あいつの彩梅ちゃんに対する溺愛は、ちょっとヤバいレベルだから」

　そういえば、小鳥遊さんとは初等科からの付き合いだっ

て九条さんが言っていた。もしかしたら、エリカさんのこと、知ってるかも。

「あ、あの、小鳥遊さん、九条さんのお友達でエリカさんって知ってますか?」

「え? エリカって前園エリカ? あいつ日本に帰ってきてんの? 彩梅ちゃん、あいつに会ったの?」

「あ、あの、たまたま。その、すごく素敵な人ですね」

「前園エリカは、俺と千里と中高が一緒で、建設会社の社長の娘。しかも帰国子女なんだよな。そのせいか昔からものおじせずに意見を言うし、自信家で。なんつうか、自立してて手のかからない女って感じ? しつこく千里に迫ってたけど、まったく相手にされてなかったよ」

あんなに華やかな顔立ちで、美脚で帰国子女。そのうえ、自立していて、手がかからない大人の女の人!

でも、九条さんが相手にしてなかったと言うのは、本当かな。

だって、私よりエリカさんのほうが、ずっと九条さんに似合っているし、あんな美しい人に迫られたら……。

「彩梅ちゃん、顔、真っ青だけど大丈夫?」

「あ、あの、小鳥遊さん、また、うちに遊びに来てくださいね」

「ん、千里によろしく伝えて」

小鳥遊さんにぺこりと頭を下げると、ずっしりと沈んだ気持ちで家に向かった。

　今夜、九条さんが帰ってこなかったらどうしよう。

　これは、朝まで眠れないかも……。

　憂鬱な気分でドアを開けると、ふわっと漂ういい香り。

　あれ？

「お、彩梅おかえり」

　キッチンから顔を出した九条さんに、目を丸くする。

「九条さん!?　今日は帰り遅くなるって……」

「ん、お前の親父さんに朝まで付き合えって飲みに誘われてたんだけど、急な仕事が入ったらしい。お前の親父さんも相変わらず忙しいよな」

「ええっ！　昨日、連絡してきたのはうちのお父さんだったんですか？」

「そうだよ、ずっと飲みに誘われててさ」

　もうっ!!　お父さんったら、紛らわしいことしないでほしいっ!!

　落ち込んでいた自分がバカみたいだよっ!!

「それなら、ここに遊びに来ればいいのに……」

「彩梅が俺と暮らしてるところを見るのは、嫌なんだと」

　……お父さん、いつまでそんなことを言っているんだろう。

　でも、よかった。エリカさんじゃなかったんだ！

　どうしよう、ホッとして涙が出そう……。

　荷物を置くと、キッチンで作業中の九条さんに近づいて、後ろからそっと抱きついた。

「どうした、彩梅？」

「ちょっとだけ、充電です」

　九条さんの背中に頬っぺたをくっつけて、ぎゅうっと強く抱きつく。

「めずらしいな」

　返事の代わりに、すりすりと頬っぺたをすり寄せる。

　他の人が九条さんに触っていたとか、考えたくない。

　他の人と一緒に眠ってたなんて、もっと考えたくない。

「もう少し待っててくれたら、思う存分に充電するけど？」

　冗談交じりの九条さんの背中に、こつんとおでこをぶつけてぽつり。

「……お願いします」

「……え？」

　びっくりした顔で九条さんが振り向いたけど、不安でたまらない。

　だって、九条さんには私よりもエリカさんのほうがずっと似合うから。

　ぎゅぎゅっと九条さんに抱きついていると。

「可愛い奴」

　くしゃっと頭を撫でられて。

「……わん」

　九条さんの背中に、しばらく張りついていた。

　食事を終えてリビングルームでふくらはぎをさすっていると、九条さんが首をかしげる。

「で、彩梅はさっきから何してんの？」

「マッサージです」

「……マッサージ？」

　美脚マッサージしているなんて、恥ずかしくて言えません……。

「ぶらぶら歩きすぎて、むくんじゃったので」

「じゃ、手伝ってやろっか？」

「ひゃっ！」

　するっと私の足首をつかんだ九条さんに飛び上がる。

「疲れてるんだろ？」

「く、くすぐったいです！　いいです、自分でやりますっ！」

　伸ばした足の上にまたがった九条さんを、両手で押し返す。

「遠慮するなよ」

「や、やだ！　くすぐったい！　九条さん！　こ、これ、足のマッサージじゃないっ！　くすぐらないで！……千里さん、やめてください！」

　するりとシャツの中に手を入れてきた九条さんから、身をよじって逃げていると、動きを止めた九条さんは真っ赤になっていて。

「……彩梅、それヤバい」

「……え？」

　もしかすると、『千里さん』って呼んだことかな？

　下を向いた九条さんの顔を覗き込む。

「……千里さん？」

「照れる」

「千里さん、耳まで赤いですよ。特訓しますか？　千里さ

ん！」

　ツンツンと、つつきながら繰り返していると、顔を上げた九条さんは、むむっと険しい顔をしていて。

　はっ！　こ、これは、まずい！

「……彩梅、いい度胸だ。後悔するなよ？　立ち上がれなくなるほど激しく充電してほしいって言ってたよな？」

　ひええっ！

　『立ち上がれなくなるほど激しく』なんて、一言も言ってない‼

　と、思ったときには遅すぎた！

　トンと押し倒されて、洋服を剥ぎ取られ、返り討ちに遭いました……。

「彩梅、風呂、一緒に入る？」

「きょ、今日はひとりで入りますっ」

「残念」

　九条さんはつまらなそうにしているけれど！

　お風呂まで一緒に入ったら、本当に立ち上がれなくなっちゃうよ……。

　先にお風呂から上がった九条さんは、書斎で私のテキストを手に首をかしげている。

「彩梅、第２外国語、フランス語だったっけ？」

「スペイン語です」

「これ、大学の課題？」

　うわわ！

　隠していたはずのフランス語のテキストが、なぜか九条さんの手の中に！

　九条さんの手からテキストを奪うと、背中に隠す。

「なんでフランス語？」

「その、フランス語もできたらいいなって！　フランスにもいつか行ってみたいので！」

　エリカさんみたいに、いろいろな言葉を話せるようになりたいだなんて、絶対に言えない。

「ふーん、フランス語か。新婚旅行、フランスもいいよな。スペインも行ってみたいし」

「……新婚旅行？」

「行くだろ？　旅行先も少しずつ決めていかないとな。彩梅の休みと俺の休みを合わせなきゃいけないし」

　九条さんと旅行……！

　でも、九条さんは、エリカさんとふたりで温泉に行ったことがあるんだった……。

　しゅんと肩を落とすと。

「温泉もいいよな」

「え？」

　心、読まれた……!?

「今までは面倒で温泉なんて行ったことなかったけど、彩梅となら楽しそうだよな。部屋つき露天風呂にふたりで入って、浴衣着て、うまいメシ食って」

　……温泉に行ったことがない？

　でも、エリカさんが温泉の話をしてたような……。

　どういうことだろう？

「彩梅は俺と温泉とか興味ない？」

「……い、行ってみたいです！」

「じゃ、その予定も立てないとな」

「はいっ！」

　温泉に入らなくても、浴衣姿の九条さんを見ているだけできっと癒やされちゃう。

　エリカさんのことは、もう考えないようにしよう……。

　朝が来て、大学へ行く支度を終えたタイミングで、九条さんが車のキーに手を伸ばす。

「彩梅、送るよ」

「大丈夫ですよ？　今日は電車で行きます！」

　ささっと、素早く玄関に向かう。

　九条さんに甘えてばかりじゃなくて、私も自立しないと！

「いいよ、送るよ」

　靴を履いていると、後ろからドンっと扉に両手をついた九条さんの腕に挟まれて、おそるおそる振り返る。

「あ。あの。私、ひとりで行けますよ？」

「あのさ、俺が嫌なんだよ。お前をひとりで街を歩かせたくないの。心配で仕事に集中できなくなるんだよ」

「い、いえ、でも、私、今日は電車で」

「ダメ」

　後ろからぎゅっと抱きしめられて、身動きは取れないし、

顔は熱いし！

「で、でも」

「わがまま言うなら、学校行かせない。俺と１日、寝室で過ごすことになるけど？」

「そ、それは、ダメですっ」

「それなら、車に乗ろうか？」

　ううっ……。

　拒否権なしのこの笑顔、反則だよ……。

　大学前に到着してシートベルトを外すと、九条さんに手首をつかまれた。

「彩梅、帰りも迎えに来るから連絡して」

「帰りはひとりで帰れますよ？」

「他の男に待ち伏せされても困るし」

　にっこりと笑う九条さんの瞳は、問答無用の煌めきで。

「お、お願いします」

「じゃ、帰りにな」

　「はい」と返事をすると、九条さんの唇が私の手の甲で跳ねた。

「ひゃあ」

「悪い虫には気をつけろよ」

　甘く笑う九条さんに、かあっと顔が熱くなる。

　ああ、もう、九条さんが甘いっ。

　日に日に甘くなっている!!

　これじゃ、九条さんが甘すぎて、全然自立できないよ！

　翌朝は、いつもより早く起きて頑張った。
「九条さん、朝ごはんできましたよ」
　寝ている九条さんを揺すって起こすと。
　あ、ちょっと奥さんぽい！
　ずらりと並べた朝ごはんに、九条さんが目を丸くしている。
「これ彩梅が作ったんだよな？　大変だっただろ？」
「いえ、全然！」
　いつもより2時間早く起きて用意したことは、九条さんには内緒です。
　お味噌汁を口にした九条さんを、じっと見つめる。
「すごくうまいよ。でも、朝からこんなに張りきらなくてもいいのに」
「頑張って九条さんのいい奥さんになるので！」
「彩梅はそのままでいいんだよ」
「ダ、ダメですよっ」
　このまま九条さんに甘やかされたら、どんどんダメな人間になっちゃう！
「彩梅、最近どうしたんだよ？　試験も近いのに頑張りすぎだろ？」
「いつも九条さんに甘えてばかりだから、手のかからない奥さんになりたいなって」
「俺は手がかかる彩梅が好きなんだよ。お前とぎゃーぎゃー言いながら、笑ってんのが好きなの。お前を甘やかすのが楽しいんだよ」

「で、でも、ごはんとか、お休みの日はいつも九条さんが作ってくれるし。私、お休みの日は、その、なかなか朝、起きられないし……」

「休日の朝にお前が起きれないのは、俺のせいだからな」

　ううっ。

「俺が彩梅のことを甘やかしたいんだよ。かなり無理を言って、婚前同居を認めてもらって、これでお前に倒れられたら、親父さんに合わせる顔がない」

「でも、九条さん、お料理すごく上手だから、私も頑張りたい」

「彩梅に無理されて、もし彩梅が体を壊したら、俺がたまらない」

　くうっ……。

「九条さん、ちょっと私のこと甘やかしすぎです！」

「知ってる。でも、まだまだ甘やかし足りないんだよ」

　ふわりと笑った九条さんに、テーブル越しに引き寄せられてキスをされ。

　すごくうれしいんだけど。

　まさか、いい奥さんへの最大の難関が九条さんだったなんて!!

止まらない独占欲

【九条side】
　夕方から会食が入って、スーツに着替えているとネクタイ片手に彩梅がやってくる。
「九条さん、今日は遅くなりそうですか？」
　慣れない手つきでネクタイを結ぶ彩梅に理性がぐらつく。
「やっぱ仕事行くのやめて、彩梅を食おうかな」
　両手で彩梅を抱きかかえると、腕の中で暴れる彩梅。
「ダ、ダメですよ」
「んー、でも、もう少しこのまま」
「ダメ、遅刻しちゃいますよ！　用意してください！」
「じゃ、職場に彩梅を連れてくか」
　腕の中で慌てふためく彩梅は、相変わらずのいい反応。
　ホントは困った顔をする彩梅を見たいだけなんだけど。
「九条さん、早く用意しないとホントに遅れちゃいます!!」
「じゃ、帰ってきたら彩梅のことを思う存分可愛がるけど、いい？」
「ううっ……。わかりました！　だから早く用意してください！」
「りょーかい」
　彩梅に軽くキスを落として家を出た。時間はまだたっぷりある。

　会食を終えると、名前を呼ばれた。
「九条さん、今日はおひとりなんですね」
「ああ、渡辺社長」
　この前のパーティで彩梅に声をかけてた奴だ。
「じつは白状すると、せめて連絡先だけでも教えてほしい
と、九条さんが席を外した隙に彼女に声をかけたんですけ
どね」
「……妻だって言いましたよね？」
「入籍はされてないんですよね？」
　ふざけんな。
「けど、全然ダメでした。九条さんはたったひとりの運命
の人なんですって惚気られました。てっきり家同士が決め
た政略結婚だと思ってたんですけど。彼女、九条さんにベ
タ惚れで、つけ入る隙がまったくなかった」
「自分にとっても、彼女はたったひとりの女性です。なので、
これからは声をかけないでいただけるとありがたい」
「わかってますよ」
　去っていく渡辺社長に、心の中で盛大に悪態をつく。
　ったく、油断も隙もあったもんじゃねえな。
　やっぱり、彩梅をあんな場所に連れていくんじゃなかっ
た。

　むしゃくしゃしていると、そこにパンツスーツ姿のエリ
カが現れた。
「千里、イライラしてどうしたの？」

「エリカこそどうして、こんなところにいるんだよ？　関係者以外、立ち入り禁止のはずだろ」

「どうして、こんなところにいるんだよ？　関係者以外、立ち入り禁止のはずだろ」

「あなたがここにいるって聞いて、パパに頼んで入れてもらったのよ。それより渡辺社長のことすごい顔で睨んでたけど、何かあったの？」

　怪訝な顔をするエリカに、ぽつりとこぼす。

「独占欲とか嫉妬とか、自分には関係ないと思ってたけど違ったらしい。普通にイラつく」

「まさか千里がそんなことを言い出すとはね。それより、ホントに日本に残るつもり？　一緒にフランスに来る気はないの？」

「とっくに返事はしたよな？　もういい加減、俺のことは諦めろって。エリカならいくらでも相手がいるだろ」

　中学・高校と同級生だったエリカは、美人でスタイルも抜群、頭もいい。

　けど、どれだけ言い寄られても、エリカに心が動いたことはない。

　俺の心が動くのも、触れたいと思うのも、彩梅だけだ。

「日本を離れれば、あなたは九条家に縛られずに自分の力を試すことができるのよ？　ずっと望んでたことでしょう？」

「俺は、彩梅のそばを離れたりはしない」

　近寄ってくるエリカから、一歩離れる。

「それより、なんであんなこと彩梅に言ったんだよ。お前
と温泉なんて行ったことないよな？」

「悔しかったから、ちょっと意地悪したくなっちゃって」

「は？」

「あなたがバカみたいにあの子のことを可愛がってるから。
それより、千里、これからちょっとだけ付き合わない？」

「触るなよ」

　体をすり寄せてくるエリカを突き放す。

「はあ。その冷たい目つきも、そっけない態度も相変わら
ずね。あの子の前ではあんなに紳士ぶってたくせに」

「黙れ」

「でも、あの子を壊すのなんて簡単そうよね。世間知らず
のお嬢様って感じだもの」

　肩をすくめて笑うエリカを睨みつけ、声を尖らせる。

「あいつに何かしたら、絶対に許さない」

「怖い顔しないでよ。冗談に決まってるでしょ。そんなに
あの子がいいの？」

「もし彩梅を失ったら、きっと俺は生きていけない」

「大げさね」

「本気で俺は、あいつに出会うために生まれてきたんだと
思ってる」

　すると、エリカがおかしそうに笑いはじめた。

「なんだよ？」

「あの子のことをね、ちょっと試してみたの」

「……は？」

「千里、女遊び激しいし、計算高いから入籍なんてしない
ほうがいいんじゃないって。西園寺家が利用されて終わり
よって。そしたら『私は九条さんに出会うために生まれて
きたんだと思っています』って言われた。『どんな九条さ
んでも大好きなんです』って」

「……」

「あんなに可愛い顔してるのに、『九条さんに釣り合ってな
いのは、わかってるんですけど』って言ってたわよ。無邪
気すぎて戦意喪失。もう誘わないから安心して」

　エリカが去っていくと、すぐに自宅に向かった。

　ったく、彩梅はどれだけ俺を惚れさせれば気が済むん
だ？

　家に戻ると、すぐに彩梅を抱き寄せる。

「ふええ!?」

　腕の中で飛び跳ねる彩梅にキスの雨。

「帰ったら、思う存分に可愛がるって言ったよな？」

「で、でもまだ洗濯物の片づけが、残っていて」

「そんなの、あとで一緒に片づければいいだろ」

　ソファに座り、膝の上に彩梅を乗せて向かい合わせにな
るよう引き寄せる。

　スマホを取り出すと、彩梅の目の前でエリカの連絡先を
削除した。

「……え？」

「もう連絡を取ることもないだろうし。仕事先ってわけで

もないし」

「で、でも、一緒に飲みに行こうって……」

「あいつとふたりで飲みに行ったりしない。そんな時間が
あるなら彩梅と一緒にいるよ。それより」

　膝の上の彩梅に、顔を近づける。

「エリカのこと、どうして俺に言わなかったんだよ？　い
ろいろ言われたんだろ？」

　けれど、彩梅は困ったように笑っていて。

「気にしてないって言ったら嘘になるけど。でも、大丈夫
です」

「なんだよ、それ」

　瞳を覗き込むと、彩梅がぽつり。

「やきもちは焼いてますよ、それはそれは盛大に。私って
こんなに欲深かったんだなって情けなくなるくらい」

「彩梅って、欲深いの？」

「はい。もう、ドロドロです」

「……それ、ちょっと見てみたい」

「ダメ」

「なんで？」

　ぎゅっと口を結んだ彩梅を、じっと見つめると。

「九条さんに、嫌われたくないから」

　真っ赤な顔して、そんなこと言われても。

　精一杯の理性を発動させて、そっと彩梅の頭を撫でる。

「あのさ、聞き分けのいい彩梅なんてつまんないだろ。もっ
とぐずれよ。わがまま言えよ」

「本当は、すごく嫌ですよ。……九条さんに触れた女の人がいるのかと思うと、すごく嫌だし。九条さんの寝顔を見た人がいると思うと、やっぱり嫌。でも……」

「でも？」

「……一番嫌なのは、やきもちばっかり焼いちゃう自分です。たまにコタロウくんにもやきもち焼いちゃうし。私だって、昔の九条さんに会ってみたかった」

「コタロウに、やきもち？」

「……はい」

　それは、俺にも心当たりがあるけどな。

　彩梅にまとわりついているコタロウ、ふざけんな、みたいな。

「彩梅が昔の俺を知ったら、きっと俺のこと見損なうよ」

「私は九条さんのこと、嫌いになんてなれない」

「どうだろうな」

　両手を彩梅の頬に添えて、まっすぐに彩梅を見つめる。

「俺は彩梅が思うほど大人でもなければ、優しくもないよ」

「九条さんは、いつもすごく優しくて、私よりずっと大人ですよ？」

「彩梅がそう思ってくれてるなら、それでいい。けど、我慢なんてしないで、もっとぐずれよ。甘えろよ」

　ぐずる彩梅が可愛くてたまらないって時点で、俺のほうがよっぽど面倒くさい。

　すると、彩梅がぽつり。

「九条さんがすごく大切にしてくれてるのも、わかってる

んです。こうやって一緒にいることができて、すごく幸せ
だし。それなのに、たまにすごく不安になる」
「不安って？」
「もし九条さんに嫌われたらって考えると怖くなるし、九
条さんにはもっと大人っぽい女の人のほうが似合うのか
もって思うと、自信がなくなる」

　瞳を揺らして、唇をかみしめる彩梅に、そっと触れる。
　彩梅に触れたくて、俺がどれだけ我慢してきたと思って
んだよ。
　今だって、どれだけ彩梅に触れても足りなくて……。
「彩梅、それなら卒業なんて待たずに結婚するか？」
「え？」
「俺も正直、限界。こんな中途半端な状態のまま、あと2
年も待てない。もし彩梅が学生結婚になるのが嫌じゃな
かったら、すぐにでも結婚しよう」
「は、はいっ」
　とびきり甘い笑顔を見せた彩梅を、そっと唇で押し倒す。
「九条さんのことが、好きです。……怖くなるくらい、好
きです。すごく、好き」
　腕の中で繰り返す彩梅は小さく震えている。
「愛おしいって、こういうことなんだろうな」
　幸せそうに目を伏せた彩梅に唇を落とす。
　どれだけ確かめ合っても足りなくて、不安なのは俺だっ
て同じなんだよ。
　腕の中の彩梅は、素肌に触れるたびに小さく跳ねる。甘

く溶けていく彩梅の全身には、数えきれないほどの独占欲
のあと。

「ごめんな、彩梅。でも、……もう止めらんない」

　真っ赤になって恥じらう彩梅に、ありったけの熱をぶつ
けて極上の甘さで包み込む。

　重ね合う唇も、体も、彩梅に触れるすべてが幸せで。

「俺だって、お前を失うのが怖い。もうお前がいないとキ
ツイんだよ」

　夜が更けて、腕の中でくったりと寝落ちた彩梅に本音を
漏らすと、眠っているはずの彩梅とパチッと目が合った。

「あのさ……今の、聞いてた？」

　答えるかわりに、ふにゃっと幸せそうに笑った彩梅に、
数えきれないほどのキスを落として。

「おしおきな。朝まで寝かせないから覚悟しろよ」

「そ、そんなっ！」

　真っ赤になった彩梅の左手を手に取ると、その薬指に唇
を当てて、そっと銀色の指輪をはめた。

　彩梅の大きな瞳に、みるみるうちに涙がたまる。

　結婚なんて、まったく興味なかったのにな。

　永遠の愛なんて、信じたこともなかったし。

　それなのに、腕の中で幸せそうに笑う彩梅が、愛おしく
てたまらない。

　この先もずっと、俺には彩梅だけ。

俺の愛、重くてごめんな。
　けど、最期の瞬間まで、彩梅に恋をして、愛を誓い続けるよ。

　この先もずっと、ありったけの愛をキミだけに。

Fin.

☆ afterword

あとがき

　この本を手に取り、最後まで読んでくださりありがとうございました。

　女子高生の彩梅と５つ年上の九条のふたりの物語、楽しんでいただけたらうれしく思います。

　ウブで天然な箱入り娘の女子高生の彩梅と、大人でＳっ気のあるイケメン御曹司の九条が、婚約破棄を前提に付き合いはじめるという、楽しくも盛りだくさんな設定で書きはじめたこのお話。

　実際に書きはじめてみると、九条をどこまで暴れさせたらいいのか悩むことが多々ありました。

　女子高生である彩梅に対して、年上の九条はいろいろ抑え気味に自制しているのですが、遠山えま先生が描いてくださった表紙カバーの色気たっぷりに攻める九条とウブ全開の彩梅のイラストを拝見して、何かが爆発。

　表紙のカバーイラストから妄想が膨らみ、九条が攻めるシーンをかなり書き足しまして、まだまだ書き足りないほどに、彩梅と九条のふたりの熱が脳内に残っています。

　私の拙い妄想を大幅に凌駕する素晴らしいイラストを描いてくださった遠山えま先生、デザイン担当者様、本当に本当にありがとうございました。

　そして、何よりこの作品を読んでくださった読者の皆様、いつも作品を読んでくださる読者の皆様、サイトから作品を追いかけてくださった皆様には感謝の思いが尽きません。

　本当にありがとうございます。

　今、この瞬間も『どうか読者の皆様が楽しんでいただけますように！』と祈るような気持ちで、あとがきを綴っています。

　このお話を考えはじめたのが約1年前の2020年3月、発刊が2021年3月と、コロナ禍で書き進めていたお話になるのですが、浅草の雑踏、賑わう外国人観光客、学園祭の喧騒と、自粛のない賑やかな日常を書きながら「早く元の日常が戻るといいな」と願わずにはいられませんでした。

　見えない不安に心削られるようなこともありますが、環境に負けずに、ささやかな日常に感謝して毎日を大切に過ごしていけたらと思っています。

　簡単に指先で言葉を紡ぎ、発信できる時代だからこそ、自分の指先で紡ぐものは、温かく優しいものでありたいと感じる1年でした。

　この本が発刊される頃には、読者の皆様が心穏やかに笑顔で満開の桜を楽しめていますように。

　またお会いできる日を楽しみに。

　　　　　　　　　　　　2021年3月末日　碧井こなつ

作・碧井こなつ（あおいこなつ）

東京都在住。2014年『獣系男子×子羊ちゃん』で書籍化デビュー。近著は『こんな溺愛、きいてない！』（スターツ出版刊）。現在はケータイ小説サイト「野いちご」で執筆活動中。

絵・遠山えま（とおやまえま）

生まれも育ちも東京で、普段は漫画を描きながら6匹の猫とまったりと暮らしています。猫グッズの通販カタログを見ている時が疲れた時の癒しで、保護猫ボランティアさんで少しだけお手伝いもしています。

ファンレターのあて先

〒104-0031

東京都中央区京橋1-3-1

八重洲口大栄ビル7F

スターツ出版（株）書籍編集部 気付

碧井こなつ 先生

KEITAI
SHOUSETSU
BUNKO
野いちご SINCE 2009

勝手に決められた許婚なのに、
なぜか溺愛されています。

2021年3月25日　初版第1刷発行

著　者　碧井こなつ
　　　　©Konatsu Aoi 2021

発行人　菊地修一

デザイン　カバー　北國ヤヨイ
　　　　　人物紹介ページ　久保田祐子
　　　　　フォーマット　黒門ビリー＆フラミンゴスタジオ

ＤＴＰ　朝日メディアインターナショナル株式会社

編　集　黒田麻希　酒井久美子

発行所　スターツ出版株式会社
　　　　〒104-0031 東京都中央区京橋1-3-1　八重洲口大栄ビル7F
　　　　出版マーケティンググループ　TEL03-6202-0386
　　　　（ご注文等に関するお問い合わせ）
　　　　https://starts-pub.jp/
印刷所　共同印刷株式会社
Printed in Japan

ISBN 978-4-8137-1063-9　C0193